珈琲が呼ぶ

片岡義男

光文社

珈琲が呼ぶ●目次

一杯のコーヒーが百円になるまで

小田急線・経堂駅のすぐ近くに喫茶店がある。一九六〇年代のなかばには、その喫茶店はすでにそこにあった。僕はある時期、何度も、その店に入った。コミックス作家にストーリーの原案を提供する仕事が、たくさんあった仕事のなかのひとつだった時期だ。

当時の僕は、小田急線の下りに乗るときには、世田谷代田駅から乗っていた。自宅から駅まで、平凡に歩いて七、八分だった。梅ケ丘、そして豪徳寺の次が、経堂だ。電車のなかで原案を考える余裕もないままに、僕は乗ったばかりの電車を降りなくてはいけなかった。駅を出てその喫茶店に入った。コミックス作家との待ち合わせの時間までに、いつも一時間はあった。その一時間で僕は原案の原稿を書いた。前の日の夜には書き終えておくべき原稿だ。

ごく最近、確か二〇一六年の夏が終わる頃、僕はその喫茶店に入った。それから二〇一七年の一月までに、三度は入った。入るたびに、記憶の底から、蘇るものがあった。あの頃のあの店だ、と最初のときは思った。その思いは二度目のときに補完された。店のかたちが、かつてとおなじなのだ。敷地の端の、三角に尖ったところに、その店はあった。いま僕が客としているその店は、かつてとおなじかたちなのだ。店内のレイアウトも、基本的には以前と同一だ。

三度目には、ひょっとしてこれはおなじテーブルではないか、と僕は思った。いまの喫茶店では見ないような造りのテーブルだ。細部をじっと見ていると、思い出があるような、ないような、不思議な気持ちになった。僕がひとりで勝手に捏造《ねつぞう》している記憶かもしれないし、ひょっとしたら、あの頃とおなじテーブルかもしれない。

窓辺の席にすわることが多かった、と思い出す自分は、まさに窓辺の席にすわっているではないか。窓を横にしたのではなく、うしろにしたかなあ、などと思いながらコーヒーを飲み、コーヒーについて思った。

コンビニ、と多くの人たちが呼んでいる店舗で、淹《い》れたてのコーヒー、というものが販売されているという。一杯の値段は百円で、味は充分に肯定することの出来るものだ、と友人は言っていた。そのコーヒーの原価は十二円から十三円です、とも友人は言った。

コーヒーは日本の日常生活のなかに確実に入り込んだ。そのようなことについて考えていたら、コーヒーという言葉と百円という言葉の結びついた例を、ごく最近、どこかで見たことについて、僕は思い始めた。あれは、どこだったか。ひとしきり考えて、思い出した。

二〇一六年の夏、暑さのまんなかあたり、都内の巨大なJR駅の、改札は出たけれどまだ駅の建物のなかのどこかである、という位置にあったチェーン店のカフェの壁に、一杯のコーヒーをカラー写真に撮ったポスターが貼ってあった。そのポスターに添えられたコピーが、コーヒー二杯目百円、という言葉だった。お代わりの二杯目は百円です、という意味だ。

カフェでコーヒーを二杯飲む客が多くなってきたのか。その客たちから、お代わりの値段がおなじであることに、苦情が届き始めた。二杯目も三杯目も、ごく当然のことのように、最初の一杯とおなじであった時代が、日本では長く続いた。いまでもそのような店は多いに違いない。

しかし、考える店も、増えた。二杯目は少し安くしたほうがいいのではないか、と考えたのだ。その結果が、あのときのあのカフェでは、百円なのだった。お代わりは半額、という店はすでに多い。お代わりをする客は長居をする客、というわけでもないような気がする。二杯目への需要がどこからかあらわれ、それに対して、二杯目の価格をどうすればいいか考えた結果が、半額や百円なのだ。

JR飯田橋駅の東口を出て、目白通りを南へいくとすぐ、珈琲館という喫茶店がある。テーブルに向かって椅子にすわり、メモをする必要のあった僕は、喫茶店を探していた。十二月なかば、平日の午後四時前、珈琲館は混んでいた。席が空くのを待つ人たちのためのソファが、ドアを入った正面に置いてあった。

ブレンド・コーヒーは四百二十円だった。若い女性がカウンターの向こうで淹れて、テーブルまで持って来て、受け皿に載ったカップを笑顔でテーブルに置くのだ。ひとしきりメモをしたあと、隣の客席との間仕切りをふと見たらそこにはカードが貼ってあり、「コーヒー二杯目半額」とあり、「色々な味を楽しめます」と、興味深い言葉が添えてあった。

一杯目と二杯目とでは、コーヒーの味を変えて楽しむことが出来るとは、コーヒー豆の指定がそのつど出来る、という意味だ。二杯目であろうが何杯目であろうが、コーヒーはおなじコーヒーだよ、という時代は遠く過ぎ去ったようだ。次の時代の新たな需要に対応するにあたって、それまでは使われなかったような言葉や言いかたが、ごく当然のこととして採用される。伝票にはＢＩＬＬとあった。この言葉を僕は久しぶりに見た。

コンビニの淹れたて百円のコーヒーは、考えられることをすべて考えて実行した結果として、生まれたものだろう。その対極にあるはずの、いっさいなにも考えていないコーヒーというものは、あるだろうかと考えた。ある、と言わなくてはならない。それにふさわしい景色をひとつ、思い出したからだ。

名前を言えば、七割くらいの人たちは知っている、都心のホテルだ。ホテル用語で言うところのティー・ラウンジが、一階の奥のほうにある。ほどよい広さのなかに、なにがどうということもないテーブルと椅子が、配置されている。そこでは紅茶やコーヒーが飲める。軽い食事も出来たのではないか。待ち合わせや商談の場所だ。打ち合わせのために、僕がしばしばこのラウンジの客になった時代が、かつてあった。

注文したのは常にコーヒーだった。しかしコーヒーそのものが目的ではなく、椅子にすわって一時間ほど人と話をして過ごすための、切符のようなものがコーヒーだった。従業員の人たちが立ち働くカウンターの、内側も外側もほとんどすべて見ることの出来る位置にある席、というものに僕は気づいた。彼らが仕事をする様子のすべてを、この席から見ることが出来た。

丸いガラス製の、把手《とって》のついた、どちらかと言えば大きい容器に、コーヒーが常に半分ほど入っていた。どこか別のところで淹れたコーヒーを、必要に応じてこの容器のなかに注ぎ足すのだ。このガラス製の容器は電熱器の上に置いてあった。電熱器は電源のオンとオフをタイマーで繰り返し、ガラス容器のなかのコーヒーは、熱い、と言っていい温度に、常に保たれた。容器のなかのコーヒーは、充分に煮詰められもしたことだろう。

コーヒーを客に出す従業員は、カップをカウンターに置き、ガラスの容器を電熱器から下ろし、なかのコーヒーをカップに注ぎ、容器を電熱器の上に戻していた。コーヒーを満たしたカップは受け皿に載せられ、スプーンを添えられて、客のテーブルへと運ばれた。このガラスの容器の注ぎ口は直径十五センチほどで、おそらく蓋《ふた》のつもりだろう、濡れ布巾が広げてかけてあることが多かった。

何度かおなじ席にすわっているうちに、見るともなく見てしまったあのコーヒーは、当時で八百六十円くらいだったから、いまは千百円にはなっただろうか。およそ考えられることすべてを考えて百円になったコンビニの淹れたてコーヒーと、従業員の誰もがなにひとつ考えていないコーヒーとのあいだに、千円を越える格差のあるコーヒーが、東京には存在している。

「コーヒーでいいや」と言う人がいる

「喫茶店に入って注文するとき、コーヒーでいいよ、と言う奴がいるんです。あちこちにたくさんいますよ。どいつにも、僕は腹が立ちます」

と言って、友人は怒っていた。

沈んだ表情、とまではいかないが、つまらなそうな表情の、そして熱意のない口調で、

「コーヒーでいいよ」

と言うときのその人の、かもし出す雰囲気や作り出すニュアンスのぜんたいが、友人は気に入らないのだろう。

「いま特に飲みたいものはないけれど、こうして喫茶店に入ったからには、なにか注文しなくてはいけないので、面倒だ、コーヒーでいいよ」

というようなことを、可能なかぎり少ない文字数で言うと、

「コーヒーでいいよ」

となる。

「で」という平仮名ひとつで、あらかじめ半分ほど、対象とする世界を限定している。だから「で」のひと言は枠になり得る。本来は中立な枠なのだろう。

「お腹がいっぱいになってきましたので、ご飯は半分で結構です」

というふうに。

どこまで。そこまで。ここまで。それまで。俺まで。世界のとらえかたは、けっしてぜんたいを相手にしたものではない。世界の半分を相手にしている。したがってそのときその人も、半分になっているのではないか。

言葉の裏には気持ちというものが貼りついている。「コーヒーでいいよ」と言うときに、その人の気持ちは、どのようなものなのか。

「コーヒーでいいよ」

とおなじような言いかたには、いろいろある。

「コーヒーでいい」と言うと、最後の「よ」のひと文字を省いているだけなのに、かなりぶっきらぼうだ。

「コーヒーでいいか」と連れに訊《き》く場合もあるけれど、ここではひとりごとのように自分でこう言う場合について考えている。

「コーヒーかな」

「コーヒーにしておこう」

「コーヒーにしとこうか」

「コーヒーか」と、連れに訊いてもいいし、ひとりごとのように自分でこう言ってもいい。

「コーヒーでいいな」と、連れに言う。

「コーヒーでいいさ」という言いかたも、加えておこうか。

いま少し範囲を広げると、さらにたくさんの言いかたがある。言うか言わないかは別として。

「コーヒーを」

「コーヒーこそ」

「コーヒーこそを」

「コーヒーです」

「コーヒーだな」

「コーヒーだ」

「コーヒーだぜ」

「コーヒーがいいです」

「コーヒーにします」

「コーヒーでいこうか」

「コーヒーをください」

「コーヒーを待ってました」

「コーヒーを飲みたいです」

「コーヒーを飲ませてください」

「コーヒーを飲ませてやってください」

「いっとコーヒーでもくいやったもんせ」

女性言葉による言いかたもある。

「コーヒーでいいわ」

「コーヒーでいいのよ」

「コーヒーだわね」

「コーヒーにしましょうよ」

あげていくといろいろあるが、実際に使うかたちは限られている。もっとも標準的なのは、

「コーヒーをください」

という言いかただろう。そして、どのような理由にしろこの言いかたを選ばないとき、

「コーヒーでいいや」

となるのではないか。

日常のなかのさまざまな場面で、「で」を多用していることに気づく。ごく気楽に多用している。そのことの延長として、ほとんどなにも考えず、ほぼ自動的に、「で」が出てくるのではないか。「で」が先に出て、それと釣合いをとるかたちで、「いいよ」とか「いいや」になるのだ。「で」の魔力だ。

「で」と言ったとたん、選んではいる。「で」は枠なのだから。おまえでいいや、というふうに。選んでいる。範囲をきめている。限定している、と言ってもいい。消極的に賛成している、という言いかたも可能だろう。

「コーヒーでいい」

「コーヒーがいい」

このふたとおりの言いかたを、自動的に使い分けることが出来るようになるためには、

「コーヒーがいい」

と言うべき現場をいくつも体験した結果として、

「コーヒーがいい」

と自動的に出てくるようになるのだし、

「コーヒーでいい」

に関しても、こう言わなければならない現場を何とおりも体験して、この言いかたが身につく。


いかなる場合でも、「コーヒーでいい」とは言わず、「コーヒーがいい」という言いかたでとおしたなら、あの人は少しどこかがおかしい、とやがて言われるようになるだろうか。「が」が妙なものであり、その「が」を「で」に替えると、どこにでもいる普通の人になれるのか。

「それが最高」と「それで最高」、さらには、「それがいい」と「それでいい」のように、「が」と「で」のふたとおりがあり、どちらでもよさそうなものだが、使用者それぞれによって区別はなされているのだろう。「が」のほうが、それを選んで特定した、という意味合いが強い。「で」となると、選んだのではなく、そうなったからそうした、という意味合いになる。茶漬けでいい、ラーメンでいい、という言いかたが、「で」ではなく「が」だと、いくつかある選択肢のなかから、それをいま自分がはっきりと選んだ、という意味の色彩を帯びる。「で」は汎用的な広がりを持つのに反して、「が」は、特定の状況を背景に必要とする、という狭さを持つ。

「で」とは、つまり、日常なのか。日常とは、多用される「で」なのか。日常とは、一連の状況の

なかでそうなったことのすべて、なのだ。一連とは、動いていくことに他ならない。変化していくことだ。しかし劇的な変化ではなく、小さな変化の重なり合いとして、いつの間にかそうなっていく。その途中の小休止なのだから、コーヒーでいいや、という言いかたになる。コーヒーを選んだのではなく、コーヒーを選ぶことになったのだ。

これこそ日常だ。したがって日常のなかで「で」は多用される。コーヒーでいいや、と言うときのコーヒーは、日常そのものなのだ。日常そのものとは、いったいなんなのか、という問題をどうすればいいか。日常は要するに日常でしかないのか。

たとえば何人かの人たちが、いくつかある選択肢のなかから、もっとも無難と思えるものをひとつ、緩い合議の上で選んだとして、「これでいいかなあ」と誰かが言ったとする。その日本語の台詞を英語に翻訳することが出来るだろうか。

かなり難しい。字面どおりに解釈した結果として、これで問題はないだろうか、という意味をそのまま簡潔な英語にしたなら、「これでいいかなあ」という言いかたのなかに、僕の感じかたでは確実にあると思う、そのことに加わっている全員が共同してある程度のところで投げた結果として、そこに残ったものをその全員が見ている、という意味合いは出せないのではないか。

他にないからこそ、これでいいか、なのであり、他にない、という合意をした人たち全員に、「で」はかぶさる。他の可能性をさぐる作業を、全員の合議として停止した結果の、これなのだ。

「コーヒーでいい」と言う場合と、「コーヒーでいいや」と言う場合との、決定的な差異はなにか。

「コーヒーでいいよ」には、「コーヒーでいいや」「コーヒーでいいか」「コーヒーでいいな」などの変形があるけれど、おたがいのあいだに基本的な差はない。「コーヒーでいいや」は、諦めの表現なのか。選択を最後までつめていくことの、放棄の表現なのか。諦めや放棄は、こうして言葉に託された意味合いの一部分になるのか。

「コーヒーでいい」という部分と釣り合ってぜんたいを均衡させるのが、「よ」「や」「か」「な」などの、平仮名ひと文字による一音ではないか、という気もしてきた。そしてそのような一音には、一定の意味合いというものを、確実に託すことが出来るのだ。日常のなかにいくつもあるはずの、一連の状況のなかで、ある特定の、しかしごく小さな言葉の使用が、託される意味合いにおいて、許される。

そのときその場にいる、その人たちにとっての、日常という現実のごく小さなかけらのひとつがコーヒーだとすると、そのコーヒーは、コーヒーでいいよ、ということになる。コーヒーの価値を少しだけ下げると同時に、それを飲むはずの自分をも、少しだけ低いところに置くことになるのではないか、と考えるのは、考え過ぎの一例だろうか。

「コーヒーでいいや」という言いかたと、「コーヒーだなあ」という言いかたの、それぞれが持っている意味合いの違いを考えると、すこしだけ先へ進むことが出来るように思う。「コーヒーでいいや」と言うなら、すでに書いたとおり、特に飲みたいものはないけれど、なにか注文しなくてはいけないので、コーヒーでいいや、となる。「コーヒーだなあ」の場合は、コーヒーが飲めるとなったならやはり選ぶのはコーヒーだなあ、ということだ。前者は消極的で後者が積極的であることは確かだが、ことさらに積極的になる理由が見当たらない日常の場面は、いくらでもあるはずだ。いくらでもある、という種類の日常に対応する言葉が、汎用性高くそこにある。

「コーヒーでいいよ」とは、コーヒーで充分です、という意味そして気持ちではないか。問題は「いい」にある。「いい」というひと言は、使うことの出来る範囲が広く、さまざまな意味を託すことが容易に可能だ。コーヒーでいいよ、と言う場合の「いい」は、文字どおりの「良い」という意味ではなく、座標軸のゼロに近い、ほとんど中立の位置を示すひと言ではないか。

「コーヒーでいい？」と連れに訊くとき、そこに託された意味合いは、僕のとらえかたによれば次のようなものだ。選択肢はいくつかあるけれど、手間はかけさせないでくれ、早くきめろよ、簡単なものにしろ。これをごく好意的に解釈するなら、中立的なところをめざした言いかただ、ともなるだろう。「で」のかわりに「が」を使い、「コーヒーがいい？」と言うと、意味合いはまったく異なる。いくつか選択肢があるなかで、選ぶとしたらコーヒーだよね、と相手に先まわりして念を押している。「コーヒーにしようか」とか「コーヒーを飲みたいね」などの言いかたになると、意味は字面にあらわれているとおりだと言っていい。すでに書いたとおり、女性の言葉でもいろんな言いかたがある。「コーヒーでいいわ」「コーヒーでいいのよ」「コーヒーだわね」「コーヒーにしましょうよ」など、使い分けるためのふさわしい場面があってこそのものだ。

「コーヒーでも」

という言いかたはあるだろうか。人をコーヒーに誘うときの台詞としては、日常的にもしばしばある。小説のなかでも、充分にあり得る。中年の男性がひとり、平日の午後、なじみの喫茶店へひとりで入る。カウンターの奥のほうの席にすわる。おなじような年齢の、華やいだ顔だちの女主人が、注文を訊く表情で彼に顔を向ける。

「コーヒーでも」

と、彼は言っていいかどうか。小説のなかの人物の台詞としては、一般名詞のコーヒーではなく、コーヒー豆の種類を特定し、それを彼の台詞にしたほうがいい。

「ブラジルでも」

と言うなら、少しだけ良くなる。

「深煎りしたものがあるのよ」

と、店主は答える。このひと言で、コーヒーに対する彼女の姿勢の一端が伝わってくる。そしてその一端は、彼女の強い性格であり生活でもある。一端が言葉の端にふと見えるのだ。

「では、ぜひ、それを」

と彼は言う。

「ブラジル・フレンチよ」

「なんだ、それは」

「フレンチとは深煎りという意味なのよ。ブラジル豆の深煎り」

「英語の勉強かい」

店主は美しく首を振り、

「とんでもない」

と言う。コーヒーを淹れる作業を続けながら、彼女は言う。

「フレンチもブラジルも、れっきとした日本語ですよ」

Titanium Double Wall 220mg

日本のアウトドア用品のブランドにスノーピークというのがある。ここから市販されている、ティタニウムという金属を使った、ダブルウォールのカップを、僕は好いている。ティタニウムで二重になった内部は真空で、熱さが伝わりにくい。沸騰直後の湯で淹れたコーヒーを満たしても、カップを両手のなかに包み込むように、持つことが出来る。僕が愛用しているのは２２０という番号のあるもので、二百ミリ・リットルでちょうどいっぱいになる。白く薄い紙のコーヒー・バッグを両縁にかけると、じつによく似合う。

このカップを使うまでは、L.L.Beanで買ったマグを使っていた。分厚くずっしりと重い、きわめて好ましいかたちをしたマグだ。三つ購入したうちのひとつは割れ、もうひとつは友人に進呈し、いま残っているのはひとつだけだ。スノーピーク以来、これをまったく使っていない。

スノーピークのティタニウム・ダブルウォールとL.L.Beanのマグをならべてみると、両極端がそこにある、という印象を受ける。マグに入る量はどちらも二百ミリ・リットルだ。このマグと金属のカップとのあいだに、コーヒー・カップというものが、無数に存在している。そしてそれらのどれをも、僕は好いていない。

なぜ両極端だけが好きなのか。幼い頃の体験だろう、と思う。薄い皿を好かない僕は、分厚い皿が好きだ。マグはこことつながっている。分厚いマグでコーヒーを飲む人を、きっと子供の頃に見

23 **Titanium Double Wall 220mg**

たのだろう。金属のカップは明らかに兵隊さん用品からの影響だ。トレイから始まってボウルやカップそしてスプーン、ナイフ、フォークにいたるまで、兵隊さんのメス・キットは金属製だ。金属のカップで熱そうにコーヒーを飲んでいた、進駐連合軍兵士の記憶が、ティタニウムのカップにつながっている。

スノーピークのシングルウォールは、220と300のふたつを持っている。220の針金製の把手を側面に向けて折りたたむと、300のなかに220がすっぽりと入るという、ただそれだけの理由で購入した。兵隊さんのメス・キットのカップはもっと大きい。400あるいはそれ以上のものを、ぜひとも見つけなくてはいけない。

二〇一六年の秋に、日本ランズエンドのカタログを見ていたら、一定の額を越える買い物をした人にはマグを進呈する、という広告があった。マグの写真が掲載されていた。いいマグではないか、と僕は思った。アメリカのかたちをしていた。色は淡いピンクだ。このマグを手にしてみたくなった僕は、一定額以上の注文をおこない、めでたくマグを手に入れた。いまおなじマグが三個もある。さらに僕は買い物をしたようだ。この三個のマグを、さて、どうしようか、といま僕は思案している。写真の被写体にいいのではないか、と思った。実行してみようか。いい写真が撮れるかもしれない。

25 **Titanium Double Wall 220mg**

喫茶店のコーヒーについて語るとき、大事なのは椅子だ

『あまから手帖』という月刊雑誌の二〇〇七年三月号で、京都の喫茶店、静香の椅子の写真を僕は見た。毎号、そのページでは、一軒の喫茶店を、その椅子を視点にして紹介していた、と僕は記憶している。僕が静香の椅子を見たとき、そのページには、椅子のささやき、という題名がつけてあった。

一ページ大のカラー写真にとらえられたその椅子を見た瞬間の僕の反応は、この椅子にすわってコーヒーを飲みたい、というものだった。喫茶店の椅子を雑誌のなかのカラー写真で見るのは、初めてのことだった。したがって、この椅子にすわってコーヒーを飲みたい、と思うこともまた、初めての体験だった。

静香は上七軒にある。千本今出川の交差点の、南側の西側、という妙な言いかたをしておこう。創業は昭和十三年だということだ。僕が『あまから手帖』のページで見たその椅子は、おそらく創業したときから使われてきた椅子ではなかったか。いまはもう日本のどこを探してもないような、つまりずっと以前に作られた椅子だった。

ほぼ正方形の座面はその中央に垂直に立つ背もたれによって、左右に二分されていた。どちらの側にも客はすわることが出来た。背もたれはかなりの高さだ。大人の首すじあたりまでは届いただろう。写真で見たその椅子は、壁に寄せて置いてあった。背もたれを正面に見て、その左側にすわ

る人にとっては、壁は右側となる。右側にすわれば、壁は左にくる。ごくあたりまえのことだ。座面の中央に垂直に立つ背もたれによって、このような認識が、小さな発見のように引き起こされた。

椅子の壁側には肘かけはないが、通路側にはある。先端が湾曲した、ほどよい幅の板だ。この湾曲はまっすぐな木材を曲げたものではなく、削り出して作ったものではないか。ぜんたいとして、肘かけらしいかたちをしている。垂直な背もたれをまんなかにはさんで、肘かけは左右対称だ。おなじかたちをした肘かけが、左右どちらの席にもある。

この肘かけは、いっぽうの端が背もたれで支えられると同時に、先端の湾曲した部分から適正に引っ込んだ位置で、一本の支柱によっても支えられている。座面は深さのある正方形の箱のような造りで、その側面には厚みのある側板が取りつけてある。肘かけの前方にある支柱は、その厚みを半分ほど削り落とされ、残ったほうが座面の側板に乗って支えられている。写真の中にある椅子の構造を描写していくと、過去形から現在形へと、いつのまにか時制が変化していく。写真のなかにあるものは、まだ充分に現在なのだから。

肘かけは、見た目には左右対称だが、造りとしては別々で、そのどちらもが、背もたれによって支えられている。おたがいに切り欠きがあり、それを組み合わせることによって、肘かけが背もたれによって支えられる、という工夫だ。肘かけに上からかかる重さは、このようにして二点で支えられている。肘かけをその下から支える支柱は円柱だが、座面の側板に届く位置で四角い柱となり、その柱の内側半分が切り取られた結果、残り半分が側板に乗ることによって、肘かけにかかる重みを支える。背もたれは側面、そして頂上をへて、反対側の側面へと、板で囲われた造りになっていて、肘かけのいっぽうの端は、背もたれのこの側面の板に作ってある切り欠きと、組み合わされている。

ひとつの箱である座面をフロアに支えるのは、四本の短い円脚だ。形状はけっして円柱ではない。直径の異なる同心円の輪を積み重ねたようなかたち、とでも言えばいいか。『あまから』で見た静香の椅子の構造について、なぜこうも僕は書くのか。

工夫された椅子だ、ということについて、まず書いておきたい。その工夫によって、喫茶店の椅子らしいありかたが生み出されている、ということについてもぜひ書いておきたい。その次に書きたいのは、工夫された箇所が時間の経過のなかでかならずや生み出す、修理の必要性だ。

ガタがくる、という言いかたがある。かなりの頻度で、この椅子はそうなるのではないか。どの椅子も、毎日、大勢の客を迎える。肘かけには、特にガタがくるのではないか。座面や背もたれの背の部分に張ってあるのは、写真では青い皮革のように見えたが、ヴェルヴェットだという。かつては新幹線の座席に使われていたのとおなじ材料を、職人たちが張っているという。いろんな意味でガタがきたら、修理しなくてはいけない。

『あまから』の写真に添えられた短い文章によると、店主は一脚ずつ修理に出すそうだ。すべての椅子を、あるいは多くの椅子を、いっせいに修理に出すことを、意図的に避けているという。なぜか。修理されて戻ってきた椅子が一脚であるからこそ、その椅子は目立たない。目立たない、したがって、店内の雰囲気は、そのままに保たれる。いつまでも変わらない、ということは厳密にはあり得ないが、いつまでも変わらない、と多くの客が思うような雰囲気を維持し続けることは、工夫

椅子のささやき

椅子と二人六脚

昭和13年創業。白い漆喰の天井に映えるモスグリーンとくすんだ青のベルベットの椅子。紫煙と珈琲の香りを受け止める渋い色合いは、古めかしいコーヒーメーカーやストーブと共に1枚の絵のような景色を描く。うっとりして座ると、バネの感触がグリングリン当たる。この店で何より時代を感じさせるのは、年季の入った椅子の座り心地だ。

入り口近くの小ぢんまりしたスペースには、その幅に合わせた小さな椅子、1人席、奥のボックス席。店内にピッタリはまる形で誂えられた椅子は、かつて新幹線のシートに使われていたのと同じ生地を今も職人が張る。

「ガタが来たなと思ったら修理します。いっせいに仕替えたらスッキリするんやろうけど、甲斐性がのうて……」。頃合いを見さ、1脚ずつ修理に出されるのだ。

「いっせいに修理」ではないからこそ、ずっと変わらない店の空気が保たれる。長年連れ添った椅子のくたびれ具合を、ちょこんと座って確かめる女将さん。店を守ってきた二人六脚が垣間見える。

撮影 高橋榮 文 沢田眉香子

京都・上七軒「静香（しずか）」●京都市上京区今出川通千本西入ル南側 ☎075・461・5323 休第2・4日曜

176

によって充分に可能だ。椅子を一脚ずつ修理に出すのは、そのような工夫のひとつだ。

いきつけの喫茶店がいつもとおなじである、なんら変わっていない、とはどのような意味のことなのか。この店は今日もいつもとおなじだ、と客が感じる。客もまた変わりたくないのだろう。いつものままに自分は続いている、あるいは、そうありたいと、望んでいる。店はけっしておなじではない。昨日の店とは、どこかがほんの少しだけ、微妙に異なっている。客もそうだ。しかし、変わらない店は、変わらない自分というものと、均衡している。変わらない店は、いつもの自分をそのままに受けとめてくれる。変わらない店によって、いつもの自分が今日も肯定される。店に変化があると、特にがらりと変わると、客はいつもの自分を否定されたように感じる。この店にとって自分など、じつはどうでもよかったのだ、とどこかで思ってしまう。

僕が平日の午後二時前後に静香の客になるとして、昼には新幹線に乗っていなくてはいけない。新幹線に乗る新横浜まで一時間だから、間に合うように自宅を出る必要がある。早めの昼食からそのあとのしたくまで、すべてをひとりでこなしていく。こういうときの自分はまさにいつもの自分であり、必要な作業を次々にほぼ自動的におこなっている。しかし、こんなときの自分でも、その自分は主観のかたまりとしてとらえておくと、あとあとの理解は進みやすいのではないか。

自覚のあるなしにかかわらず、自分は常に自分という、ありとあらゆる主観の集合体だ。それだからこそ、自分という人は、自分として機能している。そしてそのような自分の外、つまり自分の周囲に存在するものはすべて、現実というものだ。さまざまな現実と次々にかたっぱしから接しつつ、僕は京都駅で新幹線を降りる。すさまじい数の現実がびっしりと埋まっているなかで、自分はひとりだけ自分であり、その自分のなかみは主観にほかならない。京都駅で新幹線を降りて中央口のタクシー乗り場へと降りていくときなど、こうしたことを直接に感じるための良き機会だ。

主観の人である自分は、いつもと変わらない喫茶店に入る。そこまでの自分はさまざまな現実のなかを動いてきた。触れたり見たり匂いをかいだりする多くの現実をかき分け、現実の海を泳いで渡り、いつもの喫茶店に入る。そこも現実だ。そこはそこで、現実に満ちている。席についてコーヒーを注文し、そのコーヒーが目の前に出てくる。そこまで自分が体験したすべての現実が、そしてその店に充満している現実のぜんたいが、その一杯のコーヒーに集約されている。

自分の外にあるすべての現実を、その一杯のコーヒーとして、自分は受けとめる。自分は主観なのだから、そのコーヒーは客観だ。主観である自分の周囲のすべての現実が、一杯のコーヒーに姿を変えている。主観である自分を、客観の象徴であるような一杯のコーヒーが、迎えてくれる。自分という主観は、こうして客観と対面する。いきつけの喫茶店での、いつものあの椅子とテーブルでのコーヒーとは、じつはこのようなものなのだ。

テーブルに運ばれてきたそのコーヒーは、すべての現実をひとつにまとめた客観であり、主観のかたまりである自分はそれを見ている。見ているだけではない。カップを手に取り、唇へと運び、なかのコーヒーを飲むではないか。すべての現実は一杯のコーヒーとなり、ありったけの主観である自分が、それと対面する。客観と主観とは、こうしてようやく均衡する。

喫茶店ではなくたとえば公園のベンチを思ってみようか。公園のベンチで持参のサーモスからコーヒーをカップに注いで飲むのは、いまの日本、特に東京では、ほとんど意味のないフィクションだが、それを承知でその人は公園のベンチにすわり、エチオピアの豆によるまだ熱いコーヒーをカップに注いで飲むとする。現実を可能なかぎりたくさん呼び集め、そのなかに自分が埋もれていくことの快感を、その人はそのコーヒーとともに楽しむことになるのではないか。

すべての現実が一杯のコーヒーとして客観となり、それを主観のかたまりである自分がいつもの喫茶店で迎える。その結果として、そこになにが起きるのか。客観は主観に対して、なんらかの影響をあたえる。主観とは、自分のなかにあるものすべてだ。客観とは、外から働きかける力のすべてだ。そのふたつが出会えば、そこに化学変化が起きる。クリエイティヴな、なにごとかが生まれていく、と思いたい。多くの場合、その時その場ではなく、のちほど、後日、いつだかまだはっきりしないけれど、いつか、かならず。

クリエイティヴな、なにごとかとは、なんなのか。結びつくことなどまったく考えていなかった、ふたつあるいはそれ以上の異なったものが、突然に結びつくことによって、それまではそこになかった、新たな価値を持ったなにごとかが、生まれてくることだ。基本的には、クリエイティヴなことは、すべてこうなのだろう。アイディアの閃《ひらめ》き、などとしばしば言われている。

自分という主観を、なにほどか客観的にのぞき見るとき、その視点がいきつけの喫茶店であり、そこのコーヒーなのではないか。しかし、喫茶店もコーヒーも、自分ではない。いくら常連であろうとも、店は店であり、自分とは別なものだ。店はすべての客に開かれた場所だ。そして自分は、そのなかのひとりの客だ。

そこでの一杯のコーヒーの効用は、主観に穴をあける力だ、という言いかたをしてみようか。その穴から、主観は外の客観へと引き出される。主観が自分の内部で主観にとどまるかぎり、それがいくら優れたエネルギーであっても、なにもクリエイトはしない。クリエイトするとは、自分が内部に持っているものを外にあるもので整えなおすことをとおして、それまではどこにもなかった新たなものを作り出す営みのぜんたいだ。

主観を客観の世界へ引き出さなくては、思ってもみなかったものどうしの結びつきなど、そもそもありようがない。客観とは、なにか。現実のすべてだ。現実を忘れてはいけない。勝手な夢を見るな。自分のなかにあるなにか良きものを、理想的に言うなら、多数にとっての普遍につなげなくてはいけない。いちばん小さなエリアは自分の頭のなかだ。ここで主観を、普遍性を帯びたものへと変換する。客観はとてつもなく大きい。その大きさにおいて、すでにそれは真実なのだ、と言えるほどに大きい。

いきつけの喫茶店にひとりでいるときについて書いてきた。誰か人といっしょにいる場合は、どうなのか。目の前にいるその人は、現実を代表している。その人は自分の言うことをほぼ理解してくれる。反応してくれる。話の展開に沿って応答する。自分の考えを述べてくれる。その人もまた主観なのだが、応答において、半分ほどは客観なのではないか。その場ですぐに直接に役に立つことは期待出来なくても、いつかのちほど、どこかで、その客観は効いてくる。知っている人との会話のなかに見つける刺激は、自分の主観のなかに入りやすい。

なじみの喫茶店への経路。店の雰囲気。来ている客たち。店主の様子。ウェイトレスはいるだろうか。音楽が聞こえている場合もあるだろう。現実のさまざまなものが統合され、ある程度まで抽象化されたものとして自分のなかに入ってきて、そこにある主観と化学反応を引き起こす。喫茶店に入って一杯のコーヒーを前にして気持ちを集中させる、としばしば言われる。気持ちを集中させるとは、自分の頭のなかにあるものをある程度までは抽象化させることだと思う。自分をいくら抽象化しても、しかし、得られるものは少ない。

外と内の問題だ。内は自分だ。外は、なんなのか。すべての現実が、外だ。そしてそれが一本の矢のようにまとまったものが、喫茶店やそのコーヒーだとすると、大事なのは椅子なのだ、ということになる。椅子とは、その喫茶店で経過した時間のことだ。変わることなく続いた場所で、その椅子にすわり、ほんのひととき、そのような時間のなかに、自分も加わりたい。自分は受けとめられる。外から入ってくるものを待つだけだ。そしてそのときには、自分がどのような状態にあるかが、試される。

二〇一六年の四月なかば、まだ桜が残っていた雨模様の平日の午後、僕たちは京都駅に到着した。友人たち三人に僕を加えた四人だ。しばしタクシーのなかの人となり、やがて千本今出川の南側でそのタクシーは停まった。静香は営業していなかった。当分のあいだ休みます、という意味の貼り紙がドアにあった。待っているタクシーに戻るほかなかった。御池寺町までいき、スマート珈琲店の二階で遅い昼食となった。食べながら僕は、『あまから手帖』から切り取ったあの椅子の写真ページについて思った。

本棚の端で重なっていく切り抜きは、隣の二列目に、そしてさらに三列目へと、増えていった。

一段の棚のなかばまで切り抜きが到達して、これはもう捨てるしかない、と僕は思った。切り抜きはしたけれど、その一枚ずつをあらためて見ていくことは、ないと言うよりも不可能に近い、などと僕は思った。だから僕は切り抜きをすべて棚から出し、ひとつに積み上げた。いくつかに分けて白いビニールの紐でくくらなくてはいけない。あとでそうしよう、と僕は思った。

しばらくしてデスクの上の切り抜きの前に立ったら、積み上げた切り抜きは片方に向けて崩れていた。斜めに崩れてふたつに分かれたようになっていた、その下のほうの切り抜きの山のいちばん上に、静香の椅子をカラー写真で紹介したページの切り抜きがあった。二〇一六年の一月のことだ。そのページとの、九年ぶりの、まったく思いがけない再会だった。

この喫茶店のこの椅子でコーヒーを飲みたい、と切望しながら、二月、三月と時間は経過していき、四月なかば、まだ桜の残る雨模様の日の午後、当分のあいだのお休みとなった静香の前に、僕は立ったのだった。その静香は、外装に多少の手を加えたのち、二〇一六年の夏の終わりに、営業を再開した。

二〇一七年五月なかば、そして六月の初旬、僕は友人たちふたりとともに、改装して開店した静香の客となった。午後になったばかりの京都駅中央口から、千本今出川までタクシーに乗った。桜の頃の雨の日を含めて、三度ともタクシーはおなじ道を走った。千本は朱雀大路と呼ばれていて、夏の初めには、千本１００円商店街を開催していた。

その千本と今出川の交差点を西へ曲がったところでタクシーを降りると、目の前が静香だった。改装されたとは言っても、基本的にはまったくおなじだった。昭和十二年に開業し、次の年に現在の所有者の先代に買い取られた。店の空間を現在あるように改装したのは、その先代だったという。昭和十三年に生まれた空間に僕たちは入った。

静香の椅子にすわることが出来た。その椅子にすわってコーヒーを飲むことも出来た。椅子のすわりやすさには感銘を受けた、と言っていい。もはや日本のどこにもない、静香だけにある椅子だが、ただ単に古いのではなく、時間を越えて普遍に到達しているすわりやすさだ、と僕は言う。テーブルを前にして椅子にすわる人間の体にとって、普遍的なすわりやすさだ。そのことを受けとめれば、そのときはそれで充分だった。

六月の初旬に静香の客になったときには、居心地の良さについて考えることが出来た。椅子のすわりやすさは変わらず、それに体を預けて、僕は考えた。僕は主観のかたまりだ、とすでに書いた。その僕のなかから、なにかクリエイティヴなものを客観が引き出す、というようなことも書いた。客観と現実とを混同してはいけない。僕という主観の外には、さまざまな現実があるだけで、客観はどこにもない。客観も僕が作る。その客観が主観と対峙すると、そこになんらかの衝突が起き、その衝突がクリエイティヴなことのきっかけに、やがてなるといい。居心地の良さとは、客観を作り出しやすい、ということに他ならない。

店に入ると、ドアから店の奥に向けて、スペースの中央に通路があり、その両側に客席が配してある。五月のときには、左側のいちばん奥の席だった。六月のときは右側のいちばん奥だった。どちらも良かった。三度目はどの席か。ドアを入ってすぐ左側の席がいいのではないか、と僕は思っている。

いまは紅葉に向かう季節だ。静香を訪ねてその席の椅子にすわるのは、来春の梅と桜のあいだがいいのではないか。二〇一六年とおなじく、まだ桜のある雨の日でもいい。

四つの署名、一九六七年十二月

二〇一六年六月初めの晴れた平日、午前十時五十九分の新幹線に、僕は新横浜から乗った。編集者の月形もこの車輛だと言っていた。探したら彼はいちばん前の席にいた。僕に気づいて、

「お早うございます」

と笑顔で言い、立ち上がった。

「自分の席はここです」

と彼はすわっていた席を示した。

「僕はどこかあのあたりだ」

と、車輛のまんなかを僕は示した。

「自分の席はドアに近いところです」

「なぜ」

「喫煙室に近いところを、と思いまして」

僕たちは短く笑った。

Ａ４サイズのボール紙の封筒を僕は彼に差し出した。

「なかにあるのは、透明なファイルにはさんだ白黒の写真プリントが一枚。あげるよ。約束したとおりだ」

彼はそれを受け取った。

「四人が揃ってるのですか」

「写真は四人のポートレートだよ。きわめてカジュアルな」

「四人のサインがしてあるのですか」

「そう言っただろう」

「四人とも」

新幹線はとっくに走り始めていた。

「あげるよ。進呈する」

「もらいますよ」

と、月形は言った。

「と言うことは、もう返しませんよ」

「返さなくてもいい」

「返してくれ、と言わないでください」

「言う理由がない」

「この自分の席で感慨にひたります」

「充分に」

僕は車輛のなかほどへ歩き、自分の席を見つけた。窓辺の席だった。

月形は恵二郎という。初対面で名刺をもらったとき、月形という名に僕はかなり惹かれた。月形は僕より二十歳ほど年下だ。

「僕は次男です。兄は恵一といいます。母親の名が恵なのです。めぐむ、と読みます」

彼がそう言ったのを、僕は思い出した。

窓辺の席で僕は考えごとをして過ごした。窓の外の景色をときたま眺めた。眺めるたびに、これはどこの国か、と僕は思った。自分の国か。自分はその国の一部分なのか。自分はその国に、どのように関係し、どんなふうに巻き込まれているのか。

車内販売の女性がカートを押してあらわれた。美人の彼女を呼びとめ、僕はコーヒーをひとつ買った。熱いのが紙カップに入っていて、褐色のプラスティックの蓋がしてあった。紙カップの側面に印刷された、アロマ・エキスプレスという英文字を、僕はしばらく眺めた。そのコーヒーを少しずつ僕は飲んだ。まもなく名古屋です、というアナウンスがあった頃、紙カップのコーヒーは完全に冷えていた。冷えたコーヒーを僕は京都まで楽しんだ。月形は一度も僕の席にあらわれなかった。

京都で降りるために僕は席を立った。ドアの前で待っている彼の姿が見えた。いつも手に下げている赤い革のトート・バッグを、いまは胸に抱えていた。

僕たちは新幹線を降りた。のぞみは走り去っていき、僕たちはプラットフォームで向き合った。

「感銘は？」

と僕は訊《たず》ねてみた。

「ありました」

と彼は答えた。

僕たちはエスカレーターまで歩いた。

「四人のサインですよね」

「彼らのロード・マネジャーだった、マル・エヴァンスの代筆だよ」

「四人ともですか」

「あのプリントを僕にくれた編集者が、そう言っていた」

「レノンの乱暴な書きかたは真似するのが難しいでしょう」

「それこそ真似しやすい」

僕たちはエスカレーターで下へ降りた。中央口へ降りていくエスカレーターに向けて、僕たちはさらに歩いた。

「ジョージのサインは青いインクのサインペンなのですね」

「新年のメッセージも、おなじサインペンで彼が、つまり、マルが書いている」

「写真は印画紙へ焼きつけたものです」

「配付用のPRポートレートだよ。たくさん用意したんだろうなあ。おなじ写真に何百枚となく、マル・エヴァンスは四人のサインを代筆した。新年のメッセージつきだから、一月号に掲載されたんだ」

「一九六八年の一月号です」

「つきとめたのかい」

「掲載号の現物を手に入れました。いま持っています。あとでお見せします」

中央口へ降りた僕たちはタクシー乗り場へ歩いた。梅雨の晴れ間の空を背景に、京都タワーがくっきりと立っていた。さほど多くはない観光客の列のうしろにつき、僕たちはタクシーの順番を待った。

「あの写真の四人は一九六七年六月の四人です。その写真プリントに新年のメッセージと四人のサインがほどこされて、ロンドンから東京に届いたのですね。次の年の一月号に掲載するための編集作業に、間に合ったのですね」

「いまから五十年前の出来事だ」

僕たちの順番になった。ふたりはタクシーに乗った。

「寺町御池の南側です」

と、僕はドライヴァーに伝えた。どこで降りたいのか正確に伝わってはいるけれど、言いかたとしてはおかしいので、僕は念を押された。

「降りたら寺町へ下がりたいんやね」

「そうです」

「ほんとに、もう返しませんよ」

発車していくタクシーのなかで月形が言った。

「きみに進呈した。だからその問題は、そこで終わりだ」

「まだ終わっていない問題があります」

「たとえば？」

「サイン入りのこの写真が掲載された号を、音楽雑誌のバックナンバー専門店で手に入れました。写真のコピーはいただいてましたから、何年に撮られたものか、すぐに特定出来ました。ですから、一九六八年の一月号ときめて、探したのです。ぎっしり並んでいる棚のなかに、その号がありました。購入して、店を出て、そこでヴィニールの袋を破って、なかを見たのです。ありました。掲載されてました。あの写真です」

「写真といっしょに掲載号も、あの雑誌の編集者から僕はもらったのだけどなあ。いまでもよく覚えてるよ。神保町の喫茶店で待ち合わせをした。編集者はその雑誌の一九六八年一月号にあの写真をはさんで、雑誌の郵送用の封筒に入れて、持って来た。掲載号はその後どこかへ消えた。捨てたのだろう。しかし写真だけは保管しておいた」

「なぜですか」

「四人のサインがしてあるからね。誰の代筆にせよ。編集者はマル・エヴァンスだと断言していた」

「店は予約してありませんが、いきなりでいいですか」

僕の右隣で月形が言った。僕は腕時計を見た。ハミルトンのカーキというシリーズの手巻きだった。

「いまは一時過ぎだよ」

「そうです」

「二階にはテーブルがいくつかある。ひとつくらい空いてるだろう」

「電話しておきます」

そう言った月形はトート・バッグからスマートフォンを取り出し、寺町通りの店に電話をかけた。電話をする彼の言葉を僕は受けとめた。

「さきほど東京から京都駅に着きまして、いまタクシーでそちらに向かっているところです。二階のテーブルをひとつ予約出来ますか。大人ふたりです」

そのあと簡単な定型のやりとりがあり、彼は電話を終わった。

「予約は出来ました」

タクシーは御池へ左折した。

「大人ふたりか」

「そうです」

「ほんとかよ」

「僕は大人のつもりですが」

「僕もだ」

「お子様はいらっしゃいますか、と訊かれたのです」

「大人ひとりと子供ひとりです、と答えればよかったのに」

「僕は大人ですよ」

「だからこの僕がガキだよ」

「それならＯＫです」

と言って月形は笑った。

タクシーは停車し、彼が支払いをして、僕たちは降りた。寺町通りへ下がった。すぐ右側に老舗の喫茶店があり、その二階へ僕たちは上がった。美しい応対の若い女性が、白いクロスのかかったテーブルに僕たちを案内してくれた。僕は壁を背にして椅子にすわり、月形はその左の椅子にすわった。

僕たちはメニューを見た。僕たちは四月にもここへ来た。そのときもこの二階で食事をした。隣のテーブルの女性が食べていたチキンに僕は強く惹かれるものを感じた。だから今回はそれと、野菜のオムレツを注文した。月形もおなじものだった。

「あの写真を出してもいいですか」

と彼は言った。

「好きなだけ」

足元のトート・バッグから彼はボール紙の封筒を取り出した。なかから透明なファイルを引き出し、そのファイルごしに四人の写真を見た。

「うかつには持てませんよ」

と彼は言い、次のように質問した。

「なぜ、これを、僕に、くださるのですか」

「ザ・ビートルズが自分の人生だと、きみが言うからさ」

「僕は一九六〇年生まれなのです。あの四人が日本へ来たのは一九六六年でした」

「まだきみは小学生になったばかりだったのか」

「そうです。しかし、六歳からザ・ビートルズです。父親がシングル盤を買ってくれたので。いまも持ってます。『ラヴ・ミー・ドゥ』と『P.S.アイ・ラヴ・ユー』です」

「ドラムスはリンゴではないのは、知ってるかい。二曲とも」

「知ってますよ。ジョージ・マーティンが呼んでおいたスタジオ・ミュージシャンです。父親が買ってくれた七インチ盤が、たまたま彼らのデビュー盤だったのですが、そこからはセカンドもサードもなく、常にひとかたまりにザ・ビートルズなのでした。そのかたまりはどんどん大きくなっていって、この僕を巻き込んだのです。小さなレコード・プレーヤーで、何度繰り返し聴いたかわかりません。LPを載せると盤面が傾いたまま回転するようなプレーヤーです。聴くそのたんびに、夢中でした。この四人です」

と、月形は透明なファイルのなかの写真を掲げた。

「四人はまだかろうじて仲が良かったのかな。一月号のために日本へ送るのは、その写真ではなくてもよかった、と思うけどなあ」

「どの写真ならいいのですか」

「たとえば、日本公演のときの、二回目のステージ写真」

「二回目のステージは七月一日金曜日の午後三時からでした」

「武道館のステージに四人が上がるところをうしろから撮った写真があるんだよ」

「知ってます。切り抜いてスクラップ・ブックに貼ってあります」

47　**四つの署名、一九六七年十二月**

「ドラム・セットはかなり高い台の上にあって、リンゴはあと一歩でその台に上がりきるところだ。うしろ姿のリンゴの左足が空中にある。まんなかにポールがいて、彼の左にジョンがいる。ジョージはポールとジョンに背を向ける位置に立っている。ジョンとポールがおなじものを見て笑顔になっている。このときふたりがなにを見て笑顔になったたか、知ってるかい」

「知りません」

「そうか」

「調べます。調べてかならず、つきとめます」

「四人ともうしろ姿だから、三人のギター・ストラップがはっきり見える。ポールだけ、確かに左利きの人のストラップのかけかただ」

「その写真は知ってます。彼らの頭上に大きな日章旗が平らに下がってるように見えてますよね」

彼の言葉に僕はうなずいた。

「あの写真を使えばよかったのに。四人の代筆サインに、新年のメッセージを書き添えて」

「いいですね」

「四人の乗った日航機は台風の去った直後の羽田空港に着陸した。四人はタラップを降りた。まだそんな時代だった。タラップ上の順番は知ってるかい」

という僕のなかば冗談の質問に、

「ポール、ジョン、リンゴ、そしてジョージでした」

と彼は即答した。その彼に僕は次のように言った。

「その四人はハッピを着てる。漢字だと法被と書くようだ。音声だとハッピだから、そこに幸せのハッピーを重ねて、法被はハッピー・コートと称して、占領軍兵士たちのおみやげに売られた。接収されてPXになってた銀座の服部時計店はその一例だよ。ハッピー・コートは、占領軍兵士たちが故国へ持って帰る東洋趣味として、もっとも簡便でしかも安い物品だった」

「四人が着ていたハッピは日航が配ったのです」

「さて、そこでクイズだよ」

「質問してください」

「ハッピの左襟には、日航、とあり、右襟にはJALと縦にある。ポール、ジョン、ジョージのハッピはこうなんだけど、リンゴのだけは、右襟にはなにもなく、左襟にJALとだけある。これは、なぜか。どういうことなのか」

月形は右手を上げた。そして、

「回答出来ます。しかも正解です」

と言った。僕は無言で彼を促した。

「日航が機内で配ったあのハッピには、普通サイズとやや小さいサイズのふたとおりがあり、サイズの違いがアテンダントたちにひと目で識別出来るよう、やや小さいサイズのハッピ、つまりリンゴが着ていたのには、左襟にJALとだけあったのです」

「正解だよ」

「僕にとってもこの問題は、長いあいだの謎だったのです。しかし謎はやがて解けました。僕がいま言ったのが正解です」

僕たちのテーブルに料理が運ばれて来た。その料理と僕を半々に見ながら、月形は言った。

「なぜ、こんなことを、ご存じなのですか」

「多少は知ってる。しかし、きみほどではない」

「ご飯のこの盛りつけかたを見てください。おいしそうですね。ご飯をおいしそうに皿に盛りつけて、なおかつそこに上品さを残そうとすると、盛りつけはこうなるのです」

「いつもこういう盛りつけで食べてるのかい」

僕の質問に彼は首を振った。

「いつもはまるで違います。ご自身はビートルズ世代に含まれるのですか」

という彼の質問に僕は首を振った。

「最初に彼らの歌と演奏を聞いたのは大学生の頃だった、という記憶があるけれど、これは明らかに僕の記憶違いだ。最初に聞いたのは一九六四年だったから」

「なにを聞いたのですか」

「第一印象と深く関係してくる。こんな訛りのある英語でどうするんだ、とまず思った。しかもアメリカのヒット曲のカヴァーじゃないか、とも思った」

「ということは、『ロール・オーヴァー・ベートーヴェン』ですか」

僕はうなずいた。

「それと、『ツイスト・アンド・シャウト』だったかな」

51　四つの署名、一九六七年十二月

「その二曲のカップリングで、一九六四年に七インチ盤が発売されてます」

「ちょうどおなじ頃に、イギリスのフランク・アイフィールドという男性歌手のLovesick Bluesがヒットしてた。軽快なリズムに乗った明確な解釈で、素晴らしい歌唱だった。少なくとも歌ってるときの彼の英語には、地域性をまるで感じなかった。だからザ・ビートルズの第一印象には、フランク・アイフィールドのこの歌が色濃く重なっている」

ハンク・ウィリアムズのLovesick Bluesだ。一九四九年にグランド・オール・オプリーに出演したとき、彼はこの歌を歌った。クリフ・フレンドとアーヴィング・ミルズのふたりが作った歌で、コピーライトは一九二二年だ。ウクレレ・アイクという名前で活躍していたクリフ・エドワーズがレコードにしたが、売れなかった。コピーライトとはまったく無関係な第三者から、この歌は自分の作った歌だと偽られたハンク・ウィリアムズは、そうとは気づかないままにその人に百ドルを支払い、Lovesick Bluesを買ったという。コピーライトは一九四九年へと変更されている。

「ザ・ビートルズを最初に聞いたすぐあと、ニュース映画の一部分として、彼ら四人を僕は見た。アメリカへいったときのニュースだよ。ニューヨークのシェイ・スタジアムの二塁ベースあたりにステージが作ってあり、四人はそこに向けて走っていった。この映像を見たときには、いいな、と率直に思った。あの映像をもう一度見たい」

「ニュース映画ですか」

「映画館で見た」

「調べます。つきとめます」

オムレツの野菜を皿の中央にフォークで寄せながら、月形は言った。テーブルの上にあった四人の写真を透明なファイルに入れ、それをボール紙の封筒に差し込み、月形は足もとのトート・バッグに戻した。そして次のように言った。

「さっきも言ったとおり、父親が買ってくれるシングル盤にラジオで何度も聴く彼らの歌と演奏が何重にも重なって、三年、四年はあっと言う間ですよ。一九七〇年には早くも現役最後のLPですから。順不同にひとかたまりになってます。どうやら時間順にならべなおすことが出来たのは、中学生になってからでした。そして日本公演は、僕にとってはそのようだったザ・ビートルズの、なぞらえるなら台風の目です」

「さっき言ったステージ写真は、日本での二度目のステージだよ。ドラム・セットが置いてある台のこちら側、つまり台のうしろにジョージがいて、台の高さはジョージの尻の上あたりなんだ。だからあの台はかなりの高さだ」

「調べて正確な数字を出します」

「四人は四人とも黒いパンツで、ジャケットもおなじだ。明るいグレーのジャケットで、細いピンクの縦ストライプだそうだ」

「ストライプはオレンジです」

「そうだったか」

「彼らの日本公演のすべてが、僕の人生の根幹ですから」

「『ロック・アンド・ロール・ミュージック』から『アイム・ダウン』まで」

55　四つの署名、一九六七年十二月

「そうです」

ご飯の最後のひと口を彼はフォークの背に載せた。そして口に入れ、何度もうなずきながら噛《か》んだ。そのご飯を飲み下す彼に僕は言った。

「彼らが使ったギターやアンプなどの話になると、きりがないね」

「まったくそのとおりです。日本での二日目は、昼と夜とではアンプが違います。アンプをイギリスから急遽《きゅうきょ》、取り寄せたのです。こうした経緯を調べるだけでも、人生の重要な一部分となります」

「アンプが違えば、音もまるで違ってくるよね」

彼はうなずいた。そして次のように言った。

「七月一日の夜の彼らのステージを、演奏や歌はもちろん、なにからなにまでコピーするバンドが日本にあります。二十代の女性たち四人なのです。楽器も機材もおなじで、隅々まで逐一コピーですが、これが立派なのです。写真はもちろん、映像や音の記録は残ってますから、それらが頼りです」

「ザ・ビートルズも日本ではそこまでになったか」

「なってます」

と言ってフォークを置いた月形は、

「そこで問題があります」

と言った。

「なにか問題があるかい」

「ありますよ。新幹線のなかでいただき、いまは僕の足もとのトート・バッグのなかにあるあの写真が、代筆としてもサイン入りで、なぜご自分のものとしてあるのですか」

「長い話だ」

「聞かせてください」

「話そのものは、せいぜい半年くらいのあいだの、すっきりとした短い話だ。一九六七年の八月の終わりから、次の年一月の下旬にかけて。ただし、五十年前のことだから、長い話に思えるのかもしれない」

「あの写真は一九六七年の六月のものですから、確かに五十年、たってますね。正確には四十九年です」


四十九年前、八月の第二週に、村田俊之から僕の自宅に電話があった。当時の僕は両親とともに実家に住んでいた。村田は僕より四歳年下で、出会ったのはその半年前、ある週刊誌の編集部でだった。僕が書いていた毎週の小さな記事を、村田が担当することになった。前任の編集者は異動で営業部の人になったからだ。僕が書いていた小さな記事はコラムと呼ばれていた。

村田俊之は、しかし、その週刊誌の編集部を、すぐに辞めた。退社することを電話で僕に告げた次の週には、村田は別の雑誌の編集部にいた。音楽雑誌だった。その雑誌の編集部からの連絡を、彼が僕に最初にしたとき、季節は梅雨だった。それから夏のあいだに二度は会った。いつも月末だった。だから会うたびに、自分が編集部の一員である音楽雑誌の最新号を、郵送用の封筒に入れて、彼は僕のために持って来た。「この雑誌でもなにか仕事をしてください。僕が担当しますから」と、彼は言っていた。

八月の第二週に電話があったときにも、「仕事のことをなにか考えてください」と彼は言った。「お盆休みが明けたらすぐに会いましょう」十日先の予定を僕たちはきめた。予定とは言っても、いつものように神保町の喫茶店で会うだけだ。喫茶店と日時をきめれば、それでよかった。

約束の日は快晴の暑い日だった。午後のもっとも暑い時間に僕は神保町を歩き、その喫茶店に入った。入ったすぐのところに、郵送用の封筒を胸にかかえて、村田俊之がひとりで立っていた。

「満員です」

と彼は気弱に笑った。

「みなさんこの暑さを逃れて、喫茶店のなかです。席が空くのをここで待っていました」

僕は広い店内に視線を向けた。どの席にも男たちがいた。白いシャツを着てハイライトを喫《す》っている男たちだ。村田の立っているすぐ脇に観葉植物の大きな鉢があり、その向こうに二人用のテーブルがあった。そのテーブルにいたふたりの男たちが椅子を立ち、こちら側へ出て来た。ひとりが伝票を持っていた。村田に続いて僕もそのテーブルへ歩き、僕たちは差し向かいにすわった。

「こういうことですね」

と村田は感銘とともに言った。

「こういうこととは？」

と僕は訊き返してみた。

「夏は終わっていきます。今日は暑いですけれど、ここからこうして窓ガラス越しに見る神田神保町一丁目の景色から、夏はほとんど消えていきます。梅雨明け宣言のあった日も暑い日でしたが、今日とはまるで違って、ものの見事に夏でした」

「その夏はもうないのか」

「今年の夏も一回かぎりです」

「残念だな」

タイト・スカートにパンプスのウェイトレスが、水の入ったグラスを僕たちのテーブルに置いた。

「コーヒー」

と村田は注文し、

「コーヒーをください」

と僕は言った。

郵送用の封筒に入れた最新号を村田は僕に差し出した。

「来月号です」

と村田は言い、僕はそれを受け取った。

この雑誌でもなにか仕事をしてください、と村田にはしきりに言われていた。今日はアイディアくらいは提供すべきだろうと感じた僕は、ひとつだけアイディアを考えて来た。やがてテーブルに届いたコーヒーを仲介役にして、僕はそのアイディアを彼に語った。

アメリカのヒット・ソングが日本に紹介されるとき、オリジナル曲が七インチ盤として発売されるのとはまったく別に、まるで違った編曲をほどこされたうえで、日本の歌手が日本語の歌詞で歌う七インチ盤も、同時にレコード店の店頭に出る。売れゆきが良ければそのレコードはヒット・パレードに登場した。英語のオリジナル歌詞と、広い意味でその日本語訳である日本語の歌詞を比較して検討すると面白いのではないか、というのが僕の提案したアイディアだった。

村田はそのアイディアに熱心な興味を示した。自分の考えを語り、手帳にボールペンで書き込み、それを見ながらアイディアの骨子を何度か復唱した。

「連載ですね。いい連載になります。七インチ盤を毎回、何枚かとりあげ、その写真を載せて。いいですね。シャープな文章になるのは当然だとすると、あとは編集者の腕です」

そう言って彼は自分を示した。

彼が言っていたとおり、夏は終わった。秋の初めにおなじ喫茶店で会い、話をした。そして冬の初めに会ったとき、

「あの連載のアイディアとは別なものを考えませんか」

と彼は言った。

「僕としてはたいそう乗り気な企画なのですが、いちばん上がいつまでたっても、いい顔をしないんですよ。いい顔をしないまま、引きのばすのです。いちばん上の次の人が、お昼のカレーライスをいっしょに食べたとき、いちばん上がいい顔をしない理由を、ふともらしたひと言のように、教えてくれたのです。なるほど、そうなのか、と思うと同時に、なんだ、そんなことなのか、という思いもありました。僕はあの企画を取り下げることにしました。取り下げはしますけど、消えるわ

けではないのです。僕の知り合いの女性で、英語の勉強のための新聞を編集している人がいます。主として大学生に向けた、週刊の新聞です。英字新聞と言われてますけれど、半分以上は日本語です。洋楽のシングル盤を毎回一枚ずつとりあげ、その良さを説明しながら歌詞にも触れていただき、その歌詞のなかからほんのワン・フレーズでもいいですから抜き出して、英語の勉強ふうに解説していく、という連載企画を彼女とふたりで考えたのです。この企画を引き受けていただけますか」

「書くよ」

と僕は答えた。

「それはうれしいです」

冬は深まり、ついには年末が近くなった。年内にぜひ会いましょう、英字新聞の女性も紹介します、と村田は言っていたが、彼も僕も雑誌の年末進行で忙しく、年内には会えないままとなった。僕は三十一日の夜まで仕事が続き、一月は三日に締め切りとなる仕事ふたつから始めることとなった。

村田からは何度か電話があり、神保町の喫茶店で会えたのは、一月のなかばになってからだった。僕より先に来て、郵送用の封筒に入れた最新号を彼は胸にかかえていた。差し向かいの席にすわった僕に笑顔を向けた彼は、僕の肩ごしに背後の窓を示した。そして次のように言った。

「昨年の夏が終わっていくのを、あの窓から僕は眺めました。いまは冬です。コートの下にはマフラーを巻いて街を歩いてますよ」

かたわらに脱いだコート、そしてその上に置いたマフラーを、彼は示した。

「良く似合いそうなマフラーだ」

「最新号です」

彼が差し出す郵送用の封筒を僕は受け取り、なかから彼の雑誌の最新号を引き出した。

「プレゼントがはさんであります」

と村田俊之は言った。

印画紙に焼き付けた白黒の写真が一枚、その雑誌にはさまれていた。ザ・ビートルズの四人の上半身をとらえた、ごく気さくな雰囲気のポートレート写真で、四人のサインがしてあった。ジョン、ポール、リンゴの三人は黒いサインペンで、そしてジョージは青いインクのサインペンを使い、新年のメッセージを書いたあとに、自分のサインを加えていた。四つの署名を僕は見た。そして、

「本物かい」

と村田に訊いた。

「マル・エヴァンスの代筆です」

と、村田は断言した。

「この一月号のグラビア・ページの締め切りに間に合うよう、ロンドンからこの写真が届いたのです。急いでデザインしてもらいました。一月のカレンダーと抱き合わせのピンナップです」

「陳腐なデザインだね」

僕の言葉に村田は苦笑した。

「差し上げます。代筆とは言え四人のサイン入りの写真と、その写真が掲載された一九六八年の一月号とを併せてお持ちになっていれば、なにかと楽しんでいただけます」

「なぜ、これを、僕に」

「その一月号が完成して、印刷所から返却されて来た写真を整理していたとき、その四人のポートレート写真をつくづくと見たのです。そして気づきました。この写真は、この雑誌の一九六八年一月号に掲載される、一回きりのものなのだ、という事実に。いまとなっては、その写真はもはや必要ないのです。二度と使いません」

村田の言葉を受けとめながら、僕はその写真を眺めた。写真を裏に返してみた。横長のゴム印が赤いインクで捺《お》してあった。使用後はかならずもとのファイルに戻すこと。ゴム印で赤く捺された文字を、僕は眺めた。

「受け取ってください。お持ちになっててください」

「写真は別に保管しておいたほうがいいかな」

「なぜですか」

「この雑誌にはさんだまま、他の雑誌とともに積み上げて数年もたてば、あとは捨てられるだけの運命の、古雑誌の一冊だよ」

「確かに、そのとおりです」

「写真は別にしておいたほうがいい。写真の箱に入れておこう」

「ご自分の写真が入ってる箱ですか」

彼の言葉に僕はうなずいた。

「三歳の僕が白い兎のぬいぐるみを片手に持って、白い靴に白いセーターで写真館のカメラのレンズを見ている写真がある」

「ぜひその写真といっしょにしておいてください」

一九六八年一月号に使用されたザ・ビートルズの写真、そしてその下につながっている一月のカレンダーを、僕は見た。

「まさに今月だ。半分は過ぎ去ってしまったけれど」

「一度きりのことです」

と言った彼に僕は視線を向けた。彼は次のように言った。

「一九六八年の、すでに過ぎ去った一月の前半は、二度とありません。人の人生は、一度きりのことの、さまざまな連続なのですね。こういうことを、こんな言いかたで喋って、理解してくださるのは、いまの僕の身辺ではおひとりだけですから、そのかたに写真は進呈します。掲載された号を添えて」

サインが代筆ではなく本物なら受け取らない、と僕は思った。

「四人がよくこうして揃ったものだね。リンゴが着てるのは、明らかになにかのコスチュームだ」

僕の言葉を受けとめた村田は、次のように説明した。

「一九六七年、つまり昨年ですけれど、六月二十五日に全世界に向けて、Our Worldというタイトルの番組がBBCのTVで放映されたのです。衛星を使ったライヴの中継でした。イギリスを代表してザ・ビートルズが出演し、EMIの第一スタジオからAll You Need Is Loveという歌を歌いました。この番組のためにザ・ビートルズが依頼され、ジョンとポールが別々に一曲作ったのですが、ジョンのこの曲が選ばれたのです。演奏トラックはすでに録音されていて、スタジオでは四人が中継用にそのトラックに合わせて歌ったのです」

「そのときに撮影したポートレートか」

「そうです。そのプリントにマル・エヴァンスが四人のサインをして、うちの雑誌からのリクエストに応じて、ロンドンから小川町の編集部まで送ってくれたのです」

「それもまた、一回きりのことだね」

そう言いながら僕は四人の写真を見た。そして、

「これはカラーで印刷すべきだった」

と言った。

「そのとおりです。新年のメッセージとそれに続くサインはジョージが書いたことになっていて、彼だけはサインペンのインクがブルーです。ひとりだけ色を変えるのは、代筆する人の常套手段です。カラー印刷にはしませんでしたから、ブルーの文字はすべて編集部によってトレースしてあって、べったりと黒いですね」

「しかもトレースのしかたは、相当に適当だ」

「そのとおりです」

「そしてこの写真から、五十年が過ぎ去ったのですね」

月形が言った。僕も彼も食事を終えていた。

「その後、村田さんは、どうなったのですか」

「どこでどうしていることやら。なにしろ五十年だからね。学生向けの英字新聞の女性編集者には紹介してもらったよ。すぐに連載を始めて、一年は続いたかな」

「一年続いたとしても、一九六〇年代の出来事ですね」

「その五十年がもたらした効果、というものがあるんだ。たとえば、四つの署名のある四人の写真だよ。サインは本物ではない。代筆だ。代筆したのがマルであれ、同じくロード・マネジャーのニール・アスピナールであれ、いまとなっては、おなじことだ。しかし青いインクのサインペンで書いた新年のメッセージのなかには、あの雑誌の名称が書いてある。きみは掲載された号も僕に見せてくれた。ふたつ合わせると、それは歴史的な由緒だと言っていい」

「五十年の歴史ですか」

「一九六七年に月形恵二郎は何歳だったか」

「七歳でした」

「そして、いまは？」

「五十六です」

「ほら、見ろ。自ら五十年の歴史ではないか」

「ザ・ビートルズを専門にしている、サインの鑑定士が東京にいます。事務所を構えています」

「見てもらうのか」

「鑑定を受けます」

「結果は知らせてくれないか」

「もちろんです」

という彼の言葉に、

「コーヒーにしますか」

という言葉がつながった。

「いい洋食店のコーヒーは、料理のすべてとじつに良く調和している。ここでもそうだ。いかに調和しているか、確認してくれ」

「四月に確認してます」

「何度でも」

月形はウェイトレスを呼び、コーヒーをふたつ注文した。そして僕に顔を向け、次のように言った。

「新年おめでとう、と英語で言うとき、新年は複数になるのですか」

「なぜそんなことを訊くんだ」

「ジョージがそう書いてますよ。ハッピー・ニュー・イアーズ、と。写真を出しましょうか」

そう言って彼は足もとのトート・バッグを示した。その彼に僕は説明した。

「大晦日はニュー・イアーズ・イーヴで、元旦はニュー・イアーズ・デイだ。音声だとアポストロフィsは消えるから、そのことの延長として、ハッピー・ニュー・イアーズとなっても、そこに不思議はない。メッセージのなかには、すべての読者に、というひと言があるから、その複数に引きずられて、ハッピー・ニュー・イアーズとなったのかもしれない。新年おめでとう、というきまり文句は、A Happy New Yearだけど、冒頭のAは省略されることが多い」

僕たちのテーブルにコーヒーが届いた。丁寧にひと口だけ飲み、カップを受け皿に置いた彼は、

「この店の一階でもコーヒーを飲みたいのです」

と言った。

「二杯目のコーヒーかい」

「そうです。卵サンドを食べながら」

「このコーヒーを飲んだら、いったん出よう」

と僕は言い、言葉を続けた。

「おみやげを買おう。蕎麦ほうる。酢昆布。吹き寄せ。出汁巻き卵。それに鮎の焼いたの。市場の言葉では、川の魚は、かわもん、と呼ばれてる」

「おみやげを買い込んだら、ここへ戻って来て、卵サンドとコーヒーですか」

「楽しく話をしよう」

「そのあとは？」

という彼の問いに、僕は答えた。

「喫茶店のはしごだよ。フランソア。築地。ソワレ。この三軒」

「話はいくらでもあります」

「そのトート・バッグに入ってるザ・ビートルズの写真から、短編小説をひとつ、引き出したい。

どんな短編が成立するか、そしてそれはどのような内容になるのか」

「三軒で二時間はかかりますね」

僕は腕時計を見た。

「はしごを終わると六時かな」

「夕飯です」

「もう一軒、喫茶店へいこう。喫茶店の食事をしたい。カツカレー。ビーフカレー。カツサンド。ビーフカツサンド。タマゴサンド。うまい店は、ほかにもある」

「そして八時台の新幹線に乗れば、十一時前には東京ですね」

去年の夏にもお見かけしたわね

スマート珈琲店へいくときには、御池から寺町通りを下りていく。いつもおなじ方向へ僕は歩く。スマート珈琲店はもう何年も前から知っているが、これまでずっとこの歩きかただ。なぜなら、京都駅で新幹線を降りると、中央口のタクシー乗り場へいき、そこからタクシーに乗るからだ。タクシーを待っているあいだ、京都タワーを眺める。いかにおわす京の都、つつがなきや京都タワーだから、こうして京都タワーに挨拶しないことには、僕の京都は始まらない。

タクシーで御池に東から入っていく。寺町通りの南側の入口でタクシーを降りる。これもおなじだ。中央口でタクシーに乗ると、御池寺町の南側へお願いします、と僕は言う。降りたい場所は正確にわかるはずなのだが、言いかたとしては妙なのだろう、たいていのドライヴァーは僕を振り返り、「御池から寺町へ下りたいんやね」と確認する。「そうです」と僕は答える。そのときすでに、僕の京都は始まっている。

御池から寺町通りへ下りていくと、すぐ右側にスマート珈琲店がある。店のドアを入るとき、帰って来た、という気持ちがなくもない。席はどこでもいいのだが、もっとも好ましいのは右側の奥の、一段だけ高くなった、壁を背にしてすわる席だ。なぜならここは、僕のフィクションでは、美空ひばりの席だから。

スマート珈琲店は一九三二年にスマートランチという店名で開業した。戦後に再スタートするに

あたって、店名はスマート珈琲店に変わった。戦後すぐの京都・太秦《うずまさ》には、映画の撮影所がいくつかあった。松竹、大映、そしてのちに東映となった東横。京都へ撮影に来る人気俳優や歌手たちにとって、スマート珈琲店はたまり場として機能した。

美空ひばりが撮影で京都に来るとかならず、スマート珈琲店でホットケーキを食べたという。目立たない席を、と同行のお母さんが電話で予約したそうだ。「ホットケーキを食べる姿は物静かでした」という二代目店主の談話を、何年か前、朝日新聞で読んだ。この店を紹介した大きな記事の冒頭だった。

まだ幼いと言っていい年齢の美空ひばりが、お母さんとふたりでしばしばスマート珈琲店を訪れていたことは、三十年以上前、京都の人から僕は聞かされていた。ここがその美空ひばりの席です、とその席にすわればかならず同行の人たちに僕は言う。とんでもない遠い過去のなかで、僕と美空ひばりとの時空間がほんの一瞬だけ交錯する想像の場所が、その席だから。十三、四歳の美空ひばりがホットケーキを食べたのは、その席だった、と僕は信じている。

「このお店は、そんな昔からのままなのですか」

と訊く女性編集者がたまにいる。六十五年以上も前のことだから、店の造作は変わっていて当然だ。その上でなお、美空ひばりはこの席で物静かにホットケーキを食べたのだ、と僕は信じている、というフィクションだ。

美空ひばりとスマート珈琲店のホットケーキ、そしてこの僕をめぐるほんのちょっとしたフィクションがひとつ、長い年月のなかで少しずつ出来ていった。これ以上には拡大したくない、というところまで、そのフィクションは出来た。完成した、と言っていいのではないか。だからここでそれを披露しておこう。

時は一九五〇年、季節は真夏、晴天の暑い日の午後だ。僕は十歳ないしは十一歳か。御所の南のあちこちに用のある母親につきあって歩き、御池から寺町通りへ下がって、スマート珈琲店に入った。生涯をとおして着物だった母親は、この日も着物姿だった。スマート珈琲店はよく知っている、という風情だった。

「ホットケーキかいな」

と母親は言った。隣の席で女性がホットケーキを食べるのを、僕は見ていた。当時の僕は、たいそう生意気な、したがって端的な子供だったから、

「ホットケーキなら僕のほうが上手に焼けます」

と答えた。

「そら、えらこっちゃ」

と母親は真顔で言い、

「ほんまかいな」

とつけ加えて笑った。

オレンジ・ジュースの提案に首を振った僕は、コーヒーにした。自宅では父親のコーヒーをパーコレーターで淹れるのが僕の役目のひとつだった。味をみたり、ひと口だけ残ったのを飲んでみたりしていた僕は、コーヒーには慣れているつもりだった。

僕はスマート珈琲店のコーヒーをそのとき初めて飲んだ。やや不安だったが、なんともなかった。充分に休憩した僕たちは店を出た。僕が先に出た。母親は店の人になにか用事があるようだった。スマート珈琲店のあと鳩居堂へいくと母親は言っていた。スマート珈琲店から姉小路通まで上がると、その角に鳩居堂があった。

姉小路通に入ったすぐのところで僕は立ちどまった。強い陽ざしのなかで、僕は軽い目眩《めまい》を覚えた。コーヒーだ、と僕は思った。僕がパーコレーターで父親に淹れるコーヒーよりも、はるかに濃いコーヒーだった。それをカップに一杯、飲みほしたのだ。

ふと気がつくと、姉小路通の入口に、ひとりの少女が立って僕を見ていた。明らかに僕を見ているので、僕は彼女に向きなおった。ごく軽く、ふたたび目眩がした。少女は僕より三、四歳年上であるように思えた。なぜこの僕を見つめるのか、と考える僕に回答を提出するかのように、

「去年の夏にもお見かけしたわね」

と、彼女は言った。なにか返事をしなくてはいけないと思う僕に、

「いまのお店で」

と、彼女の言葉が重なった。

「そうでしたか」

という僕の返事に対して、いくつかあり得る言葉のなかからひとつを選んだ、という風情で彼女は次のように言った。

「暑い日だったわ。今日とまったくおなじような日」

映画フィルムのサウンド・トラックから光学再生され、上映スクリーンの裏にあるスピーカーから聞こえてくるような声だった。少女は白いワンピースを着ていた。両肩を出したスタイルで、胸当てから幅の広いストラップが、肩の素肌と重なっていた。赤い靴をはき、ショルダー・バッグを肩にかけ、閉じた日傘を持っていた。胸当てにはアップリケがほどこしてあった。星のかたちだ、と僕は思った。青い星は五つあった。

少女は寺町通りを歩み去った。角を曲がるとき、彼女は僕に顔を向けた。きわめてほんのりと、微笑しているように見えた。とっさの反応として、僕は彼女におじぎをした。当時の僕にしては、かなり深いおじぎだった。

少女が寺町通りへ見えなくなるのと入れ違いに、母親があらわれた。鳩居堂の入口に向けて歩きながら、いまの少女と言葉を交わしたのか、と母親は訊いた。

「去年も僕を見た、と言ってました」

昨年もちょうどいま頃ここへ来た、と母親は言い、

「ひばりやがな」

とつけ加えた。

「ひばり?」

「美空ひばりや」

僕の頭のなかで完成した小さなフィクションとは、以上のようなものだ。京都で撮影があるたびに、美空ひばりがお母さんとふたりでスマート珈琲店へ来て、ホットケーキを食べたのは歴史的な

事実だ。それ以外の部分、つまり僕が関係してくる部分は、僕が何年もかけて想像のなかに作ったフィクションだと、重ねて書いておく。

ミロンガとラドリオを、ほんの数歩ではしごする

夜が始まろうとしていた銀座から、友人とふたりでタクシーに乗った。ふたりのうちのひとりが、この僕だ。駿河台下の交差点へ南から入っていき、左折し、三省堂の前でタクシーを降りた。三省堂の前を西へいき、建物の西の縁に沿っている路地に入った。すぐ左側に三省堂の通用口のような小さなドアがある。そのドアの前から直角にまっすぐ、道幅の狭い路地がいまもある。

いまから五十年前、一九六〇年代なかば、三省堂の通用口のようなこの小さなドアを入るとすぐ右側に、ごく小規模なレストランがあった。洋食の店、と言ってもいいか。ここで僕はしばしば、遅い昼食をひとりで食べた。窓からは西に向けてのびる短い路地のぜんたいが見えていた。夕方までに書くべき原稿について、窓ごしにその路地を眺めつつ、昼食をとりながら僕は考えた。

ドアも路地も、五十年前とおなじだった。路地に入ってすぐ左側に箱のような建物が出来ていた。だから路地の入口の景観はかつてとおなじではないが、いったん路地に入ってしまうと、一九六〇年代なかばに僕が何度も歩いた路地と、ほとんど変わっていない路地を、僕は友人とふたりで歩くこととなった。

ほとんど変わることなくかつてのままに残っているから、という意味において、この路地は僕にとって唯一の東京だ。他はすべて消えてしまい跡形もないか、あるいは、かたちを変えている。それが東京だ。そして、ここで言う僕の東京とは、ほとんど変わることなく残っている場所のことだ。

77　ミロンガとラドリオを、ほんの数歩ではしごする

路地のなかほどに二軒の喫茶店がある。路地をはさんで斜めに向き合っている。ミロンガ・ヌオーバとラドリオだ。どちらも営業していた。ミロンガに入った。左側のテーブル席で僕たちはコーヒーを飲んだ。再生されるＬＰのタンゴがいつも聴こえていた。

かつての僕はこの喫茶店でも原稿を書いた。ドアを入って右へまわり込むスペースのなかにある、窓ぎわの席あるいは反対側の、壁を背にした奥の席だ。一時間はいたか。書くべき原稿は半分くらいまでは書けたはずだ。原稿を仕上げるまでに、喫茶店を何軒かはしごする必要があった。ミロンガからラドリオへのはしごを僕は好いていた。ミロンガを出て、道幅の狭い路地を斜めにほんの数歩で、ラドリオの小さなドアだ。これも以前と変わることなく、いまもそこにそのままある。ラドリオからミロンガへのはしごではなく、ミロンガからラドリオへのはしごを僕は好いていた。あまりにも好きだったので、二〇一六年、このことを短編小説のなかに書いた。『この珈琲は小説になるか』という題名の、作家を主人公にした短編だ。

ミロンガのあと僕たちはラドリオに入った。ミロンガとおなじくラドリオにも、一九六〇年代がほぼそのままあった。ただし、ぜんたいのスペースは、半分だ。ドアを入って奥へいくと、正面の壁で突き当たりだ。これは以前も変わらなかったけれど、かつては、つまり以前のさらに前では、突き当たって右へいくことが出来た。ラドリオの店内はＬ字型のスペースだった。そのＬ字の突端にもドアがあった。ラドリオにはドアがふたつあり、どちらからもおなじ店内に入ることが出来た。現在は壁でふさがれているほうのスペースは、ラドという名のギャラリーだ。現在のドアを入ってすぐ左側の窓辺に、ふたり用の小さなテーブルがある。ここで僕は何とおりもの原稿を数年にわた

 ミロンガとラドリオを、ほんの数歩ではしごする

って書いた。現在のこの席は、店の人たちが持ち物を置いておく場所のようだ。ラドリオのあとエリカへ友人を案内した。神保町で長く続いている喫茶店へ、彼はいきたがったからだ。神保町の交差点の東側で靖国通りを北へ渡り、白山通りの東側をいき、二本目の脇道を入ってワン・ブロックだろうか。エリカは一日の営業をすでに終えていた。ここでも僕は原稿を書いた。ドアを入って奥の、壁が左側になる席だ。

タクシーで新宿へ向かうあいだ、お茶の水のレモンの二階がカフェだった話をした。喫茶店ではなく、カフェだ。東京におけるカフェのはしりの一軒だった、と僕は理解している。待ち合わせや打ち合わせのために、しばしばこの二階のカフェに上がった。

おなじならびの交差点寄りに虎という店名の喫茶店があった。ここはまさに喫茶店で、店内の造作は、そのあとに数多く生まれたスナックの始まりのようだった。ここでも、ある時期、僕は頻繁に客だった。店の赤電話から、

「いま虎にいます」

と編集者に電話するのを僕は好んだからだ。

「虎と遊んでるのか」

「なかば食われてます。助けに来てください」

「そこにいるなら、いくよ」

「なんとか、ここにいます」

「原稿は出来たか」

「いつものとおり、二百字詰めに鉛筆で書きました」

時間を約束する。編集者はあらわれる。書き終えた原稿を渡す。おなじ道をレモンを越えてさらに東へいくと、駅の改札の手前に、穂高という喫茶店が、これはいまもある。店内は小綺麗になった、という印象を受ける。神田川用水路の見える窓辺の席を僕は好んだ。原稿を書く前に、想像力を抑圧するようなこの景色を、コーヒーとともにひととき、楽しむのだ。このひとときが有効であることが多かった。

ここを出て道を渡り、交差点に向けて歩き、たいそう狭い路地へ入ると、そのなかほどに、ミロという喫茶店が、いまもある。ここでは考えごとをした。原稿を書くには適さないテーブルだったからだ。レモンの向かい側には名曲喫茶があった。西欧のどこかのお城のような外観と、それにふさわしい店名だったが、店名は完全に忘れている。なかば以上、それは記号のような店名だったからではないか。中二階が何とおりもあり、そこから上の複雑なフロア構成は、ここだけのものだった。思いがけない位置にひとり用のテーブルがあったりした。

交差点から駿河台下に向けて歩いていくと、下り坂になる手前にも名曲喫茶があった。白樺という店名ではなかったか。坂を下っていくと、駿河台下の交差点のすぐ手前、右側の建物の二階にあった喫茶店にも、しばしば入った。店名を忘れたままだったが、『加藤嶺夫写真全集　昭和の東京 3 千代田区』(デコ／二〇一三年)のなかに、一九六八年の明大通りの西側を、交差点の角から奥の明大の建物までとらえた写真があり、この喫茶店の看板が写っていた。縦長の大きな看板で、上に純喫茶とあり、その下に、「しゃ」と平仮名がふたつ読めた。三つ目の平仮名は手前の信号機に隠されて上半分だけだったが、「と」と判読出来た。しゃとう、だ。

かつて、その地域に、喫茶店が何軒も、点在していた。当時の僕はそれらの喫茶店をはしごして原稿を書き、編集者との待ち合わせや打ち合わせを日に何度もおこなった。その僕は、仕事と日常とのふたつに分けていいだろう。仕事を支えていた場所が喫茶店だった。仕事とは、なんらかの社会的な活動だろう。

そのときそこにあった自分とは、一定の場所だった、と言ってもいい。お茶の水から駿河台下へ降りて、神保町一帯、ときには錦町へ、あるいは白山通りを水道橋へ、さらに西の目白通りで飯田橋へ、という地域だ。ある時期の自分は、ある一定の場所と、少なくとも表面的には、密接に関係している。時期が変わると、つまり次の時期になると、それらの場所へいかなくなる。自分のありかたが変わるからだ。何年かいかずにいると、東京ではその場所がなくなってしまうことが多い。その一例をあげておこう。

千代田区神田神保町の日々が始まる前、一九六〇年代の前半には、紀尾井町の日々が三年ほどあった。上智大学の敷地の東南の端に、敷地よりは低く、しかし接している道よりは高く、帯状に土地があった。上智大学の裏門から清水谷公園へ抜けていく道だ。この帯状の土地に外国人向けのアパートメントが確か三棟あり、道路から階段で敷地へと上がっていくのだった。静かな良い場所で、僕はここを好いていた。

階段はふたつあった。そのうちのひとつ、大学からゆるやかな坂を下って来た人にとって手前に位置していたほうの階段を、三年間で千回ほど僕は上り下りした。この階段がいまはない。どのようにそれはないのか、ということについて書いておこう。

大学の敷地はあるとき限度いっぱいに広げられた。その結果として、敷地の東南の端にあった帯状の土地は埋め立てられたのだが、もちろんそれよりも先に、アパートメントがすべて取り壊されて消えた。大学の敷地は帯状の土地をのみこんでおなじ高さとなり、その分、広くなった。

このようにして出来た敷地の東南の縁を抑えるため、道から敷地の頂上まで、コンクリートの壁が作られた。このコンクリートの壁のいちばん外側は、かつて存在した階段の外側の縁と同一線上にあり、埋め立てるにあたって階段はそのまま埋めてしまうことにした結果、敷地の東南の縁となっている高いコンクリートの壁の一部分には、ふたつあった階段のもっとも外側の縁がそのまま残っていて、まるで遺跡の一部分のように、コンクリートの壁のなかに見えている。

階段の外側の縁だけが、コンクリートの壁のなかに閉じこめられた階段は、その外側の縁だけをいまも見せている。その階段のいちばん下の段は路面とおなじであり、コンクリートの壁のなかほどまで到達している最上段は、かつてそこに建っていたアパートメントの敷地の、高さを示している。

なにか冷たいものでも、という言いかた

冷えている、つまり冷やしておいた、ということに対して価値を認める伝統のようなものが、日本にはあるのだろうか。冷奴、冷や麦、冷や素麺、冷や酒、冷し中華。冷えている、という状態への、かなり高い評価があると同時に、冷えているからこそ美味である、という現実も見逃せない。なにか冷たいものでも、という言いかたがあるではないか。この言いかたはいまでも現役だろう。

僕が子供の頃、夏のまっ盛りには、西瓜《すいか》が冷えている、という言いかたがあった。西瓜を冷やすのは大変だった。冷たい水の井戸、あるいは山裾のどこからか涌き出る冷たい水を引いて溜めておく水槽が必要だった。西瓜をいくつか、丸ごとその水につけておくのだ。二時間もたてば、西瓜が冷えている、という状態になったような記憶がある。西瓜を冷やすには、それ相応の道具立てが必要だった。いまなら三日月に切った西瓜が駅前のスーパーマーケットの棚に冷えている。

西瓜の次に冷えていたのは、ビールだ。ビールが冷えてます、と言えるのは、西瓜が冷えている、と言えるのより、かつては高い位置で評価された。いまはビールが冷えているのは当たり前だから、ビールも冷えてないのか、と生ぬるいビールは叱られる。生ぬるいビールが当然のこととして供される国はたくさんある。日本とはなにが違うのか。人々の嗜好が違うのではなく、冷やすための電力の生産量が、そもそも圧倒的に違うのだ。

アイスキャンディとアイスクリームに次ぐものとして、やや時間差を置いてアイス・コーヒーが

登場した。本来は熱いコーヒーが、きりっと冷えている。丈の高いグラスに、小さく砕いたたくさんの氷とともに、それは豊かな褐色の魅力的な液体として、満ちている。甘味料を加えてストローで飲む。喫茶店のガラス・テーブルの上で、白い紙のコースターに載ったアイス・コーヒーのグラスは、都会的な情緒の最先端だった。一杯のアイス・コーヒーに付加された価値はさまざまにあった。アイス・コーヒーはそのような時代に登場し、幸せな定着をなしとげた、と言っていい。

アイス・コーヒー、という言葉を、まずとにかく、自分の音声として発したことが、僕にはない。喫茶店でウェイトレスに、「アイス・コーヒーをください」と言ったことが、これまで一度もない。したがって、アイス・コーヒーを飲んだことが、ない。

なぜ、アイス・コーヒーをください、と言えないのか。きまり悪いからだ。気恥ずかしい、という言いかたをしてもいい。なぜ？　という問いに対して、答えはほとんどない。だから余計にやっかいだ。アイス・コーヒー、という音が好きではないのか。確かに、音は好きでない。間が抜けている。

いったん音声にしてしまうと、取り返しがつかなくはっきりしてしまうのは、アイスとコーヒーとが、自分の頭のなかではいまだに結びついていない、という事実だ。アイスとコーヒーとがその順番で結びついて、ひとつのしっかりした意味のある、新たな言葉にならないのだ。

自分の頭のなかではいまだに結びついていないものが、世間ではとっくに結びついてひとつになっている。ほっておけば時間はどんどん開いていく。クリスマスの一週間前に喫茶店に入り、アイス・コーヒー、というひと言の注文を告げれば、その店におけるアイス・コーヒーというものの実体がひとつ、テーブルに届く。

アイス・コーヒーというものは、不思議なものだ。奇妙だ。これはいったいなんだろうか、という謎がアイス・コーヒーであり、謎は謎のままにしておきたい。だから謎のままにしてある。アイス・コーヒーが謎だから、それを飲む人も僕にとっては謎だ。たとえば何人かで喫茶店のテーブルを囲んだとき、僕の向かい側にすわった女性がアイス・コーヒーを注文すると、それがテーブルに届いてからの顚末《てんまつ》を、僕はよく見ておくことにしている。謎に対して、テーブルのこちら側から、視線による接近をはかるのだ。

アイス・コーヒーはやがてテーブルに届く。彼女の前にそのグラスが置かれる。ストローが一本、そのかたわらに横たわる。ガム・シロップと呼ばれる、やや粘性のある透明な甘味料とミルクが添えられる。ストローはかつてむき出しだった。いまでは一本ごとに包装されている。薄い紙を使った細長い袋に入っている。彼女は指先でその袋の先端をちぎる。なかのストローをつまんで引き出す。魔法と妖術がひとつに溶け合ったような瞬間だ。ストローというものを知らない自分を想像してみる。当然のこととして、ストローという言葉も知らない。そのような人にとって、若いひとりの女性が、いっさいなにごともなかったかのように、薄い紙の細長い袋から、一本のストローを引き出す行為は、この世のものとは思えない不思議さだ。指先に持ったストローを彼女はアイス・コーヒーに突きさす。丈の高いグラスのなかで、アイス・コーヒーは細かいたくさんの氷とひとつになって、ぎっしりと満ちている。その氷とアイス・コーヒーのなかに突きささっていくストローの先端を見ながら、氷がまだ街の喫茶店になかった時代のことを、僕は思い出す。

おそらく一九六〇年、僕が大学生となった年の夏、新宿の喫茶店に友人たちと入ったとき、グラスのなかに入れたいくつかの氷の上に水を注いだものを、ウェイトレスは全員の手もとに置いた。そのグラスのなかをのぞき込んだひとりが、「このコップには氷が入ってる」と、叫ぶように言った。彼の顔は興奮で上気していた。水のグラスのなかに氷があるだけで、大学生が興奮して大声を上げたのが、僕の知るかぎりでは一九六三年だった。水しか入っていないグラスの出てくる店は、いま珍しいのではないか。しかも冷えた水ではなく、水道の蛇口から注いだだけの水は。

アイス・コーヒーに突きさしたストローを彼女は唇にくわえる。そしてアイス・コーヒーを吸い上げる。口に入ったアイス・コーヒーを彼女は飲み下す。ストローの形状はストローの機能に沿っている。彼女そのものは、ストローやアイス・コーヒーに、沿っているのだろうか。ストローの先端を唇にくわえ、ストローの他端をアイス・コーヒーという液体のなかに入れ、それをストローで吸い上げる。ストローの、まことに正しい使いかたのひとつだ。あまりにも正しいから、思わず目をそらせてしまう。喫茶店を出るとき、アイス・コーヒーのグラスの底には、ほんのりと褐色になった小さな氷の層が、薄く残っている。彼女がストローの先端で意味もなく突いていたその氷を、僕は見る。

アイス・コーヒーの普及は、豊富に供給される電力と、軌を一にしている。電力なしでは、アイス・コーヒーそのものが、おそらく実現しなかった。一年じゅういつであれ、ビールが常に冷えている日常を、豊富な電力が支えているのと、まったくおなじだ。

真冬でもアイス・コーヒーを飲んでる奴がいますよ、と憤慨する人がひと頃はよくいた。ひと頃とは、いつ頃だったか。電力は季節を問わない。季節を壊す。季節を消す。豊かな電力によって、季節感というものが消えていく。豊かにある電力は、いつでも、という状態を可能にする。いつでも明るい。いつでも温かい。いつでも涼しい。いつでも冷えている。いつでも熱くすることが出来る。いつでもお湯が沸く。いつでも煮炊きが出来る。常に、いつでも、だ。いつでも、が連続する。

いつでも、とは、いま、のことだ。いまの次には、次のいまがあり、さらにその次のいまが、いくつもつながっていく。いまにおいてはいまだけが問題であり、それ以外のことは関心の外になる。いまだけが連続する世界を、豊かな電力が作った。

アイス・コーヒーは英語としておかしい、英語ならアイスト・コーヒーとなるはずだ、というずっと以前からある議論を、最近は聞かない。アイス・コーヒーと片仮名で書いたら、それは英語ではなく日本語だ。アイスト・コーヒーという日本語はない。アイスランドのことをアイストランドと言いますか、という冗談を僕は思い出す。

Iceを動詞として使うと、一例として、糖衣をかける、という意味になる。したがってicedという言葉は、糖衣をかけた、砂糖漬けにした、という意味も持つ。コンサイス英和辞典に用例があるが、iced fruitは、よく冷えた果物なのか、それとも、砂糖漬けにした果物なのか。

白いコケインから黒いカフェインの日々へ

エミールー・ハリスとロドニー・クロウェルのOld Yellow MoonのＣＤを店頭で見たとき、さほどの印象はなかった。僕に妹が何人かいるなら、エミールーはいちばん下の妹、という年齢だ。ロドニーに関しては、名前は知っている、という状態だ。棚からそのＣＤを抜き出して手に取り、しばらく眺めた。全十二曲は正解だ。Ａ面六曲にＢ面六曲で合計十二曲、というかつてのＬＰの時空間を僕は思い出した。六曲目にあるBlack Caffeineという歌が僕の視線をとらえなければ、僕はそのＣＤを棚に戻したかもしれない。

Black Caffeineは、コーヒー讃歌なのか。讃歌だとしたらそれは単なる讃歌ではなく、Black Caffeineから容易に連想することの出来るWhite Cocaineを体験したあとでの、ここから先の日々はコーヒーだけ、という程度には深さのある讃歌なのではないか、などと思う僕の視線は、二曲目にあるInvitation To The Bluesをとらえた。

これはロジャー・ミラーのあの歌なのか。この歌がいま、エミールーとロドニーによってカヴァーされるとは、どういうことなのか。表題であるOld Yellow Moonは表題であると同時に一曲の歌の題名であり、その歌は十二曲目、つまりいちばん最後に収録してある。

そのＣＤについてまだなにも知らない僕は、店の棚の前でＣＤを手に取って眺めていただけだが、その僕のなかで三つの歌がかろうじてつながった。三曲がつながれば、購入動機としては充分なの

ではないか。ロジャー・ミラーのあの歌を聴くだけでも、このCDは買う値打ちがあるだろう。六月のある日の午後、かつては百貨店だった建物の六階にあるその店の片隅で、僕はそう思った。Invitation To The Bluesはロジャー・ミラーのあの歌だった。一曲目のHanging Up My Heartが十二曲ぜんたいにとってのステートメントだとすると、Invitation To The Bluesはそのステートメントの確認だ。そしてその確認は特に演奏において完璧であり、それに支えられて、エミールーとロドニーの歌が、最後の歌に向けて漂っていく。

あの時代のあの歌が、いまこんなかたちで、よみがえるとは。単なるカヴァーであることを、遥かに越えている。これからの日々というものの、基本的な性格を確認するための歌だ。この歌をこのCDのなかでそのように使えるためには、この歌を知り抜いていなければならず、この歌とその時代だけではなく、少なくともその二十年くらいは前からをも、身をもって知っていなくては、どうにもならない。

Black Caffeineは確かにコーヒー讃歌だが、背中にいる猿、というフレーズが端的に示すとおり、コケインのあとにたどりついた、これからはコーヒーだけ、という意味でのコーヒーであり、そのコーヒーに関してはつべこべ言うな、と抑制をかけるのと均衡して、カフェインの黒さとその効果が手放しで歌われている。

一曲目のHanging Up My Heartという言葉のなかで、HeartがHatなら、一日の仕事を経て自宅へと帰って来た男性が帽子を脱ぎ、ドア脇の帽子掛けにその帽子をかける、という意味のきまり文句だ。しかしHatではなくHeartなのだから、そこにジェンダーの別はなく、これまでのハートをこれからのために休ませる、という意味のなかに歌の言葉は広がっていく。

エミールーは歌においてこのCDの主役であり、ロドニーは歌に関しては、あとからデュエットします、という位置にいる。自作曲を加えて十二曲を選び、編曲を考えてほどこし、このようにならべることによって、これまでとこれからの物語を歌と演奏で受けとめさせ、聞かせ、感じさせ、考えさせる、という手腕を発揮したのはロドニーだ。エミールーは歌うだけで演奏には参加していない。三曲目のSpanish Dancerだけにエミールーはタンバリンでクレディットされているけれど、この曲のなかにタンバリンの音は聞こえない。

ならんだ十二曲の最後にあるOld Yellow Moonは、共作者のひとりがハンク・デヴィートであり、彼はBlack Caffeineの共作者のひとりでもある。Invitation To The Bluesの演奏は完璧、とさきほど書いた。おなじ完璧さは、Old Yellow Moonの最後のピアノの音にもある。

これまでとこれからとのあいだにある、いまここでのこのようなありかたの物語のための十二曲だ。必要にして充分な時間の経過が、このCDの制作のために必要だった時間のなかに、当然のこととして組み込まれている。ハーモニーのアイディアを語り合うだけでもどのくらいの時間を必要とするものなのか、見当すらつかない。時間のかけかたと、その時間のなかでの思考や感情などが、どのようにして十二曲のCDにまとまっていくのかは、当事者たちだけが知る現実であり、それ以外の人たちにとっては謎として残るだけだ。

見開き紙ジャケットの表紙では、エミールーとロドニーのうしろに、野原のなかをのびていく道がある。その道はこれまでの道であると同時に、これからの道でもあるはずだ。表紙を開くと見開き二ページはひとつの写真だ。野原を歩くふたりは沈んでいく太陽を見ている。明日の朝になれば、おなじ太陽が反対の方角から空に昇ってくる。

ジャケット四ページ目では、抱き合うエミールーとロドニーの上半身に、十二曲の曲名が重ねてある。ひょっとしたら志をおなじくしているかもしれない同行者ふたりの、いまここでの、親しさの表現としての抱擁だ。

いいアイディアだと思ったんだけどなあ

Seemed Like A Good Idea『いいアイディアだと思ったんだけどなあ』は、ペトラ・ヘイデンとジェス・ハリスの二〇一六年の作品だ。ペトラはジャズのベース奏者、チャーリー・ヘイデンの、ペトラ、ターニア、そしてレイチェルという三つ子のひとりだ。ザ・ヘイデン・ファミリーの名で彼ら一家が作ったRambling BoyというＬＰを聴くといい。しばしば言われる、音楽一家、とはどういうことなのか、その一例を知ることが出来る。

ペトラ・ヘイデンの音楽における活動も興味深い。ザ・フーのThe Who Sell Outという一九六七年のＬＰをアカペラで丸ごとカヴァーしたSings: The Who Sell OutというＣＤが、二〇〇五年に出た。おなじくアカペラで映画音楽をカヴァーしたPetra Goes To The Moviesは二〇一三年の作品だ。

Seemed Like A Good Ideaはボール紙の見開きジャケットだ。開いて右側に、ＣＤを収めておく透明なプラスティックの台座がある。このＣＤをはずして見開きジャケットぜんたいを眺めると、かなり不思議な気持ちになる。

おそらくコーヒーの入ったカップが受け皿に載っていて、その受け皿には、こぼしたとおぼしきコーヒーが、静かな様子で満ちている。受け皿の下のテーブルには、コーヒーがかなり勢いよくこぼれていて、左ページにまで広がっている。凡庸と言うならきわめて凡庸な、不思議と言うなら相当に不思議な写真だ。この写真がこのＣＤのなかの音楽とどのように関係するものなのか、と僕は思った。

　ジャケットの裏表紙には、丸いテーブルをはさんで差し向かいのペトラとジェスのふたりが椅子にすわっている。ふたりの手もとにはそれぞれカップがある。ジェスのはストレートなコーヒーだろう、しかしペトラのカップはもっと大きいから、コーヒーではあってもストレートなコーヒーではない。

　日本語の解説文を印刷した紙が、ふたつ折りで添えてある。この紙の第四ページにあるふたりの写真は、ジャケットの裏表紙の写真を撮ったときの、ポーズ違いの別テイクだ。ジャケットの表紙に使ってある写真は、別のフォト・セッションでの写真だ。

　ジャケットにコーヒー・カップが写真で登場するのは、珍しい。店頭ではジャケットのおもてと裏しか見ることが出来ない。ジャケット裏の、ふたつのカップをはさんで差し向かいの写真で、このCDを買ったようなものだ。購入した動機をもうひとつあげるなら、それは裏表紙にならべてある十二曲のなかの十一曲目にある、Where Have All The Flowers Goneだ。

　この曲は日本では『花はどこへいった』で知られていて、一九六二年の、キングストン・トリオ、ブラザーズ・フォア、ピーター・ポール・アンド・メアリたちによって歌われたヒット・ソングだ。全十二曲のなかで、これだけが際立って目立つ。なぜいまこれがここにあるのか、という謎として際立つのだ。

　その謎を解くために購入したこのCDで、この曲をまず聴いてみた。編曲と演奏のとぼけたリズムの味わい深さと、ペトラの多少は崩してあるものの一途なヴォーカルとのあいだにある乖離感《かいりかん》は、謎をいちだんと深めた。と同時に、このＣＤは十二の歌による、ひとつの状況の提示なのだ、という発見があった。

十二曲はきわめて柔軟なひとつながりだ。そのなかに置かれてようやくWhere Have All The Flowers Goneは意味を持つ。十二曲のうち十曲がジェス・ハリスの自作曲あるいはペトラとの共作で、残る二曲のうちの一曲はいま書いたWhere Have All The Flowers Goneで、もう一曲はジョン・ゾーンのSong of Innocenceにハリスが歌詞をつけたもので、このＣＤではIt Was Innocentという題名で収録してある。

一曲目のAutumn Songを聴いてみた。「秋のいろんな歌」という題名の曲から、このＣＤが提示する状況の物語は始まる。状況はそれぞれにきわめて個人的なものだ。おなじ状況のなかにたとえばふたりの人がいても、受けとめかたはまったく違う。受けとめかたがそれほどに異なれば、そこからの思考の方向もまるで違ってくる。なにを拾い、なにを捨てて思考とするか、トータルに異なるし、それにともなうエモーションも、ふたつをくらべれば別のものだ。断定できるものはいっさいなにもない。提案に対する反応が提案という、無限に近くあり得るアイディアのやりとりのなかを、時間が経過していく。どうすればいいのか。『私がなにをすればいいのか教えて』という歌が十二曲目にある。

そこにいたるまでのいくつかの歌には、『どちらでも』という意味の題名が三曲目にあるし、『どちらかにきめなくてはいけないときもあるのよ』という歌は五曲目だ。そのひとつ前が『いいアイディアだと思ったんだけどなあ』で、八曲目には『私が知ってるわけないでしょう』という歌がある。『あの日のようないまはどこにもなく』という歌もあれば、それに続く歌の題名は『あの道のどこかで』といい、それが『花はどこへいった』につながる。

このリズムがあるなら、このままどこへでもいけるはずだ、と僕は思うが、そうもいかないようだ。リズムは提案の土台であり、提案そのものは提案であって断定ではないのだから、状況はそれぞれに個人的なまま、時間のなかで続いていく。少なくとも時間だけは共有している、と思っていいのだろうか。

このようなありかたが、単なる個人的な状況であることをふと越えて、普遍性に触れる瞬間くらいはあるのではないかという模索が、生きていく日々として可能なのかどうか。可能である、とまず自分に言い聞かせ、充分な根拠をそこにあてがうなら、いいアイディアだと思ったんだけどなあ、という個人的な状況は、いいアイディアそのものという、普遍にもなり得る。このCDのなかにつながる十二曲は、このような物語だ。

さてそこでウェイトレスが言うには

Nighthawks AT The Diner『あのダイナーにいる夜更かしの人たち』はトム・ウェイツの一九七五年の作品だ。数年前に重いＬＰでの再発売があり、僕はそれを手に入れた。見開きのジャケットの左右のポケットに、そのＬＰが一枚ずつ入っている。

ノーマン・シーフによるジャケットの写真が素晴らしい。僕がまずなによりも好きなのは、一枚目のＬＰの冒頭にあるEmotional Weather Reportだ。この内容の絵解きの一例がジャケットの写真なのだと理解すると、僕がまずなによりも好きなのは、などと言っている僕は、たいそう気楽なのだという事実にいま気づく。出来ばえを眺めて楽しめばいいのだから、気楽としか言いようがない。

Down By Lawという映画で、夜のなかをひとり自動車で走りながらトム・ウェイツが語ってみせるのは、この『エモーショナルな天気予報』あるいはそれのヴァリエーションではないかと思っているが、確認はしていない。この場面は素晴らしい。それまでに観たアメリカ映画のなかで、もっとも好きな場面はこれではないか。

一枚目のＬＰの五曲目は『卵とソーセージ』という歌で、歌いながらトム・ウェイツはピアノを弾いている。卵とソーセージはどこのダイナーにもある料理だ。「さてそこでウェイトレスが言うには」というフレーズに続く四行を引用しておきたい。

eggs and sausage and a side of toast coffee and a roll,
hash browns over easy chili in a bowl
with burgers and fries what kind of pie?

この歌の歌詞は四つの部分から成り立っている。最後の部分の二行目に、it's a cold caffeine in a nicotine cloudというフレーズがあり、これを僕は気に入っている。「ニコティンの煙が漂うなかで冷えたカフェイン」だ。

このLPでは、完成したいくつかの作品が、ぜんたいでひとつの世界を作るように、ならんでいる。語り手は一曲目の主人公であるI、つまりトム・ウェイツなのだが、完成した作品として語られることにより、現実に体験した状況はその語り手であるIも含めて、フィクションにもなっている、という私小説の構造だ。提示してある作品の出来ばえを楽しめばそれでいい、とさきほど書いたが、その意味はこのようなことだ。

トム・ウェイツのこのLPは、一九七五年の七月三十日と三十一日の二日にわたって、ハリウッドの録音スタジオで「レコーデッド・ライヴ」されたものだという。ミュージシャンたちの演奏が素晴らしい。ドラムス、バス、テナー・サックス、ピアノ。トム・ウェイツもギターとピアノを弾いている。録音スタジオで録音されたものが、小ぶりな店のステージで演奏されているものであるかのような雰囲気で、二枚のLPになっている。一編ずつ題名のついた完成品のように演目がならんでいるけれど、これはここで終わり、次の作品は、さあ、ここから始まります、というような、一編ごとに切れ目のあるものではなく、ぜんたいがひとつにつながっている。一編ごとに存在するはずの無音の溝は、演奏者たちの物音や短い言葉、スタジオに観客としている人たちの声などの、「ライヴ」で埋めてある。

トム・ウェイツの声は、これがいつもの彼の声なのだろうか、それともこのLPのための声だろうか。そしてその声による語りには、ヴォーカルという言葉は当てはまらない。題名のある一編ごとにイントロダクションがつく。ここはトムの語りを聞き取るほかないが、本編とも言うべき部分の内容は、見開きジャケットのインサイドに、言葉として印刷してあるから、ウェイツの声を聴きながらその言葉を追うひとときは、充実したものになるはずだ。

二枚目のLPの裏は第四面だ。Big Joe And Phantom 309という六分三十秒の作品が、その第四面にある。ハイウェイの惨劇はじつは美談であり、その美談は怪談に姿を変えて、ときとしてハイウェイのどこかに立ちあらわれる、というよくある物語を、トム・ウェイツは心地良さそうに語っている。ビッグ・ジョーはハイウェイをひた走る長距離輸送のトラックの運転手だった。前進十段のギアを持つピータービルトやケンワースなどの、トレーラーを牽引するトラックだ。子供たちを乗せたスクールバスとの正面衝突を避けるためにジョーがとっさにおこなった進路変更により、トレーラーは雨のハイウェイでジャック・ナイフを起こし、すさまじいスキッドの果てに横転し、運転席のジョーは命を失った。

このジョーと、彼自身が亡霊309と呼んだトラックが、冷たい雨の降る夜、どこからともなくハイウェイにあらわれる。ヒッチハイクしようとして夜の雨のなかを歩いている、Ｉという一人称で登場する語り手の青年は、停まってくれたジョーのトラックに乗り、ハイウェイ沿いのダイナーで降ろしてもらう。熱いコーヒーでも飲みなよと、ジョーは青年に十セント硬貨をひとつ投げあたえる。

　ダイナーのなかは温かい。トラック・ドライヴァーの常連客たちがカウンターにいる。ずぶ濡れの青年はカウンターのストゥールにすわる。コーヒーを注文する。えらく濡れたもんだねえ、と隣のストゥールの男が声をかけてくる。ヒッチハイクしようとしても乗せてくれる自動車はなく、しかたなく夜の雨のなかを歩いていたら、ジョーという男のトラックが停まってくれて、自分をここまで乗せてくれただけではなく、こうして熱いコーヒーに姿を変える十セント硬貨を一枚くれた、といういきさつを青年は語る。

　カウンターの男たちは無言になる。凍《い》てついたような雰囲気のなかで男たちは無言のままに動かない。やがてひとりの男が、

「やはり今夜はジョーがあらわれたか」

と、深いため息とともに言う。

「この雨だもんな」

「雨は人には冷たく、ハイウェイの路面にとっては、一インチごとの修羅場だよ」

「ジョーはその修羅場を知ってるよ」

「そして修羅場はそのまま墓場なんだ」

　カウンターのなかの店主は青年に言う。

「お前がここまでヒッチハイクしたビッグ・ジョーのトラックは、まさに亡霊だよ。コーヒーはうちのおごりだ。お代わりも注いでやるよ。だからジョーからもらったその十セント玉は、大事に持ってなよ」

というような物語が九十五行にわたって印刷してある。青年がダイナーで注文する熱い一杯のコーヒーは、a cup of mudと表現してある。お代わりは、another cup of coffeeだ。

ただ黙ってうつむいていた

『ニッポンジャズ水滸伝』という四枚組のCDのブックレットを見ていたら、『小サナ喫茶店』という題名を見つけた。ヨーロッパのタンゴの傑作のひとつだ。一九三五年前後の日本で発売されたレコードから収録したという。アサヒタンゴオーケストラの演奏で、鐵假面《てつかめん》という芸名の男性歌手が、日本語の歌詞を歌っている。

一九三一年にマレク・ウェーバーのレコードが発売され、それは遅くとも二、三年のうちには日本に届いて評判となり、日本語の歌詞がついてさらに広く愛唱されることとなり、それが日本でのレコードにつながった。僕が持っている数少ないタンゴのレコードのなかを探してみたら、『小さな喫茶店』はふたとおりあった。

ひとつは、長くリーダーを務めたアーリー・マースランド亡きあと、マランド楽団のオリジナル・メンバーが集まった大編成のオーケストラを、マースランドの養子のエヴェルト・オヴェルヴエックの指揮で、マランドの編曲を使って一九八一年に録音されたLPのなかにあった。

もうひとつは、アルゼンチン生まれのタンゴ・ピアニスト、アルマンド・フェデリコが楽団をともなって日本へ来たときに録音したLPのなかにあった。B面の六曲がアルゼンチン・タンゴ、そしてA面の六曲がヨーロッパそして日本のタンゴ、という選曲だった。

いまの自分ともっともすんなりと重なったのはこのフェデリコの演奏だった。いま再生して聴くなら、それはなんの無理もなしに、いまなのだ。一九二一年にアルゼンチンで生まれたアルマンド・フェデリコという人の、尋常ではない才能や経歴などに対する畏敬の念を、一定の距離の向こうに維持するための、僕に対してぜひとも必要とされる努力を、常に意識して維持することによって初めて、彼のタンゴのピアノは意味を持った。

アサヒタンゴオーケストラと鐵假面による『小サナ喫茶店』に関しては、僕とのあいだに出来る経路がもっとも複雑であり、単なる時間的な距離が作り出すわかりにくさが、そこに重なった。一九三一年、ヨーロッパで演奏され譜面やレコードになった『小さな喫茶店』というヨーロッパ・タンゴは、さきほども書いたとおり、おそらく二、三年のうちには日本に伝わり、たちまち多くの人々に好まれ、その結果として日本語の歌詞が作られ、日本のオーケストラで演奏され日本の歌手が歌い、レコードになって市販されるとさらに多くの人に好かれて広がっていったという、受容の歴史のこちら側の果てから、そのような過去のぜんたいを、僕はまず呆然と眺め渡さなくてはいけないからだ。

日本における外国の事物の受容の歴史にはすさまじいものがある、と僕は感じる。マランド楽団は一九六四年から始まって、それ以後何度も、日本で公演をおこなった。アルマンド・フェデリコはLPの時代が始まったばかりの日本にオルケスタ・ティピカを率いて来演し、彼の編曲による十二曲をスタジオで演奏し、少なくともLP一枚分の録音は残した。こうしたことすべてを、その中心で、あるいは周辺で、支えて進行させた人たちの力のぜんたいが、受容の歴史の一端として機能したことを思うと、呆然とならざるを得ない、というような言いかたではすまない気がする。

このような複雑な経路を過去に向けてたどると、一例として『小さな喫茶店』にたどり着く。アルマンド・フェデリコのＬＰのライナーには、この『小さな喫茶店』について、「都会的な叙情的な美しさはこの曲に永遠の生命を与えて居ります」とある。アサヒタンゴオーケストラの演奏で鐵假面が歌う日本語の歌詞は、たとえば次のようだ。

「小さな喫茶店の窓辺にあなたと座ってた、月の光があなたの横顔を照らしてた、そばでラジオが恋の歌を優しく唄っていたが、あなたはたゞ黙ってうつむいていたっけ」

一九三五年前後、いまから八十二年前の東京での、「都会的な叙情的な美しさ」を、小さな喫茶店の片隅に探すなら、それはこのようなものだったのか。

『ニッポンジャズ水滸伝』には、さらに二曲、コーヒーと関連する歌があった。『毎朝コーヒを』と『カフヱー行進曲』の二曲だ。『毎朝コーヒを』は一九三三年の『ムーラン・ルージュ』というミュージカルのために作詩作曲された歌で、原題をCoffee In The Morning And Kisses In The Nightといい、ボスウェル・シスターズのレコードが評判になったという。日本では一九三五年に、スリー・シスターズという三姉妹の女性三声コーラスでレコードになった。当時のリズムやハーモニーをそのまま、ＣＤを再生していま聴くことが出来る。「都会的な叙情的な美しさ」は、彼女たちの歌声を聴くことによって、ある一定の方向へ拡大されることは確かだ。

『カフヱー行進曲』では、一九三〇年前後に発売されたレコードの音を聴くことが出来る。男性歌手と女性歌手とのデュエットだ。歌の途中に、カフェ讃歌とも言うべき短文が、男性歌手によって語られる。節をつけて読み上げていく、とでも言っておこうか。

「ここは恋の灯の燃ゆるところ、情熱の血潮湧き出る源泉であり、若人達の胸に大きな喜びと悩みを与えるカフェであります」とそのナレーションは言う。

この『カフヱー行進曲』は『ニッポンジャズ水滸伝』では作詩・作曲・編曲すべて不明とされているが、『道頓堀行進曲』とおなじ曲だ。一九二九年に、竹内良一と岡田嘉子の劇団が、松竹座での大阪初公演で主題歌に使った歌で、広く人気を集めた。したがって東京にも伝わり、別な歌詞を得て『浅草行進曲』となった。これがさらに『カフヱー行進曲』となったのだろうか。

小鳥さえずる春も来る

『一杯のコーヒーから』という歌は一九三八年の十二月二十日に、霧島昇とミス・コロムビアによって録音され、一九三九年の三月二十日にレコードとして発売されたという。服部良一が作曲し藤浦洸が歌詞をつけた。服部良一が残した数多い曲のなかの、名曲のひとつだと言われている。

歌詞は四番まである。冒頭の一行は、一番から四番まですべて、「一杯のコーヒーから」というおなじフレーズで始まっている。一杯のコーヒーから、どのような状況が生まれていくのか。一番の歌詞の二行目では、「夢の花咲くこともある」と歌われている。この言葉のとおり、一杯のコーヒーから夢の広がっていく様子が、ごく穏やかに丸みを帯びた具象と、それを支える明るく軽いファンタジーの言葉とによって、綴られていく。

「街のテラスの夕暮れに」「あなたとふたり朗らかに」「あそこの窓のカーテンが」「小鳥さえずる春も来る」と、具象的な部分を抜き出してみると、ちょうど手頃な大きさにまとまった夢の、まろやかな手ざわりの良さには、敬服するほかない。なんと見事な呑気さであることか。

一九三九年の日本は、国民精神総動員の日本だった。国民精神総動員中央連盟に加えて、国民精神総動員委員会が作られた。国民の精神をなにに向けて総動員したかったのか。戦争の遂行に向けてだ。歴史年表というごく一般的な参考書の記載から拾っていくだけでも、国民の、つまり日本の状況は、早くも惨憺《さんたん》たるものだったことがわかる。

国民職業能力申告令というものが一月に施行された。十六歳から四十九歳までの男性で、職業になり得る特殊な技能を持っている人は、その能力を申告するための手帳を受け取らなくてはいけなくなった。下限の十六歳はいいとして、上限が四十九歳であることには、現在から八十年近い時間のへだたりがあることを、強く感じる。

砂糖や清酒が公定価格となった。国家が値段をきめたのだ。映画法による取り締まりが始まった。映画を作るにあたっては脚本は事前に検閲され、製作や配給は許可制で、外国の映画の上映には細々とした厳しい制限がつき、国策を映画館のスクリーンで提示する役を担わされたニュース映画は、強制的に上映されることになった。

鉄を資源として軍需産業にまわすため、一般市民の日常生活のなかにあって鉄ではなくてもいいものは、鉄製不急品と呼んで国家が回収することになった。郵便ポスト、公園のベンチ、街灯、灰皿、火鉢など、十五品目にのぼったという。金属に代わって木材を材料にした玩具が広く出まわったのは、鉄が国家によって回収されるほどに欠乏していた事実を示している。

農林省の命令によって、米を七分づき以上に精米することが禁止された。だから一九四〇年新年の餅は、妙な黒い色をしたものとなったという。百貨店の年末贈答品の大売出しや配達が禁止され、門松を全廃せよ、という命令もあったという。

国民を戦争に駆り立てるために国家が画策したあれやこれやを歴史年表から拾っていくと、きりがない。産業報国連盟という組織が国家の意向に沿って、労働組合の解散を推進していった、という記載もある。

帝大の医学部と官立の医大に、臨時附属医学専門部というものを設置し、急激に増えていく軍医への需要に対応しようとした、という過去もある。付け焼き刃の対策で軍医を大量に送り出そうと試みたのだ、ということは誰にでもわかるだろう。軍医への需要の急激な増大は、戦場での傷病兵の急激な増大を意味した。

小学校の五、六年生、そして高等科の男子生徒に、文部省は柔道と剣道を必須科目として課した。待合、料理屋などの営業時間が午前零時までになり、ネオンは全廃、中元歳暮贈答の廃止、学生の長髪、女性のパーマネント・ウエーヴなどが、生活刷新案として禁止された。

国民徴用令が施行され、国家は軍需工場へ人々をいつでも強制的に徴用することが出来ることとなった。興亜奉公日というものを知っている人はもう少ない。酒を売らない、ネオンを消す、勤労奉仕をすることなどが、毎月一日に、人々に強制された。その一日が、興亜奉公日と呼ばれた。こうした強制を受けとめて実践することをとおして、人々は興亜に奉公した。

戦争の遂行のために国家が人々に強制した事柄の内容は酷薄であり、血も涙もないものだったが、なんら変わることなくいまへと続く醜悪さのすぐ隣には、滑稽さがあることを否定出来ない。戦争に向かっていく国のなかで、人々の生活は日ごとに凄惨さを増していた。生活のあらゆる局面に戦争があったからだ。

歴史年表に記載されているわずかな項目から、さらにほんの少しを書き写しているだけで、充分に嫌になる。このような凄惨さのなかで、服部良一も藤浦洸もその日々を生きていた。戦争へと向かう国を、彼らはあらゆるかたちで感じていたはずだ。まったく反対側の世界である『一杯のコーヒーから』は、そのような歌として意図されたものだったのだろうか。明確な意図がなければ、このようにはならないはずだ、と僕は思う。その思いに重なるのは、この歌のレコードがよく無事に発売されたものだ、という驚きだ。「時局柄まことに不謹慎である」というひと言によって、レコードの販売はもちろん、録音もなにもかも、当局によって禁止された可能性は充分にあった。

ボブ・ディランがコーヒーをもう一杯

五十六年前の日本には宝田明が歌った『ブラック・コーヒー』という歌があった。船村徹が曲で谷川俊太郎が詞だった。五十四年前の日本には『黒い珈琲』があり、これはアイ・ジョージという歌手が歌った。曲は上原賢六、詞は石浜恒夫だったという。そして三十七年前の日本には、『もう一度・ブラックコーヒー』という歌があった。日高のり子が歌い、作詩は亜蘭知子・奈月大門、作曲は長戸大幸だった。

一九七五年の日本は二〇一八年から見て四十三年前だ。その日本でヒットしていた歌の題名を列挙すると、一例として次のようになる。昭和枯れすゝき。シクラメンのかほり。想い出まくら。心のこり。なごり雪。となりの町のお嬢さん。「いちご白書」をもう一度。あの日にかえりたい。中の島ブルース。さらばハイセイコー。

ただ列挙するだけで、そこに時代があらわれる、と言っていいだろうか。それはもはや過ぎ去ってどこにもない時代なのか、それとも土台の一部として強固にいまも残っているものなのか。よく売れた商品を列挙すると次のようになる。チルチルミチル。ブラック50（千円のウィスキー）。くるくるドライヤー。ピッカリコニカ。セキスイハイム。ダイレクト・サウンド。シーチキン。ハンドミキサー。赤いカード。よく売れたのは新製品であり、新製品の名称には片仮名が多かった。

ボブ・ディランのOne More Cup Of Coffeeは一九七五年の作品だ。DesireというＬＰに収録され、

そのLPはいまCDになっている。Iという視点から歌われる、男の歌だ。

One more cup of coffee for the road,
One more cup of coffee 'fore I go
To the valley below.

という部分は、題名とおなじフレーズがあるだけに、歌詞ぜんたいのなかでの、重要な部分だろう。'foreはbeforeのことだ。

コーヒーをあと一杯だけ飲んだら、Iという人は、いくのだ、いなくなる、そこを去る。そことは、女性といっしょにいる場所であり、なぜIがそこを去るのかというと、「彼女の心は夜空の星とともにある」と彼が判断したからだ。

Iは、では、どこへいくのか。To the valley belowだ。「コーヒーをもう一杯、おれが出て行く前に、谷間へ下りていく前に」という翻訳があるし、国内盤のCDに同封されている歌詞とその対訳のなかでは、「道行くためにはコーヒーをもう一杯、もう一杯のコーヒーをのんだら、下の谷へおりるのだ」と翻訳されている。

Valleyは日本での英語学習では、自動的に「谷、谷間、渓谷」だが、日本にはないような大きな河の両側に横たわる、平坦な広い流域のことがvalleyであり、いま自分がいる場所よりも標高が明らかに低いところを総称する言葉でもある。だからbefore I go to the valley belowというフレーズには、とりたてて具体的な意味はなにもない。

ここを去る前、どこかへいくなる前に、いなくなる前に、コーヒーをもう一杯だけ、と言っていることには注目していい。Iがコーヒーをもう一杯飲んだら、そのIは、ここを去ってどこかへいくのだ。I will goを前提とした、もう一杯のコーヒーだ。コーヒーをあと一杯飲んだらいくよ、という意味をmoreというひと言が担っている。だからbefore I goは、そのことを念押ししていると理解すればいい。

あと一杯のコーヒーが、それを飲んだら俺はいくよ、というアメリカの男性のIのリアリズムとして、一九七五年のボブ・ディランにおいても健在であるのを知るのは、たいそう愉快なことだ。そしてvalley belowという言葉のどこかには、Down In The Valleyの歌が聞こえているはずだ。

I'll Have Another Cup Of Coffee（Then I'll Go）というカントリー・ソングがある。ビル・ブロックという人が作った歌だ。カントリー歌手のアーネスト・タブが率いていた自分のバンド、ザ・テキサス・トゥルーバドアズを主役にして、一九六〇年代のなかばに作られた、Ernest Tubb Presents The Texas TroubadoursというLPのジャケットには、巡業バスのドライヴァー、ジョニー・ウィギンスを含めた六人のポートレート写真が使ってある。ジャック・グリーンやキャル・スミスがまだこのバンドのメンバーだった頃だ。

I'll Have Another Cup Of Coffeeをキャル・スミスが歌っている。主人公の男性がIで登場する、いまとなってはおとぎ話のような内容の、いい歌だ。キャル・スミスの歌唱は見事なものだ。子供までもうけた妻のもとを去る男が、その日の朝、いまはまだかろうじて自宅だと言っていい自分の

115　ボブ・ディランがコーヒーをもう一杯

家にあらわれ、昨日までの妻にコーヒーを淹れてもらい、もう一杯飲んだらいくよ、と言う。彼がそこを去る前のコーヒーが、ここでは、もう一杯のコーヒーだ。One more cup of coffeeではなく、another cup of coffeeだ。

I'll Have Another Cup Of Coffeeというタイトルのあとに、(Then I'll Go)のひと言が、括弧に入れて添えてある。彼がそこで飲むコーヒーは、もう一杯、つまり、あと一杯だけであり、それを飲み終えたなら、Iという人はそこを去るしかない。

妻や子供たちと過ごしたかつての自宅を去る理由を、きみにこれ以上の悲しみをあたえないために、とIという人は歌っている。だからこの歌の題名は、『長い話にはならない』と意訳することが充分に可能だ。コーヒーをあと一杯分の未練なら、話はけっして長くはならない。

この歌を、One Cup Of Coffeeという題名で、一九六三年にボブ・マーリィがカヴァーしている。レゲエのミュージシャンたちはアメリカのカントリー・ソングをカヴァーするのが好きなようだ。ザ・ヘップトーンズというグループの、Save The Last Dance For Meのカヴァーを聴き、そのあまりの良さに驚嘆したのは一九八〇年代のなかばだった、と記憶している。それより二十年近く前に、ボブ・マーリィのOne Cup Of Coffeeがあったとは。彼による歌い出しのフレーズは、One cup of coffee, then I'll go. となっている。レゲエのミュージシャンたちによって、アメリカのカントリーのどの歌がどんなふうにカヴァーされようとも、もう僕は驚かない。

マグとマグの差し向かいだから

エディー・ホッジスは一九四七年生まれだから、一九六一年には十四歳だった。日本語の題名を『恋の売り込み』という、I'm Gonna Knock On Your Doorで七インチ盤のデビューをし、日本でもヒットした。カヴァーは伊東ゆかりが歌ったという。二枚目の七インチ盤は日本語題名を『コーヒー・デイト』といい、これは一九六二年の九月には、日本の『ベスト・ヒットパレード』というラジオ番組のヒット・リストで二位にあった。

七インチ盤のデビューをし、とたったいま僕は書いたけれど、たとえば七歳のとき、彼はすでにデビューを果たしていた、と言っていい。ジャッキー・グリースンのＴＶショウに出演してジョニー・レイの物真似で歌い、観客から拍手喝采を浴びた。十二歳のときには、『この曲は何でしょう』というＴＶのクイズ番組に出演し、正解を七週間に渡って連続させ、二万五千ドルの賞金を獲得した。ブロードウェイのミュージカルThe Music Manのオーディションで合格を果たし、その舞台ではGary, Indianaという曲を歌い、そのつど観客は大喝采を送ったという。いま東京の中古レコード店で、七百円ほどで買うことの出来る『コーヒー・デイト』のスリーヴの裏に、軽い解説が印刷してある。いま僕が書いたことは、すべてそこからの再話だ。

デビュー盤七インチの歌の題名は、直訳すると、僕はきみの家を訪ねてドアをノックします、という意味だ。きみとは、彼女のことだ。なぜ彼は彼女の家を訪ねてドアをノックするのか。彼は彼女に対する自分の気持ちを彼女に伝え、彼女からも自分に対するおなじような気持ちを引き出したいからだ。国内盤担当者、あるいはそのすぐ近くにいた知恵者の頭に、これは一種のセールスではないか、と閃いた。なにのセールスか。ごく簡単にひと言で言って、それは恋だ。恋のセールス。セールスよりは売り込みのほうがいい。恋の売り込み。よし、出来た、それでいこう。エディー・ホッジスのデビュー盤の邦題は、こうして数分のうちにきまった、と僕は想像する。そして邦題決定の瞬間は、I'm Gonna Knock On Your Doorが『恋の売り込み』と翻訳された瞬間でもあった。これは相当にすごい翻訳だ、と僕は真剣に思っている。

相当にすごい翻訳、という次元をはるかに越えて、一見したところごく平凡そうに見えるけれどじつは、すさまじい、という形容をあたえてもいい翻訳が、Mugmatesという原題を『コーヒー・デイト』という日本語に翻訳したことだ。

マグメイツとは、マグ友だち、つまりコーヒー・マグとコーヒー・マグの差し向かいで、いつものダイナーの片隅の席で他愛ない話に興じるふたり、というような意味だ。マグメイツという言葉じたいが、当時のアメリカで流行していたかもしれない。あるいは、なんとかメイツ、という言いかたが、広がりつつあったか。雑誌『プレイボーイ』のプレイメイトが、なんらかの影を落としていた可能性もある。若いふたりがコーヒー・マグで差し向かいなら、そのふたりはマグメイツにしてみたら、というなかば冗談としての発案が採用された、と推測することも出来る。

Mugmatesという原題が『コーヒー・デイト』という日本語題名になった一九六一年の日本では、多くの人たちにとって、コーヒーというものの日常的な実感はまだなかった、という意見もある。

しかしコーヒーという言葉はとっくに日本語だったし、デイトも日本語として定着し、盛んに使われていた。このふたつをつなげて『コーヒー・デイト』とはこれいかに、だ。見事と言うほかない。

「マグメイトって、マグどうしの友だちってことか。喫茶店の窓辺の明るい席で、マグとマグとの差し向かいだよな。彼女のマグの向こうには彼女がいて、彼のマグのこちら側には彼がいる。彼と彼女のデイトだよ。マグではコーヒーを飲むんだよな。だったらそのふたりは、コーヒーでデイトだよ。コーヒー・デイトだ。いいじゃないか。タイトルはそれでいこう」国内盤の担当者は知恵者からこんなふうに言われた、という想像を僕は楽しむ。『恋の売り込み』のときとおなじく、邦題が『コーヒー・デイト』にきまるまで、ものの数分だったのではなかったか。マグの側面に、Hisそして Hersと書いたものを、かつてしばしば目にした。いまでも外国のみやげ物店のような雑貨の店には、あるのではないか。このマグが英語の歌詞のなかに登場している。当時のティーンたちのあいだで、このマグは人気だったと、歌詞は歌っている。

日本でこの歌をカヴァーしたのは伊東ゆかりだということだが、CD二枚に全五十曲の『飯田久彦ゴールデン・ベスト』のなかに『コーヒー・デイト』があるので聴いてみた。合格だと言っていいと思うが、ぜんたいの進行にかかわる明確さにおいては、アメリカに一日の長がある。一日と言わず、数年の、あるいは十年近くの、と言ってもいい。

Mugmatesが『コーヒー・デイト』と翻訳された驚きをはるかに越える驚きが、英語の歌詞と日本語の歌詞との対比から、浮かび上がってきた。それについて書いておこう。Mugmatesのふたりの関係は、So let's be mugmates. から始まる。ごく短い歌詞によって、その関係はMeans we're going together. という関係へと展開し、We'll both be mugmates. とThat'll make us mugmatesのふたとおりの確認をへて、Means we're in love. という到達点にまで展開していく。日本におけるカヴァーでは、この展開という動きがまったくない。

『コーヒー・デイト』のふたりは初めてのデイトだ。しかも時間は夜のようだ。「君は下を向きながら話すけど、君の胸もとのペンダントはぼくを見つめている」とか、「君のまきげにかかってる黄色いリボン、ぼくの心を見ておくれ」などと、初めてのデイトの相手である彼女が、男の視点から描写されていくだけだ。その描写にはもちろん彼の気持ちが重なっているが、「仲良く飲むコーヒー、初めてのデイト」という状態は、ぴたっと静止して動かない。

動かない状況のなかで、男性のほうからの勝手な気持ちが、次々に彼女に重なっていく。コーヒーとデイトというふたつの日本語が結びつくと、意味もなにもかも、これほどまでに固定される。見事に翻訳されたのは題名だけではない。内容もまた、これ以上ではあり得ないほどに、日本語による日本の出来事になっている。

CADENCE
RECORDS
KING INTERNATIONAL
45 r.p.m.
FS-1
コーヒー・デイト
夢の盗賊
MUGMATES
BANDIT OF MY DREAM
エディー・ホッジス
EDDIE HODGES

ほんとに一杯のコーヒーだけ

ウィリー・ネルスンがリバティと契約したのは一九六二年のことだった。The Complete Liberty Recordings 1962〜64というLPがある。このLPの題名からもわかるとおり、ネルスンのリバティでの日々は二年間だった。この二年間に彼が作って歌った歌のベスト集LPをリバティは市販した。そのLPからA、B両面一曲ずつ少なくして、全十曲で一枚とした再発売のベスト集が一九七三年に発売された。そのLPがいまも僕のところにある。ずっと以前、としか言いようのない、ある日あるとき、自分で買ったのだ。買った理由はいまでも覚えている。ジャケットに使ってある白黒の写真が理由だった。その写真は一杯のコーヒーだけを主題にしたものだ。

ジャケットの三十センチ四方の、上から三分の一のスペースは、上から順に、収録してある歌の題名、The Best Ofという黒い英文字、そして、横幅をいっぱいに使って、ピンクのネオン管による、Willie Nelsonの名前だ。黒を巧みに使ったくすんだピンクで、下の白地には灰色で影がつけてある。この影によって、ネオン管が空中に浮いて見える、という効果が生まれている。

残る三分の二のスペースは白黒の写真だ。その写真は一杯のコーヒーだけを主題にしている、とついさきほど書いたが、ほんとに一杯のコーヒーだけだ。こういうジャケットも珍しいのではないか。明らかにダイナーあるいは安食堂のコーヒーであり、くすんだピンクのネオン管とともに、ウィリー・ネルスンの作った歌は、このような世界を連想させたのだろうか。

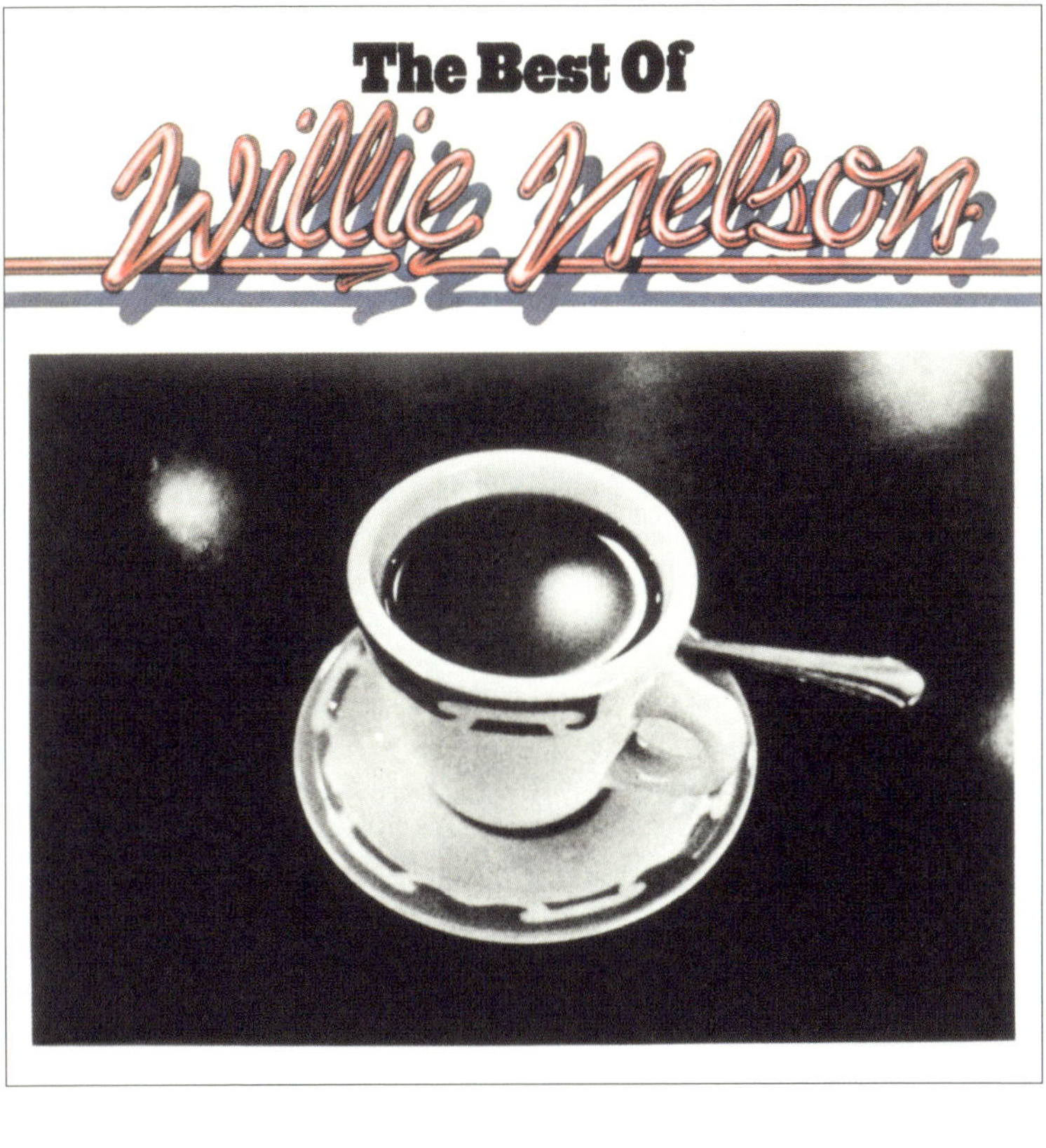

123　ほんとに一杯のコーヒーだけ

コーヒーの満ちたカップとその受け皿が、横長の画面のまんなかに位置している。金属製のスプーンが、カップの向こうで受け皿に添えてある。カップと言うよりはマグだろうか。ダイナーのコーヒーだ。満ちているコーヒーの黒い水面に、周辺のにじんだほどよい大きさの円形で、明かりが映っている。コーヒーの水面に明かりをこのように反射させる準備を整えるためには、手間がかかったのではなかったか。コーヒーの水面だけではなく、周辺の黒地のなかにも、明かりはいくつか効果的に反射している。ジョン・ヴァン・ハマースヴェルドという写真家が撮った、とクレディットされている。

このLPにネルスンの歌で収録してあるHello Wallsがフェロン・ヤングで、Crazyがパッツイ・クラインでそれぞれヒットしたのは一九六一年で、このときネルスンは二十八歳だった。ふたりの娘がそれぞれにファミリー・メモワールを書いて出版したのが一九八七年で、ネルスン自身が共著でWillie : An Autobiographyを出版したのが一九八八年だ。リバティからここにいたるまでのネルスンの活躍ぶりは、にわかにはとらえきれない。リバティにいたるまでがすでに、充分に魅力的な一冊の物語だ。

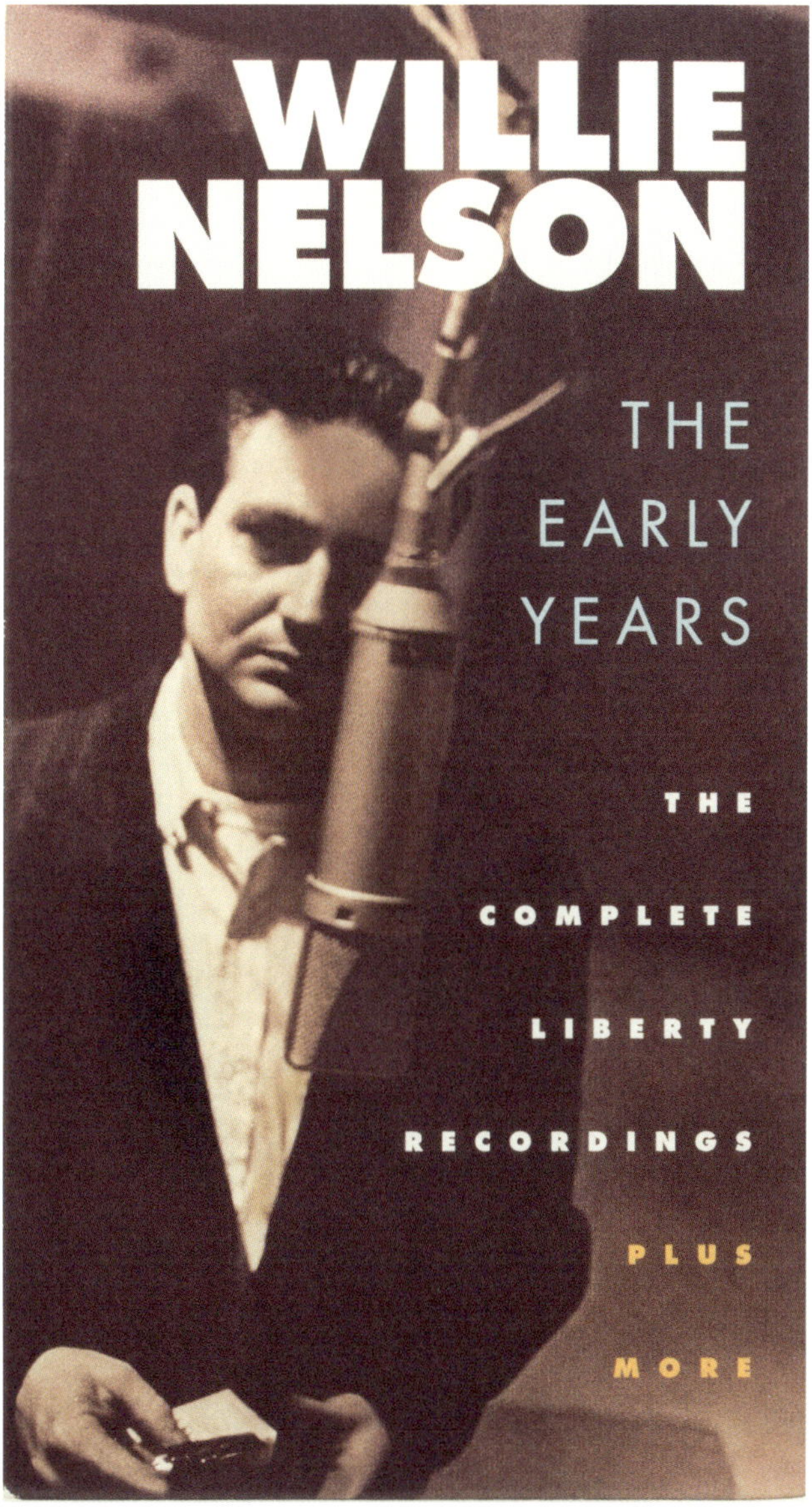
WILLIE
NELSON
THE
EARLY
YEARS
THE
COMPLETE
LIBERTY
RECORDINGS
PLUS
MORE

ブラック・コーヒー三杯で、彼女は立ち直れたのか

題名にコーヒーのひと言がある歌で、もっとも知られているのは何だろうか。ペギー・リーのLPのタイトルとなり、そのLPに収録されて広く知られることになった歌に、Black Coffeeという歌がある。サニー・バークのメロディにポール・フランシス・ウェブスターが歌詞をつけた、一九四八年の作品だという。サラ・ヴォーンが一九四九年に歌い、ペギー・リーは一九五六年だ。エラ・フィッツジェラルドとジュリー・ロンドンがそれぞれ一九六〇年に録音しているそうだ。

LPは持っている。CDも買った。CDのほうが探しやすいので、ついさきほど、そのCDを見つけた。紙ジャケットだ。日本で最初にCDになったときの、紙ジャケットではないか。国内盤なら日本語の解説文を印刷した紙が、CDとともにジャケットに入っているはずだ。その紙を僕は取り出し、開いてみた。日本語の文章が縦四段のうち三段を占めていた。書いた人の名を見るともなく見て、僕は驚いた。文末に印刷してあるのはこの自分の名前ではないか。Black Coffeeの解説文を書いたことを、僕は完全に忘れていた。二〇〇〇年前後の出来事だったはずだから、さほど遠い昔でもない。

ペギー・リーのBlack Coffeeをめぐって、その頃のカタオカくんがいったいなにを書いたのか。僕は彼の文章を読んでみた。Black Coffeeだけについて彼は書いていた。全十二曲あってどれも素晴らしい歌ばかりなのに。十二曲目のThere's A Small Hotelは僕の好みだが、歌よりもどれも演奏

のほうがいいか。演奏ならクロード・ソーンヒル楽団のものを僕は勧める。すべてが空中に浮いているようなあの感じは、なかなか出せるものではない。

カタオカくんはポール・フランシス・ウェブスターの歌詞に注目している。「名作や傑作とは言いがたい。佳作だろう。ただし、佳作としての位置は、絶対に守りとおす出来ばえだ」と彼はまず書いている。佳作だとは、メロディも含めてのことだろう。歌詞の最初の六行を彼は引用している。次のとおりだ。

I'm feeling mighty lonesome
Haven't slept a wink
I walk the floor
And watch the door
And in between I drink
Black Coffee.

Winkとdrink、そしてfloorとdoorの、ふたとおりの韻の踏みかたについて、カタオカくんは書いている。短い六行のなかに、ふたとおりの韻がひとつずつある。これは四本の柱だ、とカタオカくんは書く。その四本の柱は空間を作り出してそれを支える、と彼は言う。

Iとして登場する一睡もしていない彼女は、部屋のなかを落ち着きなく歩きまわり、いまにもノックがあるかと、ドアを何度も見る。そしてその合間に彼女がすることと言えば、ブラック・コーヒーを飲むことだけだ、という彼女の状態が、冒頭の六行で描き出されている。そしてその状態は、彼女がひとりでいる部屋のなかにある。その部屋という空間を、ふたとおりのごく単純な韻が、なんの苦もなく、ごくあっさりと、作り出してしまう。

四つのごく単純な単語を、ふたとおりの韻の踏みかたに分けて歌詞のなかに配置すると、彼女がひとりでいて彼を待ちながらブラック・コーヒーを飲んでいる部屋、という空間がたちどころに出来てしまう、という彼の指摘は面白い。

I walk the floorと、I watch the doorとでは、floorとdoorとが韻を踏んでいるのは誰の目にも明らかだが、それを補完するかたちで機能するふたつのwの音、そしてandという言葉の重なりも、その部屋の空間を立体化させることに大きく寄与している、と彼は書く。言葉の配置における科学的な用意周到さの結果として、この六行のなかの三か所に、Iという言葉が配置されている。この三つのIも、立体化された部屋の空間が彼女のものになりきると同時に、その彼女の心の内部というもうひとつの空間へと、この歌を聴く人を連れていくための助走路として機能している。紀元二〇〇〇年のカタオカくんはそう論じている。

先に引用した六行の歌詞に続く八行の歌詞の内容は、いまの僕が日本語で書くと、次のとおりだ。

「愛とはおさがりのブルース。つまらないウィークデーばかり続くこの部屋で、私が楽しい日曜日を知ることは、ないのではないか。夜中の一時から明けがたの四時までいろんな物の影を相手にひとりなにごとかつぶやいて、まあ、なんと、時間の進むのが遅いこと、することと言えば自分ひとりでブラック・コーヒーを注ぎ足すだけのときには」

おそらく来ることのない彼を待ちながらひとりブラック・コーヒーを飲んでいる彼女の状態と、その彼女がいる部屋が、最初の六行で立体化される。それに続く八行の歌詞によって、部屋の空間はそのままに、彼女の胸のなか、という空間が少しだけ作られ始めている、とカタオカくんは指摘している。その指摘はそのまま受けとめることにしよう。

この八行のなかで韻を踏んでいるのは、bluesとroom、そしてfourとpourであり、これが彼女の気持ちの内部という空間を作り始めると同時に、一度だけあらわれるloveという言葉が、そのぜんたいを補完し、それらすべてが回帰するのは、Black Coffeeというひと言だ。

彼女がひとりでブラック・コーヒーを飲んでいる部屋という空間から、その彼女の胸のなかという空間へと、メロディに乗った言葉が入り込む。Black Coffeeという言葉はここまでに二度繰り返されるだけだが、最初のときのそれは彼女の部屋の空間であり、二度目では早くも彼女の胸のなかという空間になりつつあることには、ぜひとも注目してほしい、とカタオカくんは書く。

歌詞はまだ続く。三ブロック目にあたるその部分の意味を、日本語で書いておこう。歌詞カードには英文の歌詞が印刷されるはずだから、見たければそれを見ろとカタオカくんは言っているが、歌詞を英文で引用するのを避けたければ、その意味を日本語で伝えておくことくらいは、しなくてはいけない。次のとおりだ。

「ブルースに目が触れてからというもの、日曜に泣き濡れた夢を月曜に干す、男はあちこちで愛する、女は泣いて気をやむ、家にいて台所仕事に、過ぎ去った後悔をなし崩すのは、コーヒーと煙草、朝のあいだずっと呻《うめ》き、夜も呻きどおしで、そのあいだを埋めるのは煙草のニコチンで、元気はほとんどなく、ブラック・コーヒーに気持ちは地面すれすれ、ひょっとしたら来るかもしれないあの人を待って、狂いそう」

「最後の一行のなかにあるwaitingという言葉、そしてmaybeという言葉は、彼女の立ち直りと、そこからの新たな歩みの質を、暗示している」とカタオカくんは書いているが、この歌詞が描き出す世界は、そこまではいたっていない。

歌詞のなかにブラック・コーヒーは三度出てくる。その三度目のブラック・コーヒーは、そこにいたるまでの二度のブラック・コーヒーの念押しであり、立ち直りのブラック・コーヒーではない。歌の終わりに向けて重なっていく歌詞の言葉のなかに、十八年前のカタオカくんが言うような、「そこからの新たな歩みの質」を暗示させるものは、なにもない。そしてそれゆえにこの歌は、名作や傑作ではなく、佳作にとどまるのだ。そのことはカタオカくんもよく承知していたはずだ。

Black CoffeeというLPには十二曲が収録してある。そのうちの八曲は一九五三年の四月三十日、五月一日、そして五月四日の三日間で録音され、残りの四曲は三年後の一九五六年四月三日に録音された。Black Coffeeはその四曲のうちのひとつだった。

ジャケットの写真は鑑賞に値する。現物によるコラージュが作る画面は、Black Coffeeの一九五六年のアメリカにおける絵解きだろうか。部屋の一角に白いクロスをかけた四角いテーブルがあり、緑色の植物を活けた丸い花瓶、白い砂糖壺、揃いのミルク・ピッチャー、そしてまんなかからふたつに分かれるパーコレーター式のコーヒー・メーカーが配置してあり、さらにその手前には、受け皿の上でコーヒーの満ちているカップに、緑色の葉のついた赤い花が一輪と、真珠のチョーカーが置いてある。砂糖壺とミルク・ピッチャーは出ているけれどスプーンは受け皿になく、したがってカップに満ちているコーヒーはブラックなのさと、僕は冗談のような解説をしたくなる。撮影した写真家の名前がジャケットの片隅にクレディットしてある。ボドウィン・ソマーという人だったそうだ。二〇一八年から数えて六十二年前のことだ。

知的な判断の正しさと絶対的な安心感

Black Coffeeの譜面は一九四八年に発売された。この歌を最初にレコードにしたのはサラ・ヴォーンで、一九四九年のことだった。ペギー・リーのレコードは一九五三年に発売された。彼女にとって最初のＬＰとなったBlack Coffeeに収録されているのは、一九五六年に録音され直したものではないか。

サラ・ヴォーンの歌唱を二十曲集めたＣＤがあり、そのタイトルはBLACK COFFEEで、Black Coffeeが収録してある。聴いてみた。一九四八年の四月八日にニューヨークで録音されたものだということだが、その録音はついさきほどの出来事だったように、僕は受けとめた。時間と空間を難なく飛び越えて、サラ・ヴォーンの歌が僕の目の前で、僕のいるそのおなじ空間のなかに生きる様子には、ただ驚くほかなかった。

ジョー・リップマンの十三人のバンドに、ヴァイオリン、ヴィオラ、チェロ、ハープが、ひとりずつ加わった。編曲の才能と、その編曲をそのとおりに実現させる演奏能力は、どちらも素晴らしい。

一九四〇年代が終わる頃には、サラ・ヴォーンはジャズを歌うポップ歌手として、確かな評価を得ていた。一九五〇年代に入ってＬＰの時代になると、ＬＰのフォーマットのなかでジャズの可能性をより深く追求することとなった。音楽的に考え抜く彼女の知性には、これをこうするのはここまで、というような判断の正しさが常にあり、知的な判断の正しさは、それを聴く人にとっての、絶対的なと言っていい安心感であり、そのような安心感のなかにこそ、さまざまなうれしい発見があった。

グレン・ミラー楽団の録音を二百曲ほど、何枚かのCDにした箱入りのセットのなかに、Black Coffeeのもとになった歌を見つけた。一九三八年のWhat's Your Story, Morning Glory? という歌だ。Black Coffeeが最初に録音されたのは一九四八年だったから、十年前の歌が姿を変えたわけだ。作詩作曲者として三人の名があげてある。ジャック・ローレンス。ポール・フランシス・ウェブスター。メリー・ルー・ウィリアムズ。かなり人気のあった歌のようだ。いろんな楽団や歌手がカヴァーしている。グレン・ミラーが録音したのは一九四二年だ。僕の判断によると、メロディはまったくおなじで、歌詞だけがまるで異なっている。おなじメロディにまったく異なった歌詞をつける、という創作もあり得るようだ。しかし実例には遭遇しない。Black Coffeeはきわめて珍しい例だ。

グレン・ミラー楽団の箱入りCDのなかに、コーヒーの歌をひとつ見つけた。Let's Have Another Cup Of Coffeeという歌だ。フレッド・ウェアリングが率いたザ・ペンシルヴァニアンズという楽団で一九三二年に録音したのが最初だという。グレン・ミラーのは一九四二年で、おなじ年にサミー・ケイの楽団も録音した。楽団が演奏し、歌手とコーラスが歌っている。不況の歌だ。これを抜け出すと明るい日々があるか、コーヒーをもう一杯飲み、パイをもうひと切れ食べて、明るい日々を待とうよ、というじつに明るい呑気な歌だ。a cup of coffeeがa piece of pieと対になっていた時代が、かつてあった。

アル・クーパーがブラック・コーヒーを淹れた

アル・クーパーの二〇〇五年のＣＤは約三十年ぶりのソロだという。題名はBlack Coffeeだ。ボール紙で三面に開くジャケットの表紙は、一杯のブラック・コーヒーの写真だ。この写真は上出来だ。一杯のコーヒーを魅力的に写真に撮るのは難しい。

裏表紙に、あるいはジャケットやライナーのあちこちに、アル・クーパーの写真がある。いまから十年くらい前の彼はこうだったのか。アル・クーパーと言えば、マイク・ブルームフィールドとともに、ノーマン・ロックウェルによってＬＰのジャケットにポートレートが描かれたあの青年ではないか。

彼は一九四四年生まれだ。活動歴は長く多彩だ。一九六四年にはゲイリー・ルイスに提供したThis Diamond Ringがヒット・チャートの一位になっているし、おなじ年にはエディー・ホッジスに歌を提供してもいる。

十二ページのブックレットになっているライナーに、アンドリュー・ルーグ・オールダムが短い文章を寄せている。その結びのひと言が、「さて、紅茶をいただこうか、駄目かい、よし、それではカフェ・ノワールだ」となっているから、ＣＤのタイトルであるBlack Coffeeはここから来ているのだろう。

ライナーには、こぼしたコーヒーの跡、あるいは、コーヒーをこぼしたカップの丸い台座の跡が、四か所もある。この陳腐なデザインに加えて、参加したミュージシャンたちが、曲ごとに紹介してある。この部分の題名が、「ブラック・コーヒーはこうして淹れられた」となっている。カフェ・ノワールはこんなかたちで延長されている。

ジャケットを左へ開くと、見開き二ページの左側にあるのは、なにかの作業をしているアル・クーパーの顔を下からとらえたカラー写真だ。そして右側にあるのは、演奏の中心となった、ザ・ファンキー・ファカルティと名づけられた、アルを含めて六人の男たちの白黒の写真だ。表紙のブラック・コーヒーがこの男たちに重なるのであれば、題名のBlack Coffeeには多少の意味はあると言っていい。

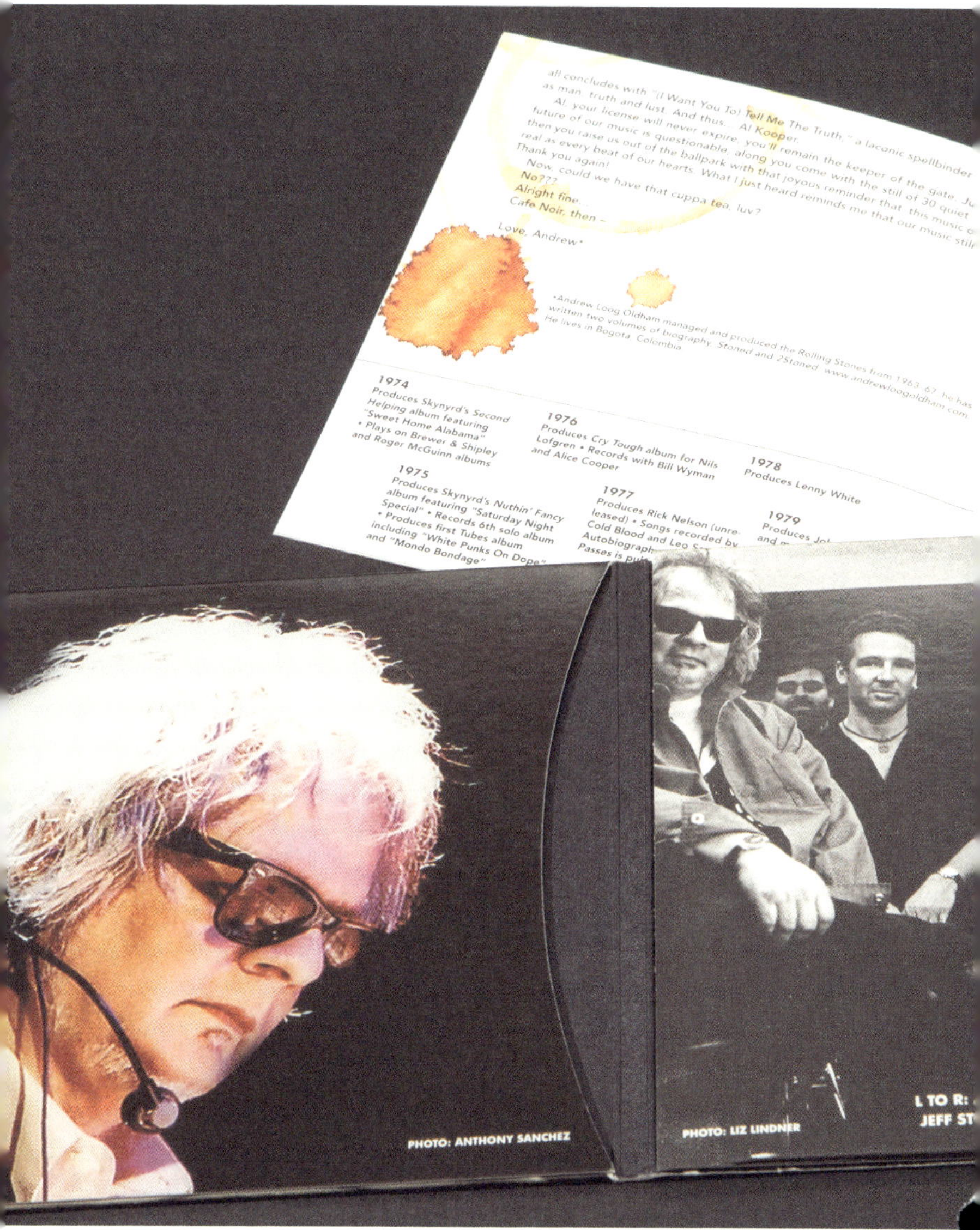
all concludes with "(I Want You To) Tell Me The Truth," a laconic spellbinder
as man, truth and lust. And thus... Al Kooper.
Al, your license will never expire, you'll remain the keeper of the gate.
future of our music is questionable, along you come with the still of 30 quiet
then you raise us out of the ballpark with that joyous reminder that this music
real as every beat of our hearts. What I just heard reminds me that our music
Thank you again!
Now, could we have that cuppa tea, luv?
No???
Alright fine...
Cafe Noir, then –
Love, Andrew*
*Andrew Loog Oldham managed and produced the Rolling Stones from 1963–67, he has written two volumes of biography, Stoned and 2Stoned. www.andrewloogoldham.com
He lives in Bogota, Colombia
1974
Produces Skynyrd's Second Helping album featuring "Sweet Home Alabama" • Plays on Brewer & Shipley and Roger McGuinn albums
1975
Produces Skynyrd's Nuthin' Fancy album featuring "Saturday Night Special" • Records 6th solo album • Produces first Tubes album including "White Punks On Dope" and "Mondo Bondage"
1976
Produces Cry Tough album for Nils Lofgren • Records with Bill Wyman and Alice Cooper
1977
Produces Rick Nelson (unreleased) • Songs recorded by Cold Blood and Leo
1978
Produces Lenny White
1979
PHOTO: ANTHONY SANCHEZ
PHOTO: LIZ LINDNER

モリエンド・カフェ

日本では『コーヒー・ルンバ』として知られている歌の原題はMoliendo Cafeといい、コーヒーの実を挽《ひ》いていく、という意味だ。一九五八年にヴェネズエラのホセ・マンソ・ペローニが作詞作曲したものだ。

七インチのドーナツ盤が文字どおり山のように在庫している中古レコード店まで、自宅からもっとも早くいくとして、十六分くらいだろうか。そこへいって『コーヒー・ルンバ』を探してみた。ペレス・プラード楽団のが見つかるといいと思いながら、いくつもある洋楽の箱のなかを探し始めたら、すぐに一枚、見つかった。

ヴェネズエラのウーゴ・ブランコがアルパ・ヴィアヘラでMoliendo Cafeを演奏しているレコードだ。題名は『コーヒー・ルンバ』と片仮名で印刷してあった。B面はブランコの作曲によるOrquideaという曲で、どちらも「日本のファンのかたには初めての曲です」とライナーにあったから、日本の歌手たちが日本語の歌詞で歌ってヒットさせた『コーヒー・ルンバ』よりも先に、Moliendo Cafeは『コーヒー・ルンバ』だったのか。

『コーヒー・ルンバ』という日本語の題名も、日本に深く斬り込んだ翻訳だ。すでに日本語であるコーヒーに、おなじく日本語になって久しいルンバをつなげただけだが、どちらの言葉にも、どこか南の異国、という情緒は残っているから、ふたつをつなげることによって、残存している異国情

緒は限度いっぱいに高められた。

『コーヒー・ルンバ』という片仮名の字面のなかに、とにかく翻訳しないことには夜も日も明けない日本の業《ごう》のようなものを、僕は感じる。厄介な手間のかかる苦労の多い仕事であるコーヒー、という意味は伝わらなくてもいいから、モリエンド・カフェと片仮名書きしておけばそれで充分だと僕は思うが、そんなことでは明らかに不足なのだ。

アルパはパラグアイの民族楽器で、インディアン・ハープとも呼ばれている。三十六本の弦が四オクターヴにまたがる、木製の枠のある小型で軽量なハープだ。ペダルはない。アルパの名手であるウーゴ・ブランコの演奏によるMoliendo Cafeは、これ以上は望めないほどの良いものだ。七インチのドーナツ盤として発売されたのは、『コーヒー・ルンバ』としてヒットする前ではなかったか。そのドーナツ盤はじつに三百円で、二〇一六年の残暑の午後、東京の片隅で僕はそれを再生して聴いた。

有馬徹とノーチェ・クバーナの演奏による『コーヒー・ルンバ』も同時に聴いてみた。Moliendo Cafeはここでは素材のひとつであり、素材は抽象化されてこのビッグ・バンドの譜面になっていた。いったん譜面になれば、あとは電気ギターの単音弾きと合奏という演奏能力の出来ばえが、すべてを決定していた。

日本の『コーヒー・ルンバ』は西田佐知子の歌で一九六一年にヒットした。ザ・ピーナッツによってもおなじ年にレコードになった。一九六一年は日本にとってはインスタント・コーヒーの輸入が自由化された年だという。インスタント・コーヒーは当時の日本ではブームの状態にあり、『コーヒー・ルンバ』のヒットはそのことと深く関係している、という説がある。

西田佐知子の、そしてまったく別の歌詞によるザ・ピーナッツの『コーヒー・ルンバ』には、Moliendo CafeにあるUna tristezaはそのかけらもなく、まるで別の世界になっていることに、驚いてはいけないのだろう。あの曲に確かに誰もが覚える哀感は、当時の日本にとっては自分たちのものではない新奇なものであり、それをいますぐ手っ取り早く楽しむためには、まずとにかくそれを自分たちのものにする必要があった。Una tristezaは、「コーヒー・モカマタリ、みんな陽気に飲んで踊ろう」とか、「甘いモカの香りそのままに、我を忘れる素敵なリズム」などに、姿を変えさせる必要があった。

Coffee Bluesと、なぜだか、コーヒーブルースと

一九四九年にプレスティッジというレーベルを作って成功させたボブ・ワインストックは、五〇年代の終わりから六〇年代の初めにかけて、ニュージャズ、ブルースヴィル、ムーズヴィル、スイングヴィルなどのレーベルを作り、それぞれ成功させた。

テキサス生まれのライトニン・ホプキンズはブルースヴィルと一九六〇年に契約を結んだ。まず十枚のLPを作る、という契約だったという。CD三枚組で全六十曲の『ブルースヴィル』というコンピレーションのなかに、ライトニン・ホプキンズのCoffee Bluesがある。

ホプキンズひとりによる語りとギターが交互する。ギターから学ぶものはたくさんある。語りの内容は、そんなに悪くはない、という出来ばえだ。コーヒーがあるのとないのとでは、家庭のなかの様子がまるで異なる、とホプキンズは語る。コーヒーがあれば平和だが、なければたいそう乱れる。なぜかと言うなら、朝の起き抜けに飲む一杯のコーヒー、というものの良さによって、奥さんの機嫌がどうなるのかきまってくるのだから、という内容だ。

おなじ題名を片仮名で書くと『コーヒーブルース』となって、これは一九七一年の高田渡の歌だ。「三条へいかなくちゃ。三条堺町のイノダというコーヒー屋へね、あの娘に逢いに」と、高田は冒頭で歌う。

あの娘とは、イノダで働いている若い女性のことのようだ。「可愛い娘ちゃん」と彼女を呼び、

「いい娘だな」とも言っている。「一緒にどう?」と誘う。コーヒーをいっしょに、だ。「熱いのお願い」と彼は歌う。「好きなコーヒーを少しばかり」とも言うけれど、少しばかり、とはどのくらいのことなのか。一杯ではすまないのか。

短い歌だが、そのなかにコーヒーという言葉が五度、出てくる。その五度目のはコーヒーにせず、コーヒにしておけば、この歌は三条堺町通り下ルの、イノダコーヒ本店のテーマ・ソングになれたかもしれない。

なんとも申し上げかねます

バーデン・パウエルが日本に来たときに『知床旅情』を録音し、それは日本で制作されたＬＰに収録されている、という意味の文章を雑誌で読んだとき、このＬＰを手に入れよう、と僕は思った。なぜ、僕は、そんなことを思うのか。『知床旅情』に感情はほとんどない。その曲がＬＰに収録されているなら、片面が六曲ずつだと仮定して、残りの十一曲は当時の日本でのヒット歌謡の演奏で、そこにバーデン・パウエルがギターで加わっているのだろう。その十一曲がなにであるか知りたいという思いは確かにあるが、その思いもさほど強いものではない。バーデン・パウエルが日本に来て『知床旅情』その他を録音したのは、一九七一年のことだったという。ＬＰを作って販売したのは株式会社キャニオン・レコードだ。そのＬＰは二千円だったそうだ。

バーデン・パウエルのギター演奏にも、強い思いは僕にはない。充分に聴ける演奏が録音されていることは容易に想像がつく。その演奏をごく曖昧に思い浮かべるだけで満足出来る。それでもなお、このＬＰを手に入れよう、という思いだけは変わることなく続いた。

どのようなＬＰなのか、これも想像がつく。公演のために日本へ来る外国の歌手や演奏家たちに、日本側が期待して実際に求めた、置きみやげだ。日本の歌曲が、あるいは日本語で歌った歌が、ＬＰのなかにある来日記念盤と称するものは、外国から歌手や演奏家たちが来日し始めたときすでに、定番商品として制作され市販された。

日本のヒット曲のなかからLPのAB両面のために選曲し、編曲をほどこし、演奏者を集め、出来上がっている譜面のとおりの演奏を録音したテープを、録音スタジオでバーデン・パウエルも聴いたのだろう。自分が弾くべきギターのパートを、彼が物静かに検討した時間は、どのようなものだったか。

バーデン・パウエルが日本で作ったLPで『知床旅情』が収録されているもの、というわずかな情報を頼りに、そのLPの現物を手に入れる作業を、僕はきわめて気楽に、友人に頼んだ。わずかな手がかりをもとに、その物の存在を突きとめて手に入れる作業ぜんたいにかかわる、僕などおよびもつかないエキスパートだから。

このLPは日本に何枚もあるはずだ。そのうちの数枚は中古の市場に出ているだろう。探すのに多少の手間はかかるとしても、見つかる瞬間はあっけなく訪れる、などと僕は考えた。友人はそのLPを手に入れた。東京都渋谷区のカフェ・ドゥ・マゴで、コーヒーとフィッシュ・アンド・チップスのつれづれに彼が語った顚末は、次のようだった。

「ファン・サイトへいってみました。『知床旅情・花嫁』というLPは記載されていました。存在はするけれど手に入る可能性はごく低い。なぜならこのLPは一九七一年に日本国内だけで販売されたものだから。などと英語で書いてあるのです。『知床旅情』と『花嫁』が前面に出たダブル・ジャケットのLPです。中古レコード店にかたっぱしから電話をしました。みなさん親切なのです。ちょっとお待ちください、と言って探してくれて、もしもし、お待たせしました、残念ながらございませんですね、という返事ばかりです。そんなLPがあるのですかという含みが、多くの場合、彼らの返答のなかに、明らかに感じられました。オークション・サイトではひとつもヒットしませんでした。二〇一一年に出てせり落とされた、という記載があるのみ、という状況でした。こうなってくると、僕は燃え上がるのです。中古レコードのオークションでもすべてソールド・アウトでした。ディスクユニオンに電話をしました。ボサノヴァ全域を専門にしているという青年が応対してくれて、ちょっとお待ちください、ですよ。あった、という直感が働きました。あのLPならあるな、という思いをその青年は確認したのです。ある、とわかっているうえでの確認、という状況がはっきりと伝わるのです。僕の直感のとおり、ありました。在庫はしています、という返事でした」

「それをぜひとも買いたいのです。取り置きをお願いします」

「申し訳ありません。この商品のお取り置きは出来かねます」

「なぜですか」

「今週の土曜日からいくつかのセールがありまして、そのひとつである南米音楽のなかに、このLPが入っているからです」

「このLP一枚だけを抜き出していただくことは出来ませんか」

「申し訳ありません、それはいたしかねます」

「どうしても買いたいのです。どうすればいいですか」

「セールの当日にご来店いただければ」

セールの日時と場所を僕は訊きました。会場は知っています。渋谷です。セールの開始は午前十時からだと、その青年は僕に告げて、さらになにかつけ加えたいような雰囲気でした。

147　なんとも申し上げかねます

「整理券を配ります」

「十時のセール開始前に、整理券が配られるのですか」

「そうです」

セールの会場入口の前に、つめかけた客がぎっしり、という状況が目に見えました。

「整理券を配るのは、何時からですか」

「九時からです」

「九時にそこへいけば、まず整理券がもらえるのですね」

「そうです」

「もらった整理券で、どうするの？」

「ご入場いただけます」

「整理券を持っている人たちが、いっせいに入場するの？」

「はい」

「いっせい」

「はい」

「どっとばかりに」

「なんとも申し上げかねます」

という青年の言葉を聞いて、僕には閃くものがあったのです。九時に整理券を配るからには、九時よりさらに前に会場にいて、いまや遅しと待機している必要があるはずだ、と閃いたのです。

「きみの経験から言って、何時に会場へいけば、確実に整理券がもらえますか」

「八時です」

「八時に会場へいけば、整理券はもらえるのね」

「そうです」

「十時に会場に入って、僕はどうすればいいの？」

「商品を見つけていただければ」

「待っていた客がどっと入っていって、そこから先は、我先の早い者勝ちなのね」

「なんとも申し上げかねます」

十時開場、早い者勝ちです。ただし、整理券を持っている人たちは、先に入れてくれるのでしょう。整理券の出来るだけ若い番号のを手にして、入口の前で待てばいいのです。午前八時に僕は会場へいきましたよ。すでに人がふたりいました。自分は物に関して、異常なほどの執着を起こすタイプです。バーデン・パウエルの『知床旅情』のＬＰに向けて、気持ちはすでにまっしぐらでした。客が次々にあらわれます。フロアごとにジャンル分けされていて、ロックはすごかったですね。顔見知りとおぼしきマニア仲間が、今日はなによ、とひとりに訊けば、ツェッペリンの百八十グラムがあれば買おうかな、などともうひとりが答えるのです。六十歳をとっくに過ぎた、定年後の男たちです。日本におけるレッド・ツェッペリンからそれだけの時間が経過してた、ということですね。同好の士たちが横につながって、たくさんいるのです。業者かも知れません。僕は整理券の００２番をもらい、ひと安心の喫茶店はカフェ・ミヤマでした。コーヒー一杯でしばしの暖です。

「九時五十分になって僕はセールの会場へ戻りました。入口に向けて整理券の番号順にならぶのです。僕は002ですからね。僕の前にいるのはひとりだけです。十時にあと二、三分のところでディスクユニオンの人が出て来て列の先頭に立ち、左手首を顔の前にかかげて腕時計の針の動きを視線で追うのです。その腕時計で十時ちょうどに、お待たせしました、のひと声とともに、入場です。僕の前にいた001の人は脱兎のごとく駆けていき、壁にならべて貼ってあるLPを、かたっぱしからはぎ取っていくのです。すべて目をつけていたLPなのでしょうね。僕はどうすればいいのか。店の人に訊きました。数人の人たちが猛スピードで箱のなかのLPを、すとんすとんやっているではないですか。バーデン・パウエルの『知床旅情』はどこにありますかと訊ねると、セール品のなかにあります、という答えです。セール品のLPはいくつもの段ボール箱のなかに詰まっていて、どの箱でも猛スピードのすとんすとんがおこなわれているのです。必死になって僕もおなじことをやりました。『知床旅情』のLPは二枚ありました。一枚は帯なしでした。帯のあるほうを僕は買いました。こういう体験をしたのは、高校三年生のとき、ボブ・ディランの初来日武道館コンサートのチケットを手に入れるため、赤木屋プレイガイドにならんだとき以来です。しかし、面白い経験でした。あのセールの会場は、リアル・ショップの延長です。リアル・ショップで目的の物を手に入れるカタルシスの快感は、他に換えがたいですね。マウスの左クリックとは、まったく異なったものがあります。あの時のあの場という、二度とない現場にこの自分がいて、目的としていた物を探し当ててそれを買うことが出来たのです」

と語った彼が、はい、と言って差し出したLPを僕は受け取った。ダブル・ジャケットという言いかたは日本語で、英語ではゲイト・フォールドと言っているようだ。セールでの価格は六千円ほどだったという。一九七一年のＬＰなら、編集者との打ち合わせの喫茶店で再生されるのを、ひょっとしたら何度も、僕は受けとめた可能性がある。

バーデン・パウエルが初めてのソロ・アルバムを作ったのは一九六一年で、このときすでに、彼のギター演奏の技術とその発揮のしかたのスタイルは、確立されていたという。ブラジルの民族音楽を可能なかぎり高度なところへ持っていきたい、と希求し続けた彼が、日本でその当時のヒット歌謡曲をギターで弾いたのだ。三十曲で三万ドルの報酬だったと、彼のサイトに記載されている。

出来上がっている演奏テープに、自分の弾くギターをオーヴァー・ダビングするため、自分だけが録音スタジオのなかでギターを弾けばいいのだ。取り巻いているあらゆる文化が、日本という異国のものだった。そのなかに、まったく別の異国から来た、彼がいた。彼は完全に孤立していた。その孤立をかろうじて救っていたのは、当時の日本のヒット歌謡曲もまた、音楽であったという事実だ。技術的にも内容的にも、なんら負荷のかかる音楽ではなかった。彼はおそらく三十曲を弾いたのだろう。そのなかから十四曲が選ばれ、ＬＰとなって市販された。

後日、おなじ友人が、夕食後のコーヒーの席で、これはプレゼントです、と言ってペレス・プラード楽団のＬＰを一枚、僕に差し出した。かつて東京に事務所のあったリーダーズ・ダイジェストが、何枚組かで箱に入れて市販したＬＰのうちの、一枚だ。日本の旅情、という主題で、日本で広く知られて人気のあった外国の演奏者たちが、日本の曲を演奏したＬＰのセット、というものを僕は想像する。

ペレス・プラード楽団の演奏による日本の旅情とは、なんだったか。A、B両面で十二曲の題名を、その順番どおりに列挙してみたい。見た目に煩雑だから鉤括弧は省略する。黒い花びら。爪。女の意地。ブルーライト・ヨコハマ。噂の女。希望。君こそわが命。小指の想い出。愛して愛して愛しちゃったのよ。命預けます。盛り場ブルース。ウナ・セラ・ディ東京。

バーデン・パウエルのLPとは、『女の意地』が共通している。その曲の演奏を僕は聴いてみた。ラテン音楽の風味を加えようとすればするほど、本来は日本のものであるものが持つ日本らしさが際立ってくる結果として、抽出され濃縮された日本を聴くほかない、という体験の出来るLPだった。ここにある日本の日本らしさは、ある時期を境にして消えたものだろうか、それともいまもなお、いたるところで健在なのか。

三十年ほど前、その当時の僕の短編集の近刊を読んだ女性が、これはすべての物がくっきりと見えている人たちの物語なのね、と評したことから始まったエピソードを、僕はいまでも覚えている。私なんかいつどこを見ても、夜は特に、あらゆる明かりや光が、いつもにじんでるのよ、と彼女はつけ加え、にじんで見えるのはこの目のせいだ、と自分の目を指さした。指も目も、そしてその目のある顔も、誰が見ても、少なくともそのかたちは、素晴らしい出来ばえだった。

「道路から見上げるあの位置にあって、しかもかなり道路に向けてはみ出して赤くにじんでるあれは、信号なのよ、もう慣れてるから大丈夫、ほら、青に変わったでしょう、青い色も常に美しくにじんでるのよ、などと笑いながらカブリオレを運転してると、横にすわってる人が怯《おび》えるのをはっきり感じるわね」

などと彼女は言い、笑っていた。笑う声も上出来だった。初夏の陽ざしがまっすぐに届いて来るテラスの席には、そのまんなかにパラソルが立っていた。

泪こらえて　夜空を仰げば
またたく星が　にじんでこぼれた

『女の意地』という題名の歌謡曲のなかに、このような歌詞があるのを僕は思い出した。その歌はよく知っている、と彼女は言い、僕が暗唱した部分を、歌ってみせた。真面目なだけが取り柄のソプラノ、という印象は意外だった。

涙なんかこらえる必要はないし、わざわざ夜空を仰いだりしなくても、いつだってどんな明かりだって、私にはにじんで見えている、と彼女は言った。このことを覚えていた僕は、何年かあとに作った『東京22章』という写真集のなかで、彼女が言った常ににじんでいる景色を、写真で再現してみた。もっとも手っ取り早いのは、どの写真でもほどよく焦点をはずすことだった。だから僕はそのとおりにして、晴天の日の昼間からその夜にかけて、東京のじつになんでもない景色を写真に撮り、にじんで見える東京というページを作った。添えてある文章を絶対に読まないプロの写真家が、どれもみなピンボケのページがあったよ、と言った。

ペレス・プラード楽団のＬＰには、『ウナ・セラ・ディ東京』も収録されている。この曲をめぐって文章を書くと、それはまた別の物語になる。

五時間で四十杯のコーヒーを飲んだ私

Forty Cups Of Coffeeという歌を見つけた。あなたが帰って来るのを待ちながらコーヒーを四十杯も飲んだ私、という女性の歌だ。あと二十五分で真夜中なのにまだ帰って来ないあなたは、明け方の五時前になってやっと帰って来た、という。

ジョー・アン・グリーアというアメリカの女性歌手の二十八曲の歌が、ロンドンのジャスミン・レコーズで一枚のＣＤになった。そのなかにあった一曲だ。一九四〇年代から歌う活動を始めた彼女は、基本的にはバンドに所属した歌手であり、そのあいまにレコードも出した。レス・ブラウンのバンドには三十年以上に渡って在籍したそうだ。

そのジョー・アン・グリーアがいまもっとも知られているのは、ハリウッドの女優たちが映画のなかで歌った場面での、ゴースト・シンガー、つまり吹き替え歌手としてこなした歌の数々によってだ。キム・ノヴァク。グロリア・グレアム。エスター・ウィリアムズ。ジューン・アリスン。メイ・ウィン。スーザン・コーナー。ドロシー・マローンたちの名が、ジョー・アン・グリーアによってその歌を吹き替えられた女優たちとして、ジャスミンのＣＤのライナーに挙げてある。

もっともよく知られているのはリタ・ヘイワースの歌の吹き替えだ。一九五一年にハリウッド女優に復帰したリタ・ヘイワースは、グレン・フォードとともに主演したAffair In Trinidadで、劇中で歌う場面で自ら歌うことに意欲を見せた。コロムビアの音楽ディレクターのモーリス・ソロトフ

と録音スタジオにこもり、テイクと編集を重ねたが、リタ・ヘイワースは歌えないことがはっきりして、代役として呼ばれたのが、ジョー・アン・グリーアだった。

このとき以来、ふたりは親友の仲になったという。日本題を『夜の豹』という映画、Pal JoeyにはBewitchedという歌をリタ・ヘイワースが歌う場面があるが、歌詞の前半をリタが語り、後半で歌い始めるところでは、ジョー・アン・グリーアがきわめて巧みに吹き替えにつないでいるそうだ。この映画をもう一度観て、吹き替えの出来ばえを確認しなくてはいけない。

リタ・ヘイワースが映画のなかで歌った歌、と題したＣＤがある。額面どおりに受けとめるなら、すべてリタの歌唱によるものだが、リタが歌ったものは、じつは一曲もないのだ。

ある時期のスザンヌはこの店の常連だった

スザンヌ・ヴェガのTom's Dinerという歌は一九八一年には出来ていたという。彼女の初めてのLPが発売されたのが一九八五年で、Tom's Dinerが収録されたのは、一九八七年に発売されたSolitude StandingというLPだった。このLPの題名案はTom's Dinerだったが、Solitude Standingに変更されたそうだ。

一曲目でスザンヌはTom's Dinerをアカペラで歌っている。リズムに言葉を乗せて語っている、と言ってもいいし、リズムになかば言葉を預けてつぶやいている、と言ってもいい。言葉とは、この歌の始まりから最後まで維持される、一連のエモーションのことだろう。Tom's DinerはTom's Restaurantという名前でブロードウェイの112th Streetに実在した小さな店だ。ある時期のスザンヌはこの店の常連で、朝のコーヒーをしばしばこの店で飲んだという。RestaurantがスザンヌのうたではDinerになったのは、言葉を音譜に乗せるためだろう。

I'm sitting in the morning
At the diner on the corner
I am waiting at the counter
For the man to pour the coffee.

この歌の歌詞はこんなふうに始まる。この歌を、あるいはこの歌詞を作り出すにあたって、スザンヌにとって重要なきっかけとなったのは、知人の写真家がふと語ったひと言だった。「いつも透明なガラス窓ごしにすべてのものを見ている感覚が自分にはあるんだ」というひと言だった。

この言葉を受けとめた彼女は、映画の場面を見ているような歌を作ろう、と思った。彼女自身がライナーのなかでそう語っている。映画は暗いなかでフィルムの画像がスクリーンに投影される。知人の写真家が言った、「透明な窓ガラスごしに」という間接性は、スザンヌによって、スクリーンに映写されるフィルム、という間接性へと転換された。

Iという一人称の女性がこの歌の主人公だ。スザンヌ自身だと言っていいだろう。彼女はダイナーのカウンター席でいつもの朝のコーヒーを飲むところだ。カウンターマンがそのコーヒーを注いでいるところへ、常連の女性客がひとり入って来る。カウンターマンは彼女に気を取られる。というような点景から、Iの視線はダイナーの朝を映画の撮影カメラのようにとらえていく。

店に入って来た女性は雨傘を振って雨滴を落としている。カウンターマンとその女性は、お早う、と接吻を交わす。それをIは見ないふりをする。そしてコーヒーにミルクを入れる。新聞を開く。酒を飲んでいて死亡した男優のことが記事になっているのを彼女は見る。彼女には聞いたことのない名前の男優だった。Iは新聞の星占いのページを開く。

誰かに見られているような気がして、Iは顔を上げる。店の外に女性がひとりいて、窓ガラスに映る自分を見ている。彼女には店のなかは見えていないのだ、とIは思う。Iによる語りはこんなふうに進んでいく。彼女の言葉はおなじリズムに乗って続いていく。

雨の向こうから教会の鐘の音が聞こえてくる。この鐘の音をきっかけにして、ごく短いあいだ、

Iという人はonce upon a timeについて思う。Once upon a timeは真夜中のピクニックだったし、いまもどこからかふと聞こえてくるようなyour voiceでもある。この部分を語るとき、リズムはほんの少しだけ変化する。そしてすぐにもとに戻って、次のような二行で彼女の語りは終わる。

And I finish up my coffee

And it's time to catch the train.

十一曲が収録してあるSolitude Standingの十一曲目には、このTom's Dinerのバンド演奏によるものが、リプライズとして収録してある。ザ・スザンヌ・ヴェガ・バンドの演奏は素晴らしい。

一九九〇年にDNAというグループ名を名乗るふたりのイギリスの青年による、Tom's Dinerのリミックスがヒットし、もとになったスザンヌのこの歌が広く知られることになった。彼らがリミックスを作ることに関して、スザンヌには無許可だったことを、スザンヌは怒っていたという。一九九三年にはUntamed Heartという映画でTom's Dinerは使用された。オープニング・トラックでと言うから、映画が始まってすぐの冒頭の部分だろう。

Tom's Dinerのリミックスは多い。これまでにもっとも多くサンプリングされたのはこの曲ではないか、とも言われている。Solitude Standingに収録されたTom's Dinerをスザンヌがアカペラで歌った理由は、スザンヌのバンドに、あるいはそのすぐ周辺に、彼女が求めていたようにピアノを弾くことの出来る人がいなかったからだ、という話が伝わっている。

Tom's AlbumというCDが一九九一年にA&Mから発売された。スザンヌのTom's Dinerから派生したリミックスを集めたCDだから、題名はTom's Albumなのだ。十三曲が収録してある。スザンヌのアカペラによるTom's Dinerと、ザ・スザンヌ・ヴェガ・バンドによる演奏のTom's Dinerは、Solitude Standingのなかにあるものとおなじだ。DNAというグループ名を名乗るイギリスの男性たちふたりによるTom's Dinerのリミックスが、すべての発端となった。スザンヌのRusted Pipeという曲が、おなじ彼らによってリミックスされ、そのトラックが、スザンヌ自身によればボーナス・トラックとして、冒頭に加えてある。残りの十曲が、Tom's Dinerのリミックスだ。Rusted Pipeのスザンヌによるオリジナルは、スザンヌのDays Of Open Handというアルバムにある。スザンヌのバンドによる演奏も含めるなら、Tom's Dinerの十一とおりのカヴァーとして受けとめることが出来るこのCDは、きわめて興味深い。

リミックスのための素材として強い魅力を発揮したのは、スザンヌのアカペラによる言葉のつらなりと、それを支えるリズムだろう。言葉はドイツ語でもスウェーデン語でも、リズムは変わらない。オリジナルというものがさまざまに発揮するはずの制約が片方にあるとすると、もういっぽうには、素材を自由に操る楽しみがある。制約をどこまでどのように感じるか、そして自由をどこまで広げるか、やや古風な言葉を使うなら、その案配や兼ね合いの微妙さのなかに、新たな別物という矛盾した性格の作品を創り出す楽しさがある。

しかし、その楽しさは、いろんなふうにあり得る。どれを選べばいいものか。どこをどうすればいいのか。自由とは、可能性の際限のなさだ。十三曲で一枚のCDのなかに、際限のなさの一端が、きれいにまとまっている。ぜんたいのプロデューサーとしてスザンヌ・ヴェガの名があげてある。数多くのリミックス作品のなかから、彼女が選んだということだろう。彼女はこれらの作品をひとつずつ発注したのではない。自然発生的に生まれたものだ。そのなかから選んでまとめた、希有なアルバムだ。

ＣＤの表紙に使ってある絵は、ライナーのブックレットに掲載されているトマス・ハートのMAGGIE STONEというコミックスのなかのひとコマだ。一九八二年の作品だという。マンハッタンの刑事がトムズ・レストランで銃撃戦に巻き込まれ、なんとか活路を見つけ出そうとする。しかしその銃撃戦は、映画の撮影現場だった、という話だ。

ダイナーのコーヒーに関しては、a cuppa brown grind（一杯のブラック・コーヒー）という表現や、I sipped on the brown.（ブラック・コーヒーを少しずつ飲んだ）という言いかたで書かれている。文脈によっては、brownはコーヒーなのだ。コミックスのなかのウェイトレスの姿が素晴らしい。いつものダイナーでブラック・コーヒーを前にする男性の心のなかにある、夢物語の主人公なのだろうか。

カップとそのなかのブラック・コーヒーを真上から撮った写真が、ＣＤの表面に印刷してある。受け皿とカップとのあいだに、紙ナプキンが敷いてある。ブックレットの裏表紙には、ダイナーのカウンターにひとりいる女性の白黒写真がある。マグの把手に左手の指先をかけ、右手ではスプーンでコーヒーをかきまぜているように見える。いい雰囲気の女性だ。この女性が、二十数年前のスザンヌ・ヴェガなのだろう。

 ある時期のスザンヌはこの店の常連だった

午前三時のコーヒーは呑気で幸せなものだった

オーティス・レディングにCigarettes And Coffeeという歌がある。一九六六年の作品だ。英語の歌詞で語られる場面は呑気なものだ。肯定的で楽しい情景を歌っている。高田渡の『コーヒーブルース』がもっと先へ展開したなら、ひょっとしたらこのような情景にたどり着いただろうか。

早朝の三時にあと十五分ほどの時刻だ。主人公のIは自分の部屋あるいは彼女の部屋にいて、煙草を喫いながらコーヒーを飲んでいる。そして彼女と話をしている。きみと知り合って以来、自分の状況はたいへんいい、とIは言っている。

いろんな場所でいろんないい女を見てきたけれど、どれもこれもいまひとつしっくりこなくてさ、それはそれで悲しいと言ってもいいけれど、いまここで自分がこうしてきみと煙草を喫ってコーヒーを飲んでいるのは、じつに自然で無理のないことだと思うんだよ、などとIは言う。

きみを中心に自分の人生が出来ていくならそんないいことはない、と言いながらも時刻は朝の三時十五分前のままだ。コーヒーと煙草、そして好きになった女性とふたりきりで朝のこの時間、という幸せな気持ちを歌にしたかったのだろうか。

その幸せな気持ちが端的に表現されているのは、歌詞のなかの次の部分だ。

I would love to have another cup of coffee, now.

163　**午前三時のコーヒーは香気で幸せなものだった**

And please, darling, help me smoke this one more cigarette, now.

コーヒーをあと一杯、煙草をあと一本、とIは言っている。あと一杯、あるいはあと一本とは、関係が継続していくことを、ここでは意味している。関係の終わりの、もう一杯のコーヒーについては、すでに書いた。

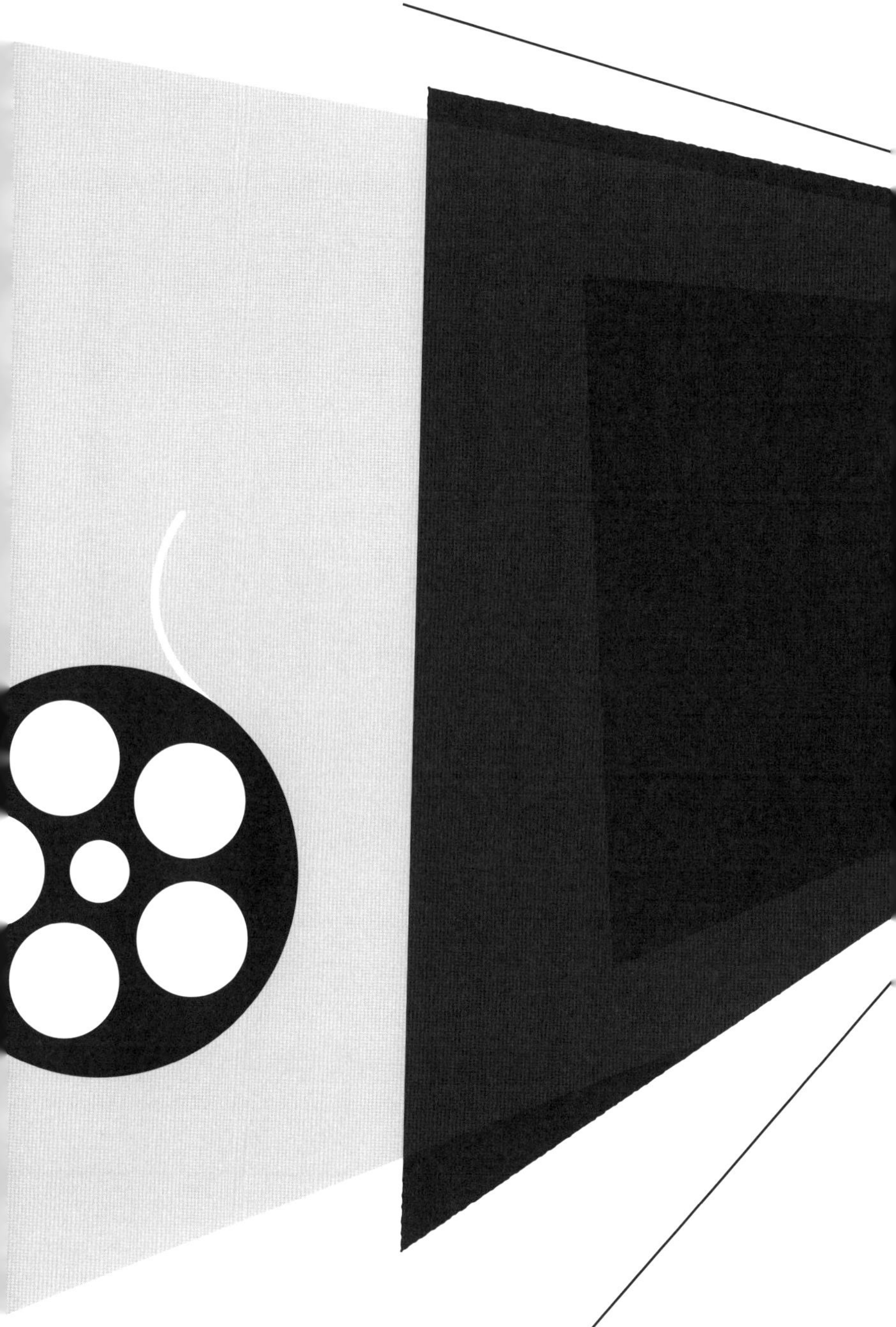

さらば、愛しきディマジオよ

フィリップ・マーロウはコーヒーを飲むか。もっと正確に言うなら、俳優によって映画のなかで演じられたフィリップ・マーロウがコーヒーを飲む場面がその映画にあるかどうか、ということだ。Farewell, My Lovelyという映画をＤＶＤで僕は観た。一九七五年のアメリカの作品で、監督したディック・リチャーズは、一九四〇年代のＬＡを画面に再現するのにたいへんな努力をした、とレナード・マーティンの『ムーヴィ・ガイド』は指摘している。

フィリップ・マーロウのオフィスが画面にあらわれる。狭い部屋だ。窓を背後にしてデスクがあり、このデスクにマーロウがすわると、正面にドアがある。デスクの上にコーヒー・カップはあるけれど、酒、つまりバーボンかスコッチを飲むときに使うだけのようだ。このカップで彼が酒を飲む場面が一度だけある。このフィリップ・マーロウは最初から最後まで、コーヒーは飲まなかった。

全編にわたって、フィリップ・マーロウ、つまりロバート・ミッチャムの語りによって、状況や背景などが説明されていく。一九四一年だ。七月のなかばだそうだ。歳を取った、くたびれた、唯一の楽しみはジョー・ディマジオの記録をラジオで追うことだ、などと彼は言う。しかしラジオで野球の中継を彼が聞く場面はない。ジョー・ディマジオの記録とは、その年の五月十五日から始まった、連続試合安打の記録がどこまでのびるか、ということだ。この日のヤンキースはヤンキー・スタジアムでシカゴ・ホワイトソックスと対戦し、十三対一でヤンキースは負けたが、ディマジオ

のストリークはここから始まった。ストリークとは、なにかが連続していく、というような意味だ。

マーロウの仕事は私立探偵だ。いま依頼されてとりかかっているのは、十五歳の家出娘を両親に頼まれて見つけだし、彼らのもとに連れ戻すことだ。学校の成績は優秀で成績表にはAがならんでいるけれど、家出してなにをしているかというと、一曲十セントで男性客のダンス相手を務めるタクシー・ダンサーだ。

その店が冒頭にあらわれる。さまざまな男性客が店の女性たちと踊っている。ステージがあってバンドが演奏し、女性の歌手が歌っている。I've Heard That Song Beforeという歌だ。客を待っていた中年の女性がすかさずマーロウの相手を務め、彼の気を引くようなことを次々に喋る。家出娘も男性客と踊っている。相手の水兵からごく当然のことのようにマーロウは彼女を横取りし、「きみを俺がここから引きずり出すか、あるいはかかえて出ていくか、それともきみが自分で歩いて出ていくか」と迫り、「親に頼まれたのね」という台詞を彼女から引き出す。マーロウは彼女を外で両親に引き渡す。日当が二十五ドルで経費が五ドルの仕事だ。

マーロウの語りによれば、いまは七月のなかばでLAは気候が良くないそうだ。七月なかばを七月十五日だと理解すると、劇中で経過する時間は整合する。ディマジオの記録がどこまでのびるか、アメリカじゅうが熱狂して見守っていた時期だ。夏のこの期間を中心に据えて、そのぜんたいが、四十一年の夏、と呼ばれている。六月にはヒトラーのドイツがソ連に侵攻した。十二月には日本軍による真珠湾への攻撃があった。その中間で、時代の状況の象徴になったのが、ディマジオの記録だった。

連続安打ではなく、連続試合安打だ。ひとつのゲームのなかで一本のヒットを打てばいい。このときのニューヨーク・ヤンキースの外野手、ジョー・ディマジオは二十六歳だった。五十六試合続いた連続試合安打の記録は、そこでひと試合だけ途切れた。七月十七日のことだった。ここでひと試合だけ途切れて記録は五十六となったが、五十八試合目から十六試合にわたって、ディマジオは連続試合安打を打った。一九四一年の夏にフィリップ・マーロウがディマジオの記録更新を楽しみにしていた、という記述はレイモンド・チャンドラーの原作にはない。

ジョー・ディマジオの連続試合安打の記録が途絶えた五十七試合目は、七月十七日、クリーヴランドでおこなわれた。対戦相手はクリーヴランド・インディアンズだ。当日のミュニシパル・スタジアムには六万七千四百八人の観客がいた、という数字が残っている。インディアンズの投手はアル・スミスで、八回から救援したのはジム・バグビィだ。ふたりとも左投げだった。ディマジオの記録が途絶えた次の日、このふたりの投手の顔写真はアメリカじゅうですべての新聞に掲載された、という話が伝承として語り継がれている。このふたりの投手のことを、映画の語りのなかでマーロウは、「平凡な投手」と言っている。

インディアンズの三塁手、ケン・ケルトナーは、きわめて優秀なプレーヤーだった。左投手のときのディマジオは三塁線すれすれに強い打球を放つことを、ケルトナーはよく知っていた。守りを深くしたケルトナーは、第一打席でのディマジオの打球を、三バウンドあるいは四バウンドで捕球し、余勢でファウル・ゾーンへ大きく出ながら、一塁へ見事な送球をした。昨夜のひどい雨でグラウンドはぬかっていた。そのためにバッター・ボックスから走り出るのが一歩遅れた、とあとでディマジオは語ったという。

第二打席のディマジオをアル・スミスは歩かせた。クリーヴランドの野球ファンたちは、この投手を盛大に野次ったという。七回に打席のまわってきたディマジオに、スミスは勝負に出た。ディマジオの打球は三塁のラインぎわの強い当たりだった。三塁手が捕球し、一塁へ見事に送球して、ディマジオはアウトになった。早くてしかも流麗な走塁で知られたディマジオだったが、その走りよりも一歩だけ早く、一塁にボールが届いた。

最後の打席のディマジオには、救援投手のジム・バグビィが対した。このときヤンキースは四対一で勝っていた。ワン・アウト満塁で2―1からの四球目をバグビィは投げ、ディマジオは打ち、ショートのルー・ボードローは送球に最適の肩の高さでバウンドを捕球してダブル・プレー。ディマジオは一塁へ入る前にアウトになった。

これでディマジオの記録は絶たれたのだが、インディアンズは四対三まで詰め寄り、一点差になった。球場には大歓声が起こり、そのぜんたいが大騒ぎだった。しかしインディアンズは負けた。どちらのクラブハウスも妙に静かだったという。終わってよかったよ、というディマジオのひと言をきっかけに、盛大なお祝いが始まった。マイナー・リーグにいた頃、ディマジオは、六十一試合連続安打、という記録を作っている。プレッシャーがなくなって楽になった、ともディマジオは言ったそうだ。

フィリップ・マーロウの事務所のデスクには、野球のボールがひとつ置いてある。ビッグ・リーグが使うボールだ。いくつかのオートグラフがある。このボールを拡大すると、オートグラフは判読可能なのではないか。マーロウは子供の頃には野球選手に憧れていて、好きだったプレーヤーたちからオートグラフを得たのだろうか。

事務所を訪ねてくる依頼人の男が、このボールを手にする。持ちやすそうに、気分良く、彼はボールをさまざまに握る。帰っていくとき、ドアの前までそのボールを持っていき、ふと気づいて引き返し、デスクの上にボールを置く、という描写がある。わかりやすい描写だが、その意味は僕には不明だ。この野球のボールはもう一度だけ画面に出てくる。デスクの上で黒い電話機の隣にそれは置いてある。

この映画のなかで使われているマーロウの面白い台詞を、すべて英語を添えて列挙し解説するといいのに、と僕は思った。すぐに見つけた家出娘を両親に引き渡すとき、マーロウが受け取る報酬に関して、チップについての愉快なやりとりがある。

巻き込まれた事件で警察に疑いをかけられているマーロウは、カーサ・マリーナという安ホテルの狭い一室に身をひそめている。顔なじみの警部補をそこへ呼び出したとき、ふたりがドアごしに交わす合い言葉も愉快だ。「白雪姫だ」「小人は?」「いない」と、字幕に出る。「いない」と答えた警部補は部屋に入れてもらえる。そしてこの警部補は、カーサ・マリーナの部屋を出ていくとき、「帰りがけにドアの把手を盗むなよ」とマーロウに言われる。この台詞が僕にはいちばん面白かった。

事件の謎に迫ろうとするマーロウは、ひとりの女性に会いにいく。かつてはショーガールとして達者に歌い踊っていた女性だが、いまでは酒に溺れる日々だ。彼女がマーローウにもグラスに酒を注ぐとき、Take it easy. とマーロウは言う。たくさん注がないでほどほどにしてくれ、というような

意味だ。この言葉はこんなふうにも使う。昔を懐かしがる彼女は、Sundayという歌を歌う。彼女が歌う歌詞を受けて、マーロウも部分的に歌う。これが歌のデュエットとは呼べないなら、台詞のやりとりの一種だろう。

引退したあとのディマジオは、Mr.Coffeeという銘柄のコーヒーのＴＶＣＭに出演し、ミスター・コーヒーと呼ばれることもあったが、Yankee Clipperという称号のような愛称を越えることはなかった。愛称はもうひとつある。Joltin' Joeだ。サイモンとガーファンクルの『ミセス・ロビンソン』という歌に、失われたものの象徴のひとつとして、ディマジオがうたわれている。

レイモンド・チャンドラーのFarewell, My Lovelyという小説が映画になったのは、これで三度目だ。最初はThe Falcon Takes Overという題名で一九四二年に作られ、その二年後、一九四四年には、Murder, My Sweetという映画になり、三作目がロバート・ミッチャムのフィリップ・マーロウだ。そしてミッチャムは三年後の一九七八年に、場所をロンドンにして時代をいまに置き換えた、The Big Sleepという作品でも、フィリップ・マーロウを演じた。

ほとんど常にくわえ煙草だ

フィリップ・マーロウが服を着たままベッドの上であお向けだ。彼は眠っている。飼い猫が彼の胸の上に飛び乗る。マーロウは目を覚ます。午前三時だ。お前はお腹が空いたのか、よし、食事を作ってあげる、とマーロウは猫に言い、作り始める。すぐに出来た食事を猫にあげる。猫は見向きもしない。

いつものキャット・フードのほうがいいんだね。買い置きがちょうどなくなったとこだよ。そんなことを猫に言い、マーロウはキャット・フードを買いに出る。早朝のスーパーマーケットには、求めている銘柄のキャット・フードがない。どれでもおなじだよ、と店員に言われたマーロウは、いつものとは違う銘柄の缶詰を買って部屋に戻る。そしてそのキャット・フードを猫にあげる。猫はまったく興味を示さない。この猫の動きは、空腹で食べ物を求めている猫の動きとは、まったく異なる。

冒頭にこれだけ猫が使われている。きっと猫が重要な役を果たすのだろう、と観客の僕は思った。この猫はやがてどこかへいってしまい、マーロウの部屋からはいなくなるようだ。後半に入ってから、隣室の若い女性たちに、僕んとこの猫を見かけなかったかい、とマーロウは訊いている。見かけたなら、済まないがミルクをあたえてくれないか、と彼は彼女たちに頼む。

猫に関してはこれっきりだが、最後の最後に、自分を裏切った友人をティファナで射殺するとき、マーロウの台詞のなかに猫が出てくる。You're a born loser. だと友人に言われたマーロウは、Yeah, I even lost my cat. と答えて、拳銃で相手を射殺する。Loserという相手の言葉に対して、Lostという言葉でマーロウは応じている。

コーヒーは言葉が一回だけ出てくる。自分に仕事を依頼する女性から酒を勧められ、いまは仕事中だからと断るマーロウは、それではコーヒーでも、と言われてそれも断る。コーヒーについてはこれだけだった。

エリオット・グールドが演じるこのフィリップ・マーロウは、ほとんど常に、くわえ煙草だ。彼の性格を端的にわかりやすく表現する手段として、これは煙草さえあれば成立する。監督のロバート・アルトマンが考えたことなのだろうか。台詞の上での口癖は、It's OK with me. というひと言だ。状況によって意味合いは変化するが、字幕には一例として、「まあいいさ」と出た。

昨日のコーヒーと私立探偵

『ハーパー』は一九六六年の作品だ。ロス・マクドナルドの私立探偵小説『動く標的』を原作にしている。原作の邦訳では探偵の名はリュー・アーチャーだが、映画ではハーパーだ。誰もが彼をルーと呼んでいる。ハーパー自身、ルーと言っている。音楽はジョニー・マンデルで、一曲だけ歌が劇中にあるようだ。この歌をドリー・プレヴィンが作詩し、アンドレ・プレヴィンが作曲した。Living Aloneという歌だ。

コーヒーは冒頭に出てくる。下着姿で眠っていたハーパーが、目覚まし時計に起こされる。ベッドを出た彼はスラックスをはきシャツを着る。そしてコーヒーを作ろうとする。湯は沸いた。ガラスの丸いポットにフィルターの紙を装着し、そこへコーヒーの粉を入れようとするが、粉はない。ちょうど切らしたところだ。

塵箱を開けた彼は昨日のフィルターを拾い上げる。フィルターの底でコーヒーの粉がなかば乾いている。それをポットにセットし、そこに彼は湯を注ぐ。コーヒーらしきものがポットのなかに出来ていく。それをマグに注ぐ。ひと口、飲んでみる。まずい、とても飲めない、という演技をポール・ニューマンはしてみせる。このガラスのポットは、なかに作り置いたコーヒーを、温めなおすことの出来るポットではないか。この映画でコーヒーはここだけだ。

誘拐される実業家の奥さんがローレン・バコールで、その娘がパミラ・ティフィン、そして肥った体で酒をたくさん飲み、ソファで眠ってしまう女性がシェリー・ウィンタースという配役に、僕は驚かない。ハーパーとの結婚生活は完全に破綻し、いまは別居中の妻がジャネット・リーであっても、いっこうに構わない。残るはジュリー・ハリスだ。飲み食いが出来て、バンドの演奏で踊ることも出来る店で、ピアノの弾き語りをする女性の役が、ジュリー・ハリスだった。

テッドはコーヒーを飲むだろうか

テッドはコーヒーを飲むだろうか。スーパーマーケットに就職するため、ストア・マネジャーの面接を受ける場面があるという。この場面のあと、ジョン・ベネットとダイナーに入り、悪態をつきながらコーヒーを飲むのではないか、と僕は思った。だから『テッド』を観た。

テッドはコーヒーを飲まなかった。飲むとすればそれはビールであり、ほとんどの場合、瓶から直接に飲んでいた。一九八五年、八歳のときからテッドといっしょにいて、いまは三十五歳になっているジョン・ベネットは、コーヒーを飲む。飲む様子が画面に出るのではないが、あのマグで彼は少なくとも半分は、なかのコーヒーを飲んだに違いない、と僕でも推測出来る場面があった。

テッドと恋人のローリー・コリンズとのあいだに挟まれて困っているジョン・ベネットは、街のサンドイッチ・ショップにひとり入り、カウンターでコーヒーを飲んで思案する。彼はコーヒーだけを注文したのだろう。そのコーヒーはマグで出てきた。思案しながらベネットは、そのコーヒーを半分は飲んだか。

カウンターのストゥールにすわっているベネットのすぐ向こうに、マグがひとつ置いてある。この本に写真で登場するマグと、まったくと言っていいほどに、おなじかたちと色のマグだ。そのマグのさらに向こう、カウンターのなかに、ウェイトレスがひとりいる。それらしい造りの彼女は、演技すらしている。

いくら思案しても埒《らち》が明かないところへ、恋人のローリーがあらわれる。ごく軽い口論のような会話のあと、ベネットはストゥールを降りる。ポケットから紙幣を出してカウンターに置く。一ドル紙幣か。このような小額の紙幣を数枚、かなりくしゃくしゃでいつもポケットに入れている種類の男性、という設定なのだろう。クレディット・カードその他でかなり分厚くなっているカード入れのようなものは、別に持っている。ジャケットをはおりながら、ベネットは店を出ていく。この店のことを、サンドイッチ・ショップとさきほど僕は書いたけれど、店の外の看板にそう書いてあるからだ。

しょうこりもなく、オールド・ストーリーを

ハリー・キャラハンならかならずやコーヒーを飲むはずだ、と僕は思った。だからSudden Impactという作品をＤＶＤで観た。日本での題名は『ダーティ・ハリー　4』だったようだ。製作と監督が主演のクリント・イーストウッドで、彼が監督した映画はこれで十作目だという。

「お前を切ればＰＤブルー色の血が出るよな」

という台詞を、冒頭近くでハリーは受けとめる。ＰＤとはポリース・デパートメントで、警察の色はブルーだ。この言葉をハリーに当てはめると、根っからの刑事、という意味になる。彼の仕事の進めかたは、例によって上役には不評だ。しばしの厄介払いと休暇をかねて、ハリーはサンフランシスコの北にある小さな町へ出張を命じられる。その町の若い制服警官は、ハリーのことをインスペクターと呼んでいる。ハリー本人からは、サンフランシスコＰＤホミサイド、という言いかたを観客は受けとめる。

男性世界の台詞が多いことに僕は気づいた。当然と言うなら当然だろうか。Farewell, My Lovelyのときもおなじことをふと思った。Tedではどうだったか。男の世界を補完するために女性たちの台詞があった、という気がする。

This is an old story. という言葉をハリーは上司から受けとめる。古い話なんだよ、という理解ではいけない、と僕は思う。よくある話だ、でもよろしくない。昔から現在まで何度も繰り返され

てきたおなじようなこと、という意味だ。字幕には、しょうこりもなく、と出た。これはたいへんいいと思う。

Take it easy. という使い道の広い言葉は、フィリップ・マーロウも使っていた。僕が書いたとおりだ。そしてハリー・キャラハンの映画での場合は、興奮ぎみに喋る相手に向けて、落ち着け、という意味で発せられる。

You know who you are talking to. という言葉をアメリカ映画のなかで何度聞いたかわからない。肩書に序列が明確にある世界では、序列が上の人に対する言葉づかいには、慎重でなければいけない。俺にそんな口をきいていいのか。俺を誰だと思ってるんだ。この俺に向かって偉そうな口をきやがって。この俺にそんな口をきくな。というような意味だ。直訳すると、誰に喋っているのかあなたは知っているのか、となるところが面白い。

Sorry to hear about that. は、お気の毒だ、となる。Take all the time you need. は、別に急いでないよ、という意味だが、状況によってはかなりの皮肉がこもる。俺がなにを言いたいのかわかってるだろう、はYou read me, Harry. となったりもする。You better get it together. は、取っ散らかった状態をまともに立て直せ、というような意味だ。体で受けとめて理解する感覚としてのget it togetherだ。Looking for trouble? は、文脈によっては、またなにか俺に用かい、ともなる。

「覚えてないのね」というのは女性の台詞だったが、You don't remember, do you? という、まるで日本の英語の教科書にあるような言葉だ。Forget about it. That turned out to be nothing. は、「あれはもういいよ。なんでもないんだ」ということだ。「なんでもない」がnothingに相当すると考えるなら、That turned out to beが「んだ」である、という理屈は成立する。Have your rights read. は、現場のここで警官に逮捕される、あるいは、連行して拘留される、という意味だ。

ハリー・キャラハンの決め台詞である、Go ahead. Make my day. というひと言は、冒頭近くに出てくる。キャラハンが自動車でいつものカフェにあらわれる。自動車を適当に停めた彼は、店の前の歩道の縁にある黄色い箱から新聞を買う。日本で言うなら一面にあたる部分の記事を、彼はすぐさま熱心に読み始める。新聞記事に対するこの熱心さが、Go ahead. Make my day. に、ほとんど一直線でつながっている。

キャラハンは店に入る。まんなかに調理場があり、それをなかば囲んでカウンターがある。熱心に新聞を読みながら彼はストゥールに腰かける。ウェイトレスは慣れている。いつものブラック・コーヒーを大きなプラスティックのカップに用意する。そして彼女は、そのブラック・コーヒーに、今日は砂糖を注ぐ。スパウトのついたあのディスペンサーから、砂糖をたくさん入れる。キャラハンはそのことに気がつかない。新聞記事を夢中で読んでいるからだ。

コーヒーを受け取ったキャラハンは店を出る。新聞を読みながら自動車に向けて歩いていく途中、なかば自動的に、手にした紙カップの縁に唇をつけ、コーヒーを口に入れる。砂糖がどっさり入っていて、したがってとても飲めないそのコーヒーを、キャラハンは吐き出す。振り返った店のドア・ノブには、Closedのボードが内側から掛けられる。

じつはこのカフェには三人組の強盗が入っていた。キャラハンをやり過ごすため、おとなしくしてろよ、と客たちを脅し、自分たちもそれぞれ席につき、なにげなさを装っていた。キャラハンがコーヒーを買って店を出たあと、強盗たちは客を銃で脅し、金銭を強奪しようとする。そこに裏口からキャラハンがあらわれる。なにしてんだ、と強盗のひとりが言う。「この店でもう何年もブラック・コーヒーを買ってきたが、今日のブラック・コーヒーには砂糖がしこたま入っていた。だから文句を言いに来た」と、キャラハンは答える。

三人の強盗たちのうちふたりをキャラハンはたちまち撃ち倒す。残るひとりは女性客を楯にし、彼女に拳銃を突きつけてキャラハンと対峙する。キャラハンはあのリヴォルヴァーの銃口を強盗に向けている。Go ahead. Make my day. とキャラハンは言う。外にはすでに何人かの警官がいる。観念した強盗は銃をフロアに置く。

Make my day. という台詞を、終わり近くになってもう一度、キャラハンは言う。

それからカステラも忘れるな

五人がすわればちょうどいっぱいになるテーブルがひとつ、そして六人の席があるカウンター一本の、イタリー料理の店だ。なにを注文してもそれは上出来だ。メニューにないものをシェフが提案することもある。それはさらに良く出来ている。だからいつものとおり、楽しい夕食はデザートまで到達し、僕たち四人がそれぞれに注文したコーヒーは、四人ともおなじコーヒーだった。

「No Country For Old Menという題名のアメリカ映画がありますね。ここでは老いた男たちはやりようがない、というような意味です。この映画が日本で公開されたとき、日本語の題名は、『ノー・カントリー』だったのです。僕は驚き、かつ、怒りました。いまでもその気持ちは続いてます。いかがですか」

と、僕の右隣で友人が勢いを込めてそう言った。

「最初の二語だけを片仮名書きにし、それが日本語の題名になる、という珍しい例だね。ノー・カントリー、という日本語に翻訳された題名だ、と理解するほかない」

という僕の理論にうなずきながら、彼はなおも続けた。

「かつての日本映画に、『女が階段を上る時』という題名の作品がありました。『ノー・カントリー』の例をここに当てはめると、女が階段、とするようなものじゃないですか。いいんですか、それで」

「女が、だよ」

と僕は言った。

「女が、どうするんですか」

「人々がそれぞれに想像するのさ。それも題名のうちだ」

「でも『ノー・カントリー』は、ひどいですよ」

「とてもじゃないけど、というような意味には理解出来る。多少の無理をすれば。だから、内容は言い得てるよ」

「とてもじゃないけどここでは老いた男たちの出番はない、という原題のなかの、とてもじゃないけど、ですね」

「片仮名書きされたなら、そのとたんに、日本語に翻訳されたことになる。日本語になるんだよ。片仮名書きするにあたっての、日本語としてのルールはないに等しいから、融通無碍の自由自在だね、片仮名書きの現場、つまりいまの日本は。そう考えると、ノー・カントリーは、ごく平凡なものに思える」

僕たちふたりの男性の向かい側には、夕食のあとのテーブルをはさんで、女性がふたりいた。ふたりともこの映画を観ていなかった。僕は映画は観ていないが、原作の小説は読んだ。

「片仮名書きの題名は意外に多いですよね」

と、彼女たちのひとりが、平凡な感想を述べた。その平凡さを僕が引き継いだ。

「『カサブランカ』から始まるとして、『オクラホマ・キッド』『シェーン』『ワイルドバンチ』『ゴッドファーザー』『スター・ウォーズ』と、原題どおりに日本でも共有されている作品は確かに多いよ。節目の作品はかならずそうなってる、と言ってもいい。片仮名書きされたとたんに、それは日本語だけど、英語に直せば原題であることは事実なのだから。片仮名書きの彼方で原題も共有している、という言いかたはかろうじて成立する」

「文芸的な理屈ですよ、それは」

「『カサブランカ』が、白い町の女、という日本語題名だったら、どうなったことか。『シェーン』が、西部の流れ者、だったなら。『ワイルドバンチ』が、野盗の群れ。『ゴッドファーザー』は、黒い絆。『スター・ウォーズ』は、大宇宙戦記。こうなるよりは、片仮名書きのほうが、はるかにましだよ」

「しかし、最初の二語ですよ、ノー・カントリーは」

「『アメリカン・グラフィティ』が、青春の我が町、だったなら。片仮名書きされたからこそ、アメリカン・グラフィティが、共有されている。グラフィティ世代、という言葉を僕はかつて雑誌で見たことがある」

向かい側で微笑していたふたりの女性たちのひとりが、次のように言った。

「『ダウン・バイ・ロー』『バグダッド・カフェ』『ニュー・シネマ・パラダイス』」

「それがどうしましたか」

と僕の右隣で友人は言い、いまの彼女の言葉を僕は次のように言い換えた。

「ある種のアメリカ映画に対する、それを受けとめるこちらの日本側の態度の表明、としての片仮名書きの一例だ。原典を尊重する方針が題名にもおよんでいる」

「と同時に、アクションものは片仮名書きされた題名が多いような気もします」

おなじ女性がそう言った。

「『タワーリング・インフェルノ』『ロッキー』これには番号や副題がついたかな。『ランボー』『マッドマックス』『パルプ・フィクション』『レザボア・ドッグス』」

「『タクシードライバー』を我々は共有してますね」

「『バニシング・ポイント』と片仮名書きにすると、VがBになるのも、翻訳のうちだよ。『パジャマゲーム』は原題がThe Pajama Gameだけど、片仮名書きの日本語題名では、Theが当然のごとく脱落し、そのことを誰も気にしない。まったく無頓着だ。なぜなら、それは日本語にはないから。日本語という自分の言葉の内部にのみ、世界はある」

「『ザ・ユージュアル・サスペクツ』と言われて、反射的に理解出来る人がどのくらいいるのか、という問題まで考えてしまいます。『カサブランカ』の最後のところで、リックが逃げおおせるよう、地元の警察署長が配慮を利かせて、いつもの怪しげな連中をひっ捕らえて来いと警官たちに言います。このときの、いつもの怪しげな連中が、ザ・ユージュアル・サスペクツです」

「『ワンス・アポン・ア・タイム・イン・アメリカ』という題名はいまでも覚えてるよ。八〇年代のことだったと思う」

「それを言うなら、僕にはいくつもあります。そのなかからひとつだけ取り出してここで言っておくと、『キャッチ・ミー・イフ・ユー・キャン』という日本語題名があったのです」

「あの映画は片仮名にしたままの題名で公開されたのか」

「そうですよ。厳然たる事実です。これをどうしますか」

僕たちのテーブルにコーヒーが届いた。このコーヒーも上出来だった。四人はそれぞれに楽しんだ。その一環として、僕は次のように言ってみた。

「直訳に近い訳、あるいは忠実な翻訳の題名も、たくさんあるよ。それもまた事実だね。思い出すままに挙げていくと、コーヒーはよりいっそうコーヒーになる」

あるわ、あるわ。いかに数多くのアメリカ映画を観て、日本の人たちは受けとめたか。これだけたくさん観れば、影響を受けないはずはないのだが。アメリカ映画は、すべて一過性のフィクションだったのか。身のまわりにいくらでもある現実のひとつではなかったことは、確かだろう。それはお祭りのようなものだったのか。五十年ほど前の日本の子供が、親に連れられて怪獣映画を観にいってときめいたのと、おなじように。

拳銃魔、Gun Crazy。真夜中のカウボーイ、Midnight Cowboy。楡《にれ》の木陰の欲望、Desire Under The Elms。橋からの眺め、A View From The Bridge。「眺め」とA Viewとは、同格か。「眺め」は、ぜんたいだ。その人の気のすむまで、どこまでも眺めは連続している。ここまで、ときめる理由は、はっきりしていない。そのときどき、その人それぞれの、気分による。A Viewは、「ひとつの眺め」だ。ここからここまでの、このひとつの景色だ。どこでもいい、どこまでも、気のすむまで、というわけにはいかない。

女房の殺し方教えます、How To Murder Your Wife。二重生活、A Double Life。逃げる男、

The Running Man。西十三番街、13 West Street。平原児、The Plainsman。偽将軍、Imitation General。日曜日はダメよ、Never On Sunday。けっして日曜日にはしない、という意味をもっとも端的な、とおりのいい日本語で言うと、ダメよ、となる。NeverとOnとSundayの三語のこの順番による結びつきのなかに、英語がある。

魅せられて、Caught。これは一九九六年のStealing Beautyとは別のものだ。うまいではないか。遅すぎた涙、Too Late For Tears。頭上の敵機、12 O'clock High。敵の戦闘機の位置を言いあらわす空軍用語の「十二時」を、頭上として、そこに敵機をつなげた。見事な翻訳だし、意味はそのまま伝わる。奇跡の人、The Miracle Worker。一九六二年の作品だ。ウィリアム・ギブスンの同名戯曲をアーサー・ペンがブロードウェイで演出して評判となり、その延長上にこの映画がある。ヘレン・ケラーの少女時代を描いたものだ。アン・バンクロフトとパティ・デュークが出演した。どちらがヘレン・ケラーを演じたか、このふたりの名前を見ただけで、アメリカ映画の好きな人たちは、即座に正しく答えることの出来た時代が、かつてあった。ボワニー分岐点、Bhowani Junction。サラトガ本線、Saratoga Trunk。忠実に翻訳された題名はたくさんある、あげていくときりがない。

「日本語の特徴のひとつは、ポエムが入りこむことです。原題とはかけ離れていながら、ポエムによる日本語題名としては成功していて、なおかつ、内容を言い得ている日本語ポエム題名を聞かせてください」

コーヒーのカップを両手で顔の前に持ち、友人が言った。そして自分で次のように言った。

「かなり以前のアメリカ映画だけど、『手錠のまゝの脱獄』という作品がありましたね。原題は

The Defiant Onesでした。原題はリアルです。方向としてはリアルな方向です。Onesだから、ひとり以上だ、ということもわかりますし。主人公たちの内面をそのままひと言であらわすなら、defiantなのです」

「それが日本語の題名だと、手錠のままの脱獄という、状況の説明になっている。かたや、いちばんの内面、かたやいちばんの外側」

「『旅情』や『旅愁』は、まったなしのポエムでしょう」

と、ふたりの女性たちのひとりが断言した。

「そのとおりだね」

『旅情』の原題はSummertimeだった。夏の日々だ。この日々のなかで、旅情というエモーションが発生したことにされているのが、『旅情』という題名だが、主人公の男女ふたりのどちらにも、旅情はなかったかもしれない。ただし、ロッサノ・ブラッツィの歌う主題歌を聴くと、これは旅情かな、とも思う。ただしこの場合の旅情には、異国での夏の日々に生まれた恋愛感情が、その根底にある。

『旅愁』は原題をSeptember Affairという一九五〇年の作品で、ジョゼフ・コットンとジョーン・フォンテインが主演した。クルト・ワイルの主題歌『九月の歌』September Songが素晴らしい。

『旅情』も『旅愁』も、ともにかなり以前のポエムだ。

「ポエムの例をたくさん挙げていくと、日本語におけるポエムの法則のようなものが、浮かび上がってくるかもしれない」

という僕の意見に、

「時代によってポエムは変化してるはずです」

と、女性たちのひとりが言った。

「確かにそうだ。『翼よ！　あれが巴里の灯だ』は、明らかにその時代のポエムだね。原題はThe Spirit Of St. Louisという、ポエムの側から見るなら、身も蓋もない世界だ」

「『明日に向って撃て！』も、そうでしょう。あの時代の、最高のポエムですよ。しかもヒットしてる」

原題はButch Cassidy And The Sundance Kidという、これまた、ふたりの名前だけという、リアルと言うならこの上のないリアルさだ。

「まったくおなじものに、『俺たちに明日はない』というのがあるね。ポエムによる日本語題名とヒットとが重なって、多くの人々の記憶に残ったけれど、時間の経過というものは如何《いかん》ともしがたく、記憶している人の数はゼロへと接近していく」

ポエムの最終到達点はどこか。主観的な願望にすぎないものを、これこそ客観的な事実だ、としてしまうことだ。ポエムという言葉からの連想として、夜霧や雨、そしてしのび逢い、といった言葉に僕は行き当たった。

「『しのび逢い』という映画があったような気がする」

という僕の言葉に、三人はともに賛成してくれた。

「『夜霧のしのび逢い』もありますす」

と友人は言い、

「それから、『雨のしのび逢い』も」

と、もうひとりの女性が楽しそうに言った。

「雨と夜霧だけかい。猛暑の日の街道沿いで、ふたりとも自動車で来て、なにかの店でしのび逢ったらいいのに。豪雨の夜、コンヴィニエンス・ストアの駐車場に二台の自動車が前後して駐車し、男性が女性の自動車へ走っていくのだけれど、そのわずかなあいだにずぶ濡れになる、というのはどうか」

「『めぐり逢い』という映画の原題は、An Affair To Rememberでした」

友人はコーヒーのお代わりを注文した。僕も二杯目が欲しかった。ふたりの女性たちも、おなじコーヒーを注文した。映画についての会話は、コーヒーを誘ってやまないのではないか。

「アメリカの先住民の視点から見た白人たち、という白人による想定のなかの白人には、たとえばPalefaceという呼びかたが、かつてはあたえられていた。白ちゃん、と翻訳しておこうか。この言葉がそのまま題名になったコメディの西部劇の、日本公開時の題名は、『腰抜け二挺拳銃』だった。これはたいへんいいと僕は思う」

「二挺拳銃は得意でしょう」

と友人が僕に言った。

「得意だよ。『抜き射ち二挺拳銃』というのがあった。原題はThe Duel At Silver Creekだった」

四人はそれぞれに思い出すまま、映画の題名をあげていった。日本語題名と原題とのあいだに、落差のある題名を。

噂の二人、The Children's Hour。南海の劫火、Bird Of Paradise。肉弾潜行隊、Then There Were Three。肉弾戦車隊、The Tanks Are Coming。肉弾という言葉はいまは死語だと思うが、戦争をしていた頃の日本で称賛された、肉弾三勇士を引きずっていると僕は思う。肉弾は人間を爆弾になぞらえている。Tanks Are Comingは戦場で兵士が叫ぶ言葉としては、敵軍の戦車だ、という意味であり、敵軍の戦車は自分たちの死だった。

わが心のジミー・ディーン、Come Back To The Five And Dime, Jimmy Dean, Jimmy Dean。これは最近の例だ。我が心の、という言葉はポエムにとっては万能薬のようなものではないか、と僕は思う。調べてみたらいくつかあった。

わが心に歌えば、With A Song In My Heart。我が心に君深く、Deep In My Heart。我が心の歌、Always In My Heart。我が心の叫ぶ声、I Want You。

群狼の街、Try And Get Me! 内容には合っている。愛と青春の旅だち、An Officer And A Gentleman。これはポエムが到達した頂点のひとつだと言っていい。ポエムの到達点にはいろいろある。ポエムは性質が同一ではなく、領域によって語法は異なる。

ジュリアーノ・ジェンマが主演したイタリーの西部劇に、『南から来た用心棒』というのがあった。原題はArizona Coltだ。二杯目のコーヒーが僕たちの手もとに置かれた。誰もがすぐに手を出し、熱いコーヒーに唇をつけた。僕がまだ十三、四歳の子供だった頃のことを、なぜか突然に僕は思い出した。コーヒーの作用のひとつだろう。

一九五三年、あるいは五四年。地上の小田急線をまたぐ下北沢の木造の駅舎では、改札口へ向かうには、北口と南口のどちらからでも、階段を上がる必要があった。北から南へと抜ける通路のまんなかに改札があり、その内部で、井の頭線からの通路と合流していた。改札を出て南口の階段へ向かう途中、右側の壁には、映画のポスターが貼ってあることが多かった。『裸族（シャバンテス）』という題名の映画のポスターを、一九五三年あるいは五四年の一週間、毎日、僕は見た。

特別な思いはなにもなかった。アマゾンの奥地には裸で暮らしている人たちがいまもいるという、ただそれだけの映画であるように思えた。こうなったか、と子供の僕は思った。あるいは、こうもなるのか、と思ったかもしれない。このような裸への興味は、何年かの間隔を置いたあと、雑誌のヌード・グラビアへと直結したのではなかったか、といま思う。

『裸族（シャバンテス）』は、次のような外国映画のはしりだったと思う。『世界残酷物語』『世界女族物語』『南海の楽園』『世界を裸にする』『世界猟奇地帯』『地球の皮を剝ぐ』、このような映画にも、原題はあったのだ。『裸族（シャバンテス）』がじつはどのような原題であったか、いま調べて判明するだろうか。すぐに判明した。一九五一年に日本が現地に人を送り込んで作った作品だ。外国の映画ではなかった。

「『荒野の決闘』の原題は、My Darling Clementineですよ。すごいですねえ」

と友人は言った。

「ジェイムス・ヒルトンの小説を映画にしたRandom Harvestは、日本では『心の旅路』となったからね」

「心ですね、旅路ですね。ポエムの道中ですよ」

と友人が言うのを待ちかまえていたかのように、女性たちのひとりが次のように言った。

「心は、いつも、とか、太陽、といった言葉とも親和性が強いですね。『いつも心に太陽を』という日本語題名の映画は、エドワード・R・ブレイスウェイトの原作でした。原題は、To Sir, With Loveです。ということを教えてくれた先生に、というような意味ですね」

コーヒーを飲みほしたカップを静かに受け皿に戻した友人は、しばらく考えたあと、

「紙一重ですね」

と言った。

「日本語の題名があるからこそ、記憶に残り得た外国映画があると同時に、日本語の題名をまず笑うほかない、という種類の外国映画もあるのです」

「ということは、日本語が問題なんだよ」

「とりもなおさず」

「そうだね」

「『恋愛専科』なんて、いい題名ですよ。原題は、Rome Adventureですからね。『避暑地の出来事』はA Summer Placeです。夏をやり過ごすための場所、まさに避暑地です。明治時代に生まれた日本語でしょうか」

「外国の人たちが夏を軽井沢に逃げて」

「だからそこは、避暑地です。南蛮渡来のギヤマンやビードロの延長ですね」

「それから、カステラもな。『悲しみは空の彼方に』というのがあったよ。原題はImitation Of

Life。『心のともしび』は、Magnificent Obsessionだし。『海の荒くれ』はFire Down Belowだ。甲板より下で火災発生、という意味だよ。でも、その火災に巻き込まれて体を張るふたりの男性たちは、海の荒くれ、と言えなくもない」

「Miss Saddie Thompsonというのがあります。原題がこれです。そして日本語での題名は、『雨に濡れた欲情』でした。主題は、確かに、欲情かもしれないのです。それに原作の小説の題名は、『雨』のひと言です」

「This Happy Feelingというのがあるよ。直訳するなら、この幸せな気持ち、とでもなるかなあ。一九五八年、クルト・ユルゲンス主演、題名から推測出来るとおり、コメディだった。日本での題名は、『年頃ですモノ!』ときた。名訳は数多くの小品の日本語題名のなかに埋もれている」

「きわめつけをもうひとつ」

と友人は言った。

「原題はThe Apartmentです。日本語の題名は、『アパートの鍵貸します』だった」

「忠実な翻訳とポエムの言葉との、見事な合体の例だね」

「それに、話の顛末をバラしてもいるのです。こういう日本語題名は、めったにないですよ」

コーヒーと煙草があるところには、かならず人がいる

レナード・マーティンのMovie Guide二〇一四年版は厚さが五センチを越えるペイパーバックだ。題名の冒頭にcoffeeの一語がある映画は、このガイドブックのなかに、ひとつしかなかった。ジム・ジャーミッシュのCoffee And Cigarettesだ。外国の映画が日本で公開されたときには日本語の題名があたえられたはずであり、そのとき冒頭にコーヒーのひと言のある題名がつけられた可能性はある。『アメリカ映画作品全集』(キネマ旬報社/一九七二年)も調べてみたが、同書が対象としている一九四五年八月十五日から一九七一年十二月三十一日までの期間に、そのような題名の映画はなかった。題名の途中にcoffeeないしはコーヒーのある映画については、One Cup of Coffeeという作品があった。ついでにCafeを検索してみたら、題名の冒頭にCafeのある映画は、レナード・マーティンの本のなかに三つあった。一九九三年のフランス映画にCafé au Laitがあり、一九八〇年のイタリー映画にはCafé Expressというのがあった。アメリカ映画ではひとつしかなかった。一九九五年のCafé Societyだ。

完成した映画はスクリーンに上映され、観客がそれを観る。これが映画のほぼ最終段階だ。観客とは観る人だ。観るためには、すべてがスクリーンの上に見えなくてはいけない。見えなくてはいけない、という言いかたをもっと正確なものに替えるなら、映画では語られるすべてのことが外側にあらわれていなくてはいけない、とでもなるだろう。観客のひとりひとりが深く推測するような

事柄であっても、少なくともそのための手がかりは、わかりやすいかたちで外にないといけない。見せるとは、外に出すことだ。外に、つまり表面に、描くのだ。そしてこのことのほとんどを、出演している俳優たちが、一手に引き受ける。俳優たちの顔立ち、容姿、雰囲気、印象、その映画でのメイクアップ、表情、しぐさ、声、喋りかた、体の動きかた、といったことすべてが、観客にとって見えるかたちで統合されて機能するためには、設定された状況、つまり場面が必要だ。

場面とそこにいる俳優たちの両方にとって、最小単位として機能するものが、ジム・ジャーミッシュの場合、煙草とコーヒーだ。この最小単位を逆手に取ると、俳優たちによるコーヒーと煙草の演技のなかに、ストーリーを作り出すことが可能になる。ひょっとしたら一杯だけ、せいぜい二、三杯のコーヒーに、おなじく二、三本の煙草という短い時間という最小単位のなかに、ストーリーを作ることが出来る。ジム・ジャーミッシュの場合は、十一編の短編を作り、それを一本につなげて、Coffee And Cigarettesという作品にした。

コーヒーと煙草は人に直接に関係する。コーヒーと煙草のあるところには、かならず人がいる。人はコーヒーと煙草の席で話をする。その話のなかにストーリーがある。ひとりで席にいる状況は、Reneeという題名の短編にいる女性だ。コーヒーと煙草の時間のなかで彼女はひとりで本のページを繰っている。ハンド・ガンの写真が一ページにいくつもならんでいる本だ。コーヒーに入れる砂糖の量の加減のしかたが面白い。まずスプーンに砂糖を入れる。好みの量になったら、それをコーヒー・カップのなかへ移す。

ひとりだけではストーリーになっていかないから、彼女のテーブルにウェイターが来る。Can I

WHEN IN EUROPE
VISIT Ireland

give you another cup of coffee? と彼は言い、彼女の返答を待たずに、手にしているポットから彼女のカップにコーヒーを注ぐ。彼女がウェイターに返す言葉がたいへん結構だ。「色も温度もちょうど良かったのに」と彼女は言う。

　これだけでストーリーは充分に出来ているのだが、ウェイターはまた来る。彼女はカップを掌でふさぐ。コーヒーは注ぎ足すな、という意味だ。ウェイターはまた来る。もしかしてお名前はグロリアさんではありませんか、とたったいま思いついたことを彼は言ってみる。

　ひとつの席での会話、というやりとりのなかにストーリーを押し込むにあたっては、その席の両側にひとりずつ人がいるという、ふたりの関係が基本になるようだ。ひとりが、Not very healthy lunch. Cigarettes and coffee. と言い、それに対してもうひとりが、Not my lunch. と返すだけで、そこからストーリーが始まっていく。そこから始まるやりとりは、どんなことについてでもいいのだから。

　まずひとりが席にいて、そこにもうひとりがあらわれ、ふたりは久しぶりに会う、という設定はNo Problemという短編だ。知り合いの男性から久しぶりに電話があり、会いたいと言われる。これはきっとなにかあるに違いない、と電話を受けたほうは思う。店で落ち合ってコーヒーと煙草となり、なにかあったのかいと訊くと、Everything is okay, no problem. という答えが返ってくる。

　言葉どおりには受け取らないその人に、I'm going to disappoint you. There's nothing wrong. と、相手は言う。それでもまだなにかを疑っているその人に、I could invent something bad for you. とまで言う。

久しぶりに会いはしたけれど、これといって用はないのだから、コーヒーと煙草で充分だ。その人は席を立つ。Take care. と肩を叩くと、Take care, too. という言葉が返ってくる。ひとりになってからの、コーヒーと煙草、という状況がそこに生まれる。最初からひとりでいる人のコーヒーと煙草とは、明らかに違っている。

『Twins』という短編では、双子の男女がひとつのテーブルにいる。女性がふくらませた風船ガムを、男性がフォークの先端で素早く突き破る。この場面はたいそう面白い。いつもいっしょにいる双子にとっては、もはやなにも話はない、という意味でもある。だからふたりのテーブルへ、ストーリーを語って聞かせる役として、ウェイターが来る。

ウェイターはエルヴィス・プレスリーが双子だったことについて語る。エルヴィス・アロンに対してジェス・ギャロンという名のその双子の男の子は、自分たちは貧しいからふたりは育てられないという母親の判断で、養子に出された。このことをまったく知らないままに育ったジェス・ギャロンは、一九六八年のある日、鏡に映る自分を見ていた。その自分がエルヴィスにそっくりであることに気づいた彼は、エルヴィスの生誕について調べ、自分が双子のもうひとりであることを知ったうえで、エルヴィスを訪ねる。事情のすべてをエルヴィスに説明すると、エルヴィスは双子のもうひとりに会えて感激し、彼を歓待する。

双子のもうひとりも歌がじつにうまい。半分は冗談で彼をエルヴィス・プレスリーとして一回だけステージに出させると、これが大成功となった。エルヴィス自身は歌やショウ・ビジネスのすべてが嫌になっていたから、マネジャーのパーカー大佐は双子のもうひとりをエルヴィスにして、ツアーに出させた。ラスヴェガスのホテルでステージに出たのは双子のほうで、これ以後その双子はエルヴィスとなりおおせ、やがて肥り、薬づけで死んでしまった、というストーリーをウェイターは語って聞かせる。

Cousinsという題名の短編がふたつある。女性編と男性編のひとつずつだ。女性編のほうはケイト・ブランシェットがふた役で演じている。従姉妹のひとりはいま売れている女優であり、もうひとりは、くすぶっている、という状態にある。喫茶店におけるこのふたりの会話がストーリーになっている。ふたりの間には落差がある。この落差がふたりの会話のなかで、ストーリーに転じる。

男性編も基本的にはおなじだが、ふたりの男優によって演じられることによって、外にあるものとして見ることの出来るものには、かなりの違いがある。売れている俳優と、けっして売れているとは言えない状態にある俳優のふたりが、煙草とコーヒーの席にいる。煙草とコーヒーとは、そこにいる人たちそれぞれの、ストーリーのことだ。

家系図を調べたら僕たちは従兄弟どうしだということがわかった、これをもとにしてノン・フィクションの映画を作らないか、と売れていないほうの俳優が、英国出身の売れているほうの俳優にもちかける。これがこの席での状況だ。売れている俳優はこの提案をひどく下手に断る、そしてそのことを痛切に自覚する、という内容の短編だ。

一本の煙草を喫うために必要な動作のすべてが、会話のなかに織り込まれていく様子を観客は画面に見る。一杯のコーヒーの場合でもおなじだ。Cousinsで英国出身の俳優がジャケットのポケットから煙草を取り出し、相手に勧める。フランスの煙草だよ、と彼は言う。一本を抜き取った相手は、あとにとっておく、と言う。こんな手口もあるのかと、観客の僕はひとりで感心する。

英国人俳優が煙草に火をつける。くわえかた、ライターによる火のつけかた、その小さな炎を煙草の先端へ持っていくしぐさ、火をつけたあとのライターの置きかたなど、すべての動きが相手の言葉にからまっていく様子を見ていると、コーヒーも煙草も様式のひとつなのだ、ということが痛切にわかる。

Coffee And Cigarettesのなかで僕がもっとも気に入った台詞を、この英国出身という設定の俳優が言う。「LAはそこを去る場所として最高だ。あの椰子の樹が僕には耐えられない」という台詞だ。「カリフォルニアのどこかで」という短編では、煙草をやめたというトム・ウェイツが、相手に勧められて一本を唇にくわえ、火をつける。そして、まるで装身具を身につけるかのように煙草を喫う、という話をする。煙草は喫うのではなく、身につけるのだ。煙草は動くアクセサリー、という広告コピーが、ずっと以前の日本にあった。

組み合わせとしては煙草とコーヒーだよね、このコンビネーションは最高だ、という話もふたりはする。トム・ウェイツとイギー・ポップのふたりだ。少し前の時代だと、組み合わせはコーヒーとパイだったんだよ、という話を聞くことが出来る。もうひとつ。細い棒をつけてコーヒーを凍らせ、ポプシクルにして子供にあたえれば、早い時期からのカフェイン教育になるだろうに、というひと言も楽しいではないか。

自分のテーブルに届いたコーヒーに角砂糖を五つ入れ、右手の指先でかきまぜ、その指をカップの縁でぬぐう、というショットも楽しいものだった。

コフィとカフェの二本立て

レナード・マーティンのMovie Guide二〇一四年版で、Coffee And Cigarettesの次にあったのが、Coffyという作品だった。CoffyはCoffeeに違いない、と僕は思った。一九七三年のアメリカ映画で、二十四歳だったパム・グリアが主演した。彼女には一九七四年にFoxy Brownがあり、一九九七年にはJackie Brownがある。彼女はいくつかのブラウンを引き受けてきた。コーヒーはブラウンだ。だからコフィも、フルネームはコフィ・ブラウンなのではないか、と僕は思った。

コフィにはコフィというファースト・ネームがあるだけだった。そのコフィは病院で働いている看護師だ。妹がドラッグの後遺症で病院のベッドに寝たきりの状態だ。この妹の仇をとるべく、LAの麻薬売人や暗躍する政治家たちの世界に復讐を誓い、実行にとりかかっているところから、コフィの物語は始まっていた。

ロイ・エアーズによるCoffy Babyという歌が主題歌なのだろう。冒頭で画面に重なっているから、聴くことが出来る。Coffy is the color of your skin. という言葉がその歌詞のなかにある。

始まってすぐに、コーヒーの場面がある。看護師姿のコフィは病院で夜勤だ。廊下からコフィがふと部屋に入ると、壁に寄せたテーブルに保温ポットとカップがいくつか置いてある。そのポットからカップにコーヒーを注ぐコフィの後ろ姿を、画面に見ることが出来る。

彼女のすぐうしろには、親しい知り合いである、黒人の警官がいる。コフィはその彼に、You

want some? と訊く。警官は、Yeah, black.「うん、ブラックで」と答える。コーヒーがなんらかのかたちで画面にあらわれるのを待っている僕としては、これだけで充分だった。

『バグダッド・カフェ』ではジェヴェッタ・スティールが歌うCalling Youを冒頭で聴くことが出来る。これが主題歌なのだろう。最初の一節は次のような内容だ。

ラスヴェガスから荒野のなかの道路をどこへ。

これまでいたところよりはましな、

どこかへ。この道をずっといったところの小さなカフェで、

コーヒー・マシーンは故障している。

Around the bendという言葉がこの歌詞のなかに出てくる。この道を曲がった先のところ、というような意味だが、画面で見るかぎりでは曲がる理由が道そのものにないような場所だ。歌詞を譜面に載せるときの、なかば合いの手のようなきまり文句だから、国内盤ＣＤの歌詞対訳にあるような、「曲がり角」のことではない。

ドイツからアメリカへ来たばかりの中年夫婦が、この道を自動車で走っている。ふたりは喧嘩をしている。きわめて険悪な状態であり、荒野のまんなかで別れることになる。スーツケースとともに奥さんのほうが自動車を降りる。あたりには荒野だけがある。

奥さんを降ろして自動車で走り去る男性は、すぐに自動車を停め、保温ポットをひとつ下げて降

りてきて、それを道ばたに置く。そして自動車に戻って、走り去る。この保温ポットは奥さんのものだ。それがこの映画のなかで重要な役を果たすのだということは、誰にでもわかる。

妙な色をしたその保温ポットの側面には、ローゼンハイムと印刷してある。ローゼンハイムはミュンヘンから東南へ五十キロあるかないかの都市の名で、オーストリアとの国境までは十キロほどだろう。夫婦はそこからアメリカへ来たのだ、と解釈していい。

スーツケースを引きずり、保温ポットを下げて、彼女がひとり荒野のなかの道を歩いていくと、バグダッド・カフェがある。ガス・ステーションにカフェ、そしてモーテルとしてのいくつかの部屋だ。彼女はカフェに入る。カウンターの席にすわってビールを注文する。ビールはない、と彼女は言われる。酒類販売の許可を取得していないので、ビールはそもそも置いてない。コーヒーを、と彼女は言う。コーヒーもない。なぜならコーヒー・マシーンが故障したままだから。

このコーヒー・マシーンは、女主人が保安官に頼んで新品を持って来てもらい、おそらく交換したはずだが、バグダッド・カフェのコーヒーは、モーテルの宿泊客となった彼女の登場とともに、彼女が下げて来た保温ポットにある、ということのようだ。

この保温ポットはコーヒー専用のようだ。蓋を開けるとコーヒーの粉を入れるための容器がはめ込まれていて、その底はフィルターだ。湯の量に合わせてコーヒーの粉を入れ、その上から湯を注げば、ポットのなかにはコーヒーが出来ていく。三角形のやや丈の高いマグをバグダッド・カフェは使っている。これ一杯が二百ミリ・リットルだとして、ポットに湯をいっぱいに入れると、コーヒーが十二杯ほどは出来るのだろう。コーヒーの粉を入れる描写がある。

このポットに作るコーヒーは少しずつ進化していく。敷地内に停めたトレーラー・ハウスにルディという男性がひとりで住んでいる。彼は絵を描く人だ。このルディが、保温ポットのコーヒーを、これは酷い、まずいよ、と最初は酷評する。彼による評価は、やがて、もう少しだ、かなり良くなってきた、というところまで上昇し、ついには、これでちょうどいい、というところまで到達する。

バヴァリアのローゼンハイムから来てバグダッド・カフェのモーテルの宿泊客となったドイツ女性は、他の人たちからジャスミンと呼ばれている。本名ではないから彼女は何度か訂正するが、ジャスミンという名をやがて受け入れる。ローゼンハイムから来た、言いにくい名前のなんとかという人ではなく、バグダッド・カフェのジャスミンとなっていく。

スーツケースに入っていた荷物のなかに、奇術のためのさまざまな道具と手引き書がセットになったボール紙の箱があった。荒野のなかで別れた夫のものだ。スーツケースのなかには、他にも夫のものがいくつかある。

ジャスミンは、ごく初歩的な奇術を、手引き書どおりにやってみる。うまくいく。カフェで披露してみる。誰もが驚き、喜ぶ。ジャスミンはいろんなマジックを部屋で練習する。どれも巧みにこなせるようになる。カフェの客に披露しては喜ばれているうちに、彼女の奇術は評判となり客は増えていく。バグダッド・カフェは賑わう。

コーヒーが少しずつ良くなっていく日々に、バヴァリアから来たばかりの彼女がバグダッド・カフェの人であるジャスミンとなっていく日々が重なり、そこへさらに重なるのは、ラスヴェガスに近いと言えば近いというだけの、荒野のなかのただの小さなカフェが、彼女のマジックによって、あのバグダッド・カフェになっていく日々だ。

絵描きのルディがジャスミンに結婚を申し込む。グリーンカードや期限の切れたヴィザなどの問題は、アメリカ市民であるこの私と結婚すれば、たちどころにすべてなくなると彼は述べ、Will you marry me? と彼女に言い、彼女は喜んで同意する。

『バグダッド・カフェ』をかつて僕は映画館で観た。それから三十年近い時間をへてＤＶＤでもう一度観た。映画のＤＶＤを再生して最後まで観るのに必要な時間は、現実のなかを経過していくのとおなじ量の時間だが、ＤＶＤプレーヤーのモニター画面では、ひとつの映画として描かれた物語が進行していく。

物語の進行とは、物語のなかでの状況の変化の重なり合いや連鎖のことであり、それらは基本的には時間順に起こっていく。時間順とは構造のことであり、観終わって僕の記憶のなかに残るのは、その映画のぜんたいを支える、構造というものの作られかただった。

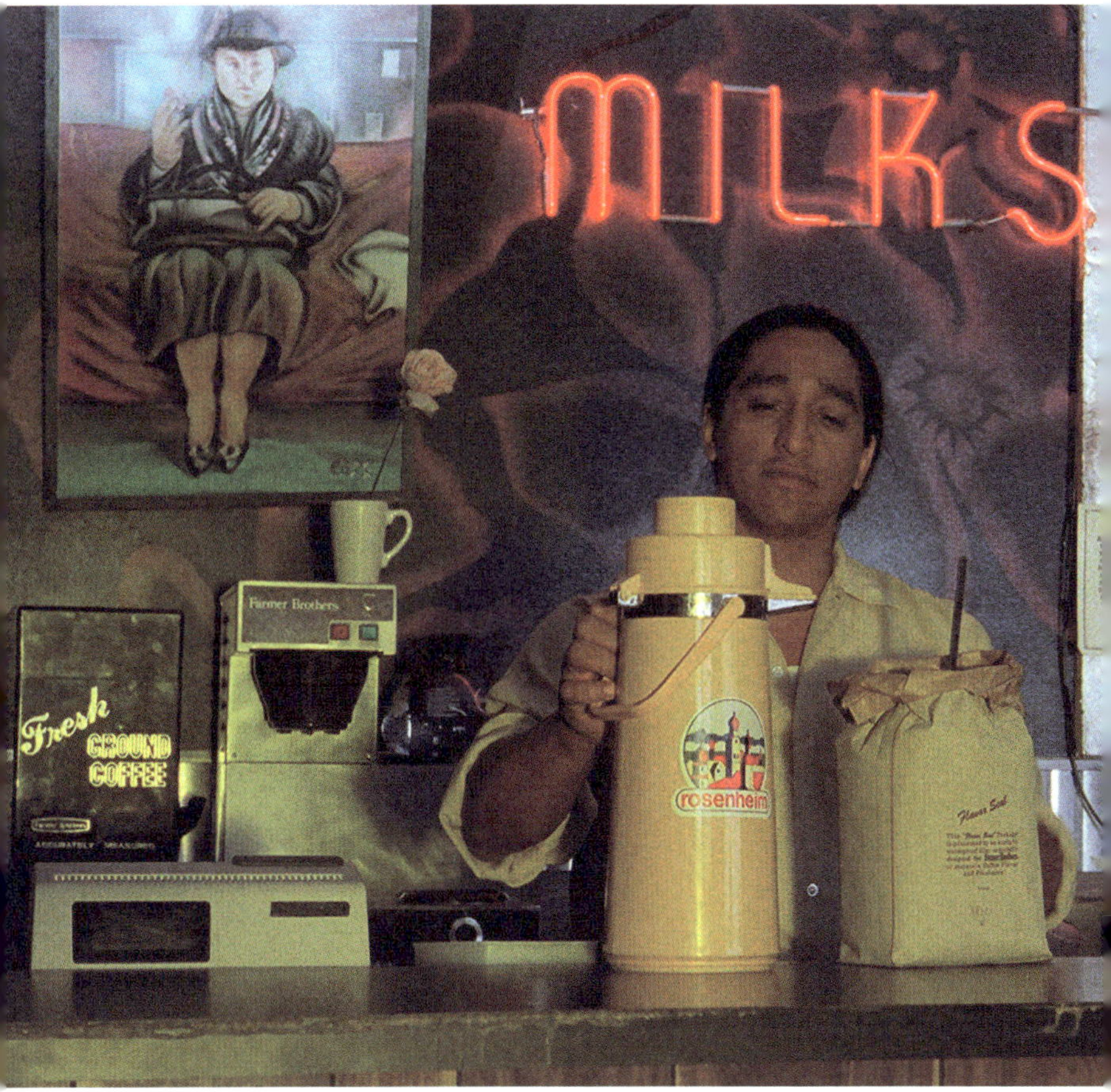
Fresh
GROUND
COFFEE
Farmer Brothers
rosenheim

東京と電車の関係を劇映画のなかで見せる

主人公である彼女、井上陽子の気になる台詞を書きとめておき、あとでそれらを眺めると、これは定型だな、とまず思う。彼女が日々のなかでその身を置いている状況が、定型やその変形の連続なのではないか。

電話での会話を終えるとき、

「じゃーねぇー、バイバイ」

と彼女は言う。「じゃあね」ではなく、「じゃーねぇー」だ。この発音をどう表記するか、これからの日本語にとっての大きな問題だ。「バイバイ」はもとをただせば英語だが、「ばいばい」と書いてもいいのではないか。しかし、音声にするときの語感は、いまだに片仮名だ。

「えっとねぇ、いま私は高円寺だから」

これも電話で相手に言っている言葉だ。御茶ノ水駅の中央線上りホームのいちばん突端で待ち合わせよう、私は先頭の車両から降りるから、などと彼女の言葉は続く。東京で日々を送る人と電車の関係の一端が、ここにあらわれている。

井上陽子はフリーランスのライターをしている。なにごとか気になることがあり、それをめぐって東京の夏をかいくぐりながら、とりとめのない取材のようなことをしている。とりとめのなさは、彼女の日々を、その内側から支える枠組みのように機能している、と僕は感じる。

有楽町の喫茶店で彼女は男性と待ち合わせる。おそらく神保町にあるはずの古書店の店主で、彼女はしばしば彼の店を訪ねている。ふたりはかなり親しい。喫茶店に入って彼女は、

「なに飲む？」

と彼に訊く。

「コーヒーでいいや」

と彼は答える。彼女はミルクだ。席を立って彼女がカウンターまで受け取りにいく。ふたりはテーブルで昔の地図を広げる。このあたりだろう、と彼は言う。ダット、という名前の店がかつてあったところを、ふたりは探している。彼女はカウンターへいき、店主に訊く。

「名前は聞いたことがある」

と店主は答える。

ダットがあった場所は銀座西二丁目ではないか、とふたりは見当をつけている。

「ここを出てまっすぐいって、信号を渡ってさらにまっすぐいったあたり」が銀座西二丁目だ、と店主は答える。

ダット、と片仮名で僕は書いている。喫茶店でダットという店が、かつてあった。有楽町には確かにあった気がするし、新宿のダットには何度か入ったことがある。靖国通りとコマ劇場とのあいだの、どこかにあった。

ふたりがしばしば話をする有楽町のこの喫茶店は、僕にとって見覚えのある店だ。見覚えを越えて、よく知っている、と言ってもいい。ひとりの客としてこの二階の店へしばしば入った。最後にロー

ルで出てくるクレディットで、この店が、ももや、であることがわかった。そうだよ、ももやだよ、と僕は思った。もう何年も忘れていた店だ。

The next station is Akihabara. The doors on the left side will open. 東京の電車のなかで聞く外国人女性による英語の録音だ。東京と電車の関係を劇映画のなかで見せようとするなら、このような音声も重要な一部分になるだろう。

「お母さん、お茶ないから水でいい？」

井上陽子は雑司ケ谷の集合住宅の二階の部屋に住んでいる。その建物のおもてに、大家さん一家の住む建物がある。陽子の母と父がそこを訪ねて来た。母は父が再婚した相手であり、義理の母だ。その母は手料理をタッパーのような容器に入れて持って来た。おそらく肉じゃがだ。陽子はおいしそうにそれを食べる。

「自分で作るとこういう味になんないんだよ」

と陽子は言う。

陽子は父親の飲む日本酒を大家のところへ借りにいく。挨拶するために母親がついて来る。

「お酒貸していただけますか」

と、陽子は言う。グラスも、と彼女はつけ加える。よく借りるの？　と母親がなかば驚いて陽子に訊く。

「うん。お醤油とか」

と陽子は答える。

『珈琲時光』というこの映画は、小津安二郎生誕百年記念作品だという。小津に捧げる二十一世紀の『東京物語』、とDVDのパッケージにある。小津の『東京物語』では、アパートにひとり暮しの紀子が、隣の部屋の女性から醤油を借りる場面がある。

喫茶店が何軒かロケーション撮影されて、画面に出て来る。店名のわかるのはエリカだ。陽子の実家がある高崎の喫茶店かと僕は思ったが、西神田にかつてあったエリカのようだ。ドアのガラスに店名が書いてある。陽子はこの店ではホット・ミルクを注文する。

神保町の街路風景が画面にあらわれる。電柱にエリカの広告文字が読める。天麩羅のいもや、という店もその正面入口が描写される。高円寺の都丸書店も描かれる。ずっと昔のことのとりとめない取材の一環として、陽子が来ている。取材の対象である人物が、かつてよくこの古書店に来ていたからだ。ご存じありませんか、と店員に訊いて、僕は知りません、と答えられたりしている様子が、現実の都丸書店で撮影されている。

陽子がしばしば訪れる古書店の店頭では、近所の喫茶店からコーヒーが出前される場面がある。これは珍しい。白いシャツに黒いスラックスの、中年に近い年齢の男性が、コーヒー・カップとポットを金属の盆に載せて店に入って来る。ポットからカップに一杯のコーヒーを注いで、店員は帰っていく。陽子が注文して、支払いを済ませたコーヒーだ。

この古書店の店主が駅のなかで、電車の走行音やアナウンスその他、さまざまな音をごく簡素な機材を使って録音する場面がある。唐突と言うならそのとおりにあらわれる場面だし、物語のどこにも繋がってはいないけれど、彼の趣味の説明のようなことではなく、東京は電車の路線によって拡大してきた場所だ、という基本とは密接につながった描写だと僕は思う。

井上陽子は妊娠三か月だそうだ。相手はタイの人で、彼女がタイで日本語を教えていたときの生徒のひとりだという。彼の一家はいつも総出で傘の組み立てをしている。

「結婚はしない」

と陽子は言う。

「結婚したら絶対に手伝わされるから」

というのがその理由だ。

「タイかぁ」

と、高崎から訪ねて来た母親が、ため息とともに言う。

「うん」

と陽子は言う。父親は一升瓶から日本酒を注ぎ、黙ってそれを飲む。大家から借りて来た酒だ。

タイの彼はいまは姉とアモイに住んでいて、工場を管理する仕事をしている、と陽子は説明する。タイへ来い、としきりに言われている、とも言う。

次の日、夏の晴天の暑そうな午前中、陽子は握り寿司の器を店へ返しにいく。荒川線の鬼子母神前停留場のすぐ向かいにある店だ。器を返したあと、彼女は荒川線の電車に乗る。向こう側に早稲田行きの電車が来るから、彼女はＪＲの大塚駅へ向かうのではないか。大塚の西隣が池袋だ。乗った電車のドアが閉じていく動き。電車の外の風景。踏切を渡っていく人たちの日常的な様子。電車でさまざまに移動するなかに彼女の毎日がある、という意味でこの映画はまさに東京物語だ。電車の内部の描写がたくさんあることに、いま頃ようやく僕は気づく。電車を乗り継ぐと、とんでもないところまでいけるのが、いまの東京だ。

そのことの象徴のようなショットが、適正な間隔で三度、画面にあらわれる。お茶の水にある聖橋の東側の欄干の、ほぼまんなかあたりから東をとらえたショットだ。おなじ角度で撮った場面が三度、あらわれる。

神田上水を江戸の名残だとすると、この景色は江戸から現在までの東京の、拡大ぶりをじつに見事に見せてくれる。その拡大は成りゆきの上に場当たりを、それぞれ何重にとも知れず重ねたものであり、その結果として聖橋の東側の欄干から見渡す景色には、深い感銘のようなものがともなう。僕ですらおなじ場所から写真を撮ったことがある。十数冊も存在する僕の写真集のどれかに、その写真は収録されているはずだ。

場当たりに成りゆきを重ねるとは言っても、でたらめや目茶苦茶では機能しない。あらゆる部分がそれに対して要求されている定型を守ることによって、ぜんたいが機能する。その機能を、都市機能、などと呼んでいいものだろうか。緑色に塗装された鋼鉄の鉄道鉄橋の古風なアーチが、ぜんたいの景色をひとつにまとめている。

三度あるおなじ場面のどれにおいても、じつに好ましいタイミングで、景色のなかに電車があらわれる。それぞれの電車の時刻表を突き合わせ、ここからここまで、と時間の見当をつけ、待ち構えて撮ったのだろう。三度目のは素晴らしい。この場面を見るだけでも、この映画を観る価値は充分にある。電車の勢揃い、揃い踏み、総出演。映画の時代の言葉を使うなら、これは間違いなく、オール・スター・キャストだ。電車の運行とは、関係するあらゆる物が、そしてすべての部分が、さぐり当てた定型を守り抜く作業の、最たるものだ。

聖橋の東側のまんなかあたり、欄干の手前から東を眺めた光景について思っていた僕は、やがてひとつのアイディアを得た。総武線、中央線、そして地下鉄丸の内線の、どの電車もその光景にいないときをまず写真に撮り、そこからワン・ショットずつ、順番はどうであれ、総武線の上下、中央線の上下、そして丸の内線の上下の六本の電車が、願わくば一本ずつ景色のなかに登場していく様子を次々に連写していくなら、最初のワン・ショットを加えた七点の写真で、電車の揃い踏みがこの景色のなかに完成していく過程を、そのとおりの七点の写真で本書に収録することが可能なのではないか、というアイディアだ。総武線と中央線に丸の内線が交差する地点の大深度地下では、地下鉄千代田線が交差している。六本の電車が景色のなかに勢ぞろいしたそのときには、大深度の地下ではさらに地下鉄の上下が二本とも交差しているという、奇跡のような状態は東京でならあり得るか。

光文社の写真室に所属していた岡田こずえさんに編集担当者がこのアイディアを伝えたら、速やかな正しい理解の上に立って、彼女は何日も現場に通い、そのつど何時間も費やして、ついに電車が五本までは景色のなかに揃っていく瞬間を、順番に写真に撮ることが出来た。丸の内線が一本だけ揃わない、という彼女の言葉に、東京の神髄を僕は見た。六本の電車がひとつの景色のなかに揃うことは、理屈では簡単にあり得る。しかし現実には、いつまでたっても、あり得ない。東京はすさまじい現実なのだ。この写真を撮影したとき、岡田さんはすでに写真家として独立していた。

レストラン、と言っていいだろう。客のひとりがそう言っていることだし。客席にはブースがある。制服を着たウェイトレスがいる。肥満体を白い服に包んだ中年男性のマネジャーもいる。ブース席では男女ふたりが話をしている。強盗の話だ。

強盗たちはなぜリカー・ストアやガス・ステーションそしてバーなどを襲うのかと、男性が言う。どこもみな強盗を警戒しているのに。銀行を襲うなんて、とっくに割りに合わなくなっている、というような会話の結論は、襲うならレストランだ、となる。

客たちを拳銃で脅し、かたっぱしから財布を奪うなら、合計の金額はかなりになるはずだ。労力にくらべると率はいい。ウェイトレスやマネジャーは日頃の薄給で店には反感を持っているから、抵抗はしない。襲うならレストランだよ、たとえばこの店のような、と言っているところへ制服のウェイトレスが来て、コーヒーをもっといかが、とカップにコーヒーを注ぎ足していく。映画のなかにあるコーヒーの場面としては、僕にとってはこれで充分だ。しかもウェイトレスはおなじ席へ二度も来る。

いま僕が書いているのは、『パルプ・フィクション』の冒頭にあたる部分だ。上映される映画フィルムにとっては冒頭なのだが、その映画のなかに仕込まれた物語にとっては、後半に入ってからの部分になる。レストランを襲うことについて語り合っている男女は、映画ぜんたいにとってはほんの脇役だ。彼らは自分たちの会話が結論に達するやいなや、ふたりとも拳銃を出して客たちを脅し、強盗となる。そしてこの強盗の場面もまた、主たる物語にとってはごく小さなエピソードだ。

主たる物語を支えて進行させていくのは、ジョン・トラヴォルタとサミュエル・L・ジャクソンが演じるふたりの男性だ。男女のふたり客が一転して強盗になるレストランの客として、彼らふたりは席にいる。その彼らの物語は、この映画によって語られていく物語の途中である、という時間の操作を、監督のクェンティン・タランティーノは考え出し、フィルムの上に実現させた。

トラヴォルタとジャクソンのふたりはLAの犯罪組織のなかにいて、どちらかと言えば下っ端であり、現場ごとに直接に手を下す仕事をしている。現場ごとに直接に手を下すとは、組織になんらかの不利益をもたらした男たちを射殺してまわる、というようなことだ。

いつものように仕事にはげむ彼らは、成りゆきで男性をひとり、自分たちの自動車の後部座席に乗せて現場を去ることになる。その男は、トラヴォルタとジャクソンにとっては、現場で射殺してしまえばそれでおしまいのような存在なのだが、この映画を監督したタランティーノは、この男の使い道を映画の進展のために考え出した。だからこそ、一九七七年モデルの緑色のシヴォレー・ノヴァの後部座席に、この男を置くことにした。

運転するジャクソンの隣にいるトラヴォルタは、うしろの席の男になかば向き直り、銃口を彼に向けて警戒しつつも、無駄口を叩く。そしてふとしたはずみで引き金を引いてしまう。銃弾は男の顔に命中する。狭いノヴァの内部には、血や脳、頭蓋骨の破片などが、存分に飛び散る。トラヴォルタとジャクソンも返り血を浴びる。

なんとかしなくてはいけない。慌てながらジャクソンは知り合いの家に電話をし、ひとまず彼の自宅へいくことにする。その知り合いの男を演じるのが、出演者のひとりとしてクレディットに名前の出ている、クェンティン・タランティーノだ。彼は一軒家に住んでいる。奥さんがいる。看護師として病院で働いている彼女は間もなく帰宅するという。

うしろの席で男がひとり血まみれで死んでいる自動車に、おなじく血まみれの男がふたり朝の自宅にいるのを奥さんが見たら、この俺はかならずや離婚される、早くなんとかしろ、などと言いながらタランティーノはコーヒーを淹れる。

トラヴォルタとジャクソンはそのコーヒーをふるまわれる。このコーヒーはうまい、とふたりはしきりに感心する。うまいのは当たり前だ、豆は味で選んでいるのだから、などとタランティーノは言う。トラヴォルタとジャクソンのカップは、青と黄のエナメルだ。この色にはなにか意味があるはずだ、と僕は思う。どんな意味があるのかないのか、しかし、いまは判然としていない。その意味を追うためには、少なくとももう一度、僕はこの映画を観なくてはいけない。

ジャクソンはボスに電話をして指示を仰ぐ。ある男をそちらに向かわせる、とボスは告げる。主として死体を専門に扱う処理屋のような男だ。この男をハーヴェイ・カイテルが演じている。やって来たカイテルは、コーヒーの匂いがする、俺にも一杯くれ、と言う。砂糖とミルクをたっぷり入れるのだそうだ。まともなコーヒー・カップでカイテルはそのコーヒーを飲む。上出来だ、気に入った、という演技をカイテルはしてみせる。

この映画で二度目のコーヒーは、以上のように画面にあらわれる。タランティーノの淹れるコー

 トラヴォルタのトイレット、ジャクソンのエゼキエル、ふたりのケチャップ

ヒーをジャクソンは、グルメ・コーヒー、と呼んでいる。豆の選択や淹れかたなどに留意したコーヒーを、そうではないコーヒーと区別して、すでに一九九四年には、グルメ・コーヒー、と人々は呼んでいたのだろうか。

物語が終盤に入ってから、映画は冒頭の場面に戻る。強盗に転じた男女ふたりの拳銃によってレストランの客たちは脅され、ヴィニールの塵袋のなかに財布を次々に入れさせられる。仕事がなんとか一段落したトラヴォルタとジャクソンは、このレストランで朝食をとっている。トラヴォルタは食事の途中でトイレットにいく。このシーンは、彼の最期への伏線だろう。トラヴォルタは裏切り者の男のアパートメントで、銃をキッチンに置いてトイレットにはいっている。アパートの主が帰って来ていることに気づかずにトイレットから出て来たトラヴォルタは自分の銃で撃たれ、二発、三発と受けとめた衝撃でトイレットのなかへ後退し、浴槽に尻もちをついたかたちで絶命する。

ジャクソンがひとりで席にいるところへ強盗の男が来て、袋に財布を入れさせる。応じたジャクソンは、旧約聖書のエゼキエル書を引用してこの男を説教する。引用の大部分は自由な創作であり、おそらくタランティーノが作ったものだろう。そして一瞬の隙をついて、彼は男を取り押さえる。

以上のような場面でジャクソンは食後のコーヒーを飲んでいる。コーヒー・カップをその持ち手では持たず、上から茶碗づかみにするような持ちかたでカップを持ち、唇へ運んでなかのコーヒーを飲む、という演技を彼はしている。

ディック・デイルの一九六二年の曲で始まるこの映画には、既存の曲がいくつも使われている。そのひとつに、Coffee Shop Musicという曲がある。主演女優のユマ・サーマンの設定は、ＴＶの連続ドラマのパイロットとして、一本だけ作られてお蔵入りになった作品に主演した女優、というものだ。そのドラマのなかでの彼女の役には、毎回ひとつジョークを披露する、という役目もあったという。お蔵入りになったパイロットのなかで披露したジョークを聞きたいか、とサーマンはトラヴォルタに言う。

この場面はここで終わり、そこからかなり後になって、彼女はそのジョークをトラヴォルタに聞かせる。面白くないから笑わなくてもいい、と彼女が言うそのジョークについては、ケチャップのジョーク、とだけここでは書いておこう。

このようなジョークは、どのようにして生まれるものなのか。いつかどこかで誰かが作ったからいまもあるのだが、ジョークひとつといえども、あるいはジョークだからこそ、作るにあたっては論理の筋道が必要だ。その論理の、そもそもの出発点は、どこなのか。

ケチャップ、というひと言から発想したのだろう。ケチャップはcatsupと綴られることもあるが、多くの場合、ketchupだ。最後のふた文字がupだから、なんとかアップ、といういくつもあるはずの言葉へと連想は広がり、その広がりは、ケチャップともっとも似ているcatch upというひと言に落ち着き、ユマ・サーマンがトラヴォルタに語ったようなストーリーは、ジョークとしてそこから生まれたのだろう。

ついに飲める一杯のコーヒー

少なくとも三か月はあっただろう。長くて半年くらいか。彼と彼女の関係が壊れるまでに。あと一歩のところまで来ていたのが、その日の朝だった。コーヒーでも淹れましょうか、と彼女は言い、僕は遅刻しそうなんだ、と言って彼女のコーヒーを彼は断った。これが、ふたりの関係を壊すための、最終的な一歩だった。

彼はニコ・フィッシャーといい、大学の法学部を二年前に中退し、いまはこれと言ってなにもしていない。父親は息子の彼が大学生だと思っているから、仕送りを続けてきた。その仕送りで彼は生活をしていた。彼女の部屋で彼女とともに住みながら。

彼女との関係は壊れてしまった。だから彼は自分ひとりだけの部屋を見つけ、そこへ引っ越さないといけない。引っ越しの場面はないが、引っ越し荷物がほとんどそのままに置いてある新たな部屋の場面はある。

遅刻しそうになった理由は彼の飲酒運転だ。残留アルコールの血中濃度が０・０７パーセントの飲酒運転だ。免許は停止中なのだろう。酒と運転をめぐって今後どうするか、ということを話し合うために、彼はそのようなことを専門に担当している人の事務所で、その人と面談しなくてはいけない。それが今日だった。そして手紙で指定された時間に、彼は遅刻しそうだ。

だから彼は朝のコーヒーを飲みそこなったのではない。遅刻しそうな時間に目覚めた自分が、彼女のコーヒーを断った。すべては自分に理由がある。だからこその、Oh Boyという原題なのだ。やれやれ、なんてこった、というような意味だが、文脈によっては、驚きのともなったうれしさの表現としての、こいつぁいいや、やったぁ、というような意味にもなる。ドナルドダックがかつてしばしばそう叫んでいた。

この映画を監督したJan Ole Gersterは脚本も書いた。書いているあいだずっと、彼はザ・ビートルズの音楽を聴いていたという。I read the news today, oh, boy. という歌詞のなかにあるひと言を、彼はこの映画の題名に使うことにした。すでに考えてあったドイツ語による題名よりも、Oh Boyのほうがふさわしいと思えたからだという。

飲酒運転をめぐる面談の結果はいずれ書類となって提出され、最悪の場合、ニコの運転免許は取り消しになる。面接担当者のオフィスを出て、彼は街の店でコーヒーを買おうとする。店の女性のドイツ語の言葉のなかに、to goという英語のひと言があったように僕は思う。いちばん普通のコーヒーをください、と彼は言う。コロンビアとアラビカのどちらかを選ぶことが出来る、などと説明を受けるのだが、コーヒーは買えない。コーヒーの飲めない一日がこうして始まっていく。

ＡＴＭで現金を引き出そうとするが、カードは戻ってこない。なかば義務で父親に電話するが、事務所は留守だ。折り返し電話があり、ゴルフ場にいるから来い、と言われる。ニコは出向く。コーヒーが飲めると思ったのだが、酒にしろよ、と父親に言われる。ニコが大学を中退したことを父親は知っている。仕送りは停止し銀行の口座は解約した、と告げられる。ＡＴＭでカードが戻ってこなかったのは、口座が解約されていたからだ。

ゴルフ場から戻ったニコは、そこから一日のあいだにいろんな人に出会う。その人たちとの出来事のなかに、その日のニコの人生がある。店でふたたびコーヒーを買おうとするのだが、コーヒー・マシーンが壊れている、と言われる。知り合ったタクシーの運転手はかつては俳優で、彼の友人が主役で出演している映画の撮影を見物しに、撮影所へいく。撮影現場の片隅には、誰でも飲めるようにと、熱いコーヒーを満たしたポットが、壁に寄せた小さなテーブルに置いてある。ニコがそのポットから紙カップにコーヒーを注ごうとすると、ポットは空だ。いったいどうしてこうなのか、という表情で彼がそのテーブルを離れたすぐあと、コーヒーの満ちているはずのポットを男が持って来て、空のポットと取り替えていく。

夜も遅くなり始めた時間、街の店に彼は入る。軽食堂のような店だ。しかし食堂の営業はすでに終わり、いまはカウンターだけが営業している。ニコはそこでコーヒーを買おうとするが、コーヒー・マシーンは今日はもう洗ったからコーヒーは出せない、とカウンターマンに言われる。ニコはウォッカとビールを買い、カウンターで飲もうとすると、ひとりの老人が寄って来て、独白のような昔話を始める。

その老人は店を出たところで倒れる。ニコは救急車を呼んでもらい、病院まで付き添う。その病院の廊下の自動販売機で彼はコーヒーを買おうとするが、ここでも販売機は故障中だ。彼は廊下のベンチに寝て夜を明かす。朝になる。目覚めた彼に看護師は、老人の死亡を伝える。

朝の電車が走る。このショットはいい、と僕は思った。その電車の、窓の外の、さほど遠くもなければ近くもない距離の、気楽なレストランのような店に、ニコはひとりでいる。外は明るい。窓ぎわのテーブルにひとりでいるニコは、なかばシルエットだ。彼のテーブルにウェイトレスがコーヒーを置く。その置きかたがいい、と僕は思った。そのコーヒーを飲むニコのショットも、ついに飲める一杯のコーヒーへの、Oh, boy以外のなにものでもない。Oh, boyから始まった物語は、Oh, boyでひとまずこうして終わる。

七十年前の東京で日曜日の夕暮れのコーヒー

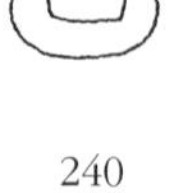

「もう寒くなってきた」と、男性の主人公、雄造が言っているから、季節は十月のなかばか。一九四七年の東京だ。いまから七十年前だ。しかしこの映画を観ているあいだ、僕はこの物語を現在のこととして受けとめ続けた。モニター画面にあらわれるのは一九四七年の東京だが、物語のなかで語られていることの底にあるものは、現在となんら変わらないからだ。この七十年間、表面で起きたあれやこれやを別にすると、日本の基本はなにひとつ変わっていない。七十年前の様子は、ほとんどそっくりそのまま、根本がおなじであることにおいて、現在の状況に重なる。

一九四七年十月なかばのある日曜日の午後、ふたりの男女が都心で待ち合わせる。場所はおそらく上野だろう。ひと頃の言葉をそのまま使うなら、これは一九四七年の典型的なデートだ。雄造は二十代なかばという設定の年齢だろうか。浮かない顔をしてひとり待っている。いまと違って青年でも歳を取った人の顔立ちだから、浮かない顔はことのほか引き立つ。その浮かない顔は所持金の少なさと直結している。彼は三十円しか持っていないという。現在の三千円くらいだろうか。

満員の電車に乗って彼女がやって来る。昌子さんという人だ。彼より三歳は年下だという設定なら、彼女は二十代前半の女性だ。電車は山手線だ。日曜日なのにすし詰めに混んでいる。月曜から金曜まで、現在の東京のいたるところで繰り返されているラッシュ・アワーと、なんら変わらない。まずこういうことに関して、東京がいかに無策だったか、よくわかる。

駅の外で彼と落ち合ってすぐに、自分の所持金が十五円であることを昌子は彼に告げている。彼の半分だ。これは夫婦茶碗だ。小さいほうが女性のだ。すってんてんだ、と彼女は言う。すってんてん、という言葉を僕は久しぶりに聞いた。彼は自分のことを、すかんぴん、と言っている。漢字だと素寒貧と書く。この言葉も久しぶりだ。久しぶりだとは、そのような状態の人々がいなくなったほどに世のなかが豊かで、したがって言葉は消えかけている、ということではない。言葉が別のものに変わっただけだ。下流とか貧困といった言葉だ。

一九四七年の東京では、平凡な饅頭がひとつ五円だった。おなじく平凡なコロッケが一個五円だった。一杯のコーヒーは、安くて五円、高いのだと二十円はした。天丼が五十円、とんかつは百円だった。国産のウィスキー七百二十ミリ・リットルが、二月には八十八円、四月で二百二十円だった。ウィスキーの値段すら効果的にコントロール出来ない無能さが、ここに見える。山手線は最低料金区間が一円だった。

落ち合ったふたりは動物園に入ってみる。いろんな動物を見て、ふたりは無邪気に笑う。上野から有楽町へふたりは山手線で移動する。雨が降り始めている。ふたりは走る。西郷さんの階段を駆け降り、駅に向けて走る。現在では軒を接して店舗の建物がならんでいるところに、石垣だけがつらなっている。

有楽町では音楽会が開かれている。入場券にはA券とB券があり、Aは二十円、Bは十円だ。B券ならふたり合わせて二十円だから所持金は足りる。しかしB券は売り切れ寸前に、いまで言うダフ屋に買い占められる。売り切れとなったB券を、上乗せして、しかしA券よりは安い値段で、ダフ屋は行列している人たちから買い手をつのり始める。

彼の住んでいる部屋が、もちろん撮影用のセットだが、画面にあらわれる。友人が借りている部屋で、いまの自分はそこに転がり込んでいる、と雄造は言う。ひと月に七百円は、部屋代として友人に支払っているのではないか。この部屋を画面に観るだけでも、『素晴らしき日曜日』は価値がある。

雄造はどこかに勤めているが、辞めちまおうかな、などと言っている。辞めてどうするの、と昌子に訊かれて、彼はいっそう虚ろな暗い顔になる。

「お茶でもいれましょうか」

と昌子が言う。

「飲みたくないよ」

と彼は答える。

「なにかお菓子でも買ってきましょうか」

「欲しくないよ」

「どうすればいいの。嫌、そんな怖い顔しちゃ」

「つくづく嫌になったんだ」

と雄造は言う。

「みじめな自分が嫌だ。世のなかはこんなだし」

「あなたは現在だけを見てるのね」

と昌子は言う。人は現在の前方を、つまり夢を、見なくてはいけない、というのが昌子の意見だ。

ふたりは街のなかに出る。彼らの会話は続く。

「なにを考えてるの？」

と雄造が昌子に訊く。

「なにも」

と彼女は答える。

「怒ってるのか」

「ううん。幸せだわ」

「さっきから黙ってるんだもの」

と言う雄造に昌子は次のように続ける。

「戦争にいく前のあなたにはもっと夢があったわ。自分たちの店を持って、おいしいコーヒーを出したいという夢」

雄造は旧日本軍の兵士として戦争に参加した男である、という設定なのだ。おいしいコーヒー、という言葉がここで初めて出てくる。ふたりがかつて語り合い、いまでも語る夢とは、自分たちの店を持って、客においしいコーヒーを供することだった。

夜の街でふたりはベーカリー・タチバナという店の客となり、コーヒーを飲んで菓子を食べる。コーヒーは一杯が五円だからふたりで十円だ。菓子も五円ずつだから、これもふたりで十円だ。いまは二十円になっている所持金でちょうど間に合う、とふたりは思った。しかしメニューを見間違えていた。菓子はふたりで二十円なのだ。所持金は十円足りない。

支払いをする場面が面白い。持っている二十円を出した雄造は、着ているレインコートを脱ぎ、ぞんざいに丸めて支払いカウンターに置く。七十年前の東京では、これだけで意味がつうじたのだろう、店長のような男性が愛想良く、おついでのときで結構ですよ、と言う。足らない十円はついでのときに持って来てくれればそれでいい、という意味だ。こういうことは、当時、しばしばあったのだろう。女性の店員は雄造のレインコートを手に取り、こんなものを預かってもねえ、という顔になる。

店を出てふたりは夢の続きを語り合う。「俺たちの店では、お客の目の前でコーヒーを淹れるんだ。薄利多売の大衆のコーヒーだ。俺はコーヒーを淹れる天才なんだぜ」と雄造は言い、「主人の自慢のコーヒー。女房の手製の可愛いケーキ」と昌子は言う。店の名前は彼女がすでにきめている。ヒアシンスだそうだ。

ここから先の展開はファンタジーのようになる。それが終わると、素晴らしき日曜日も終わりとなり、また次の日曜日に、とふたりは言い合う。

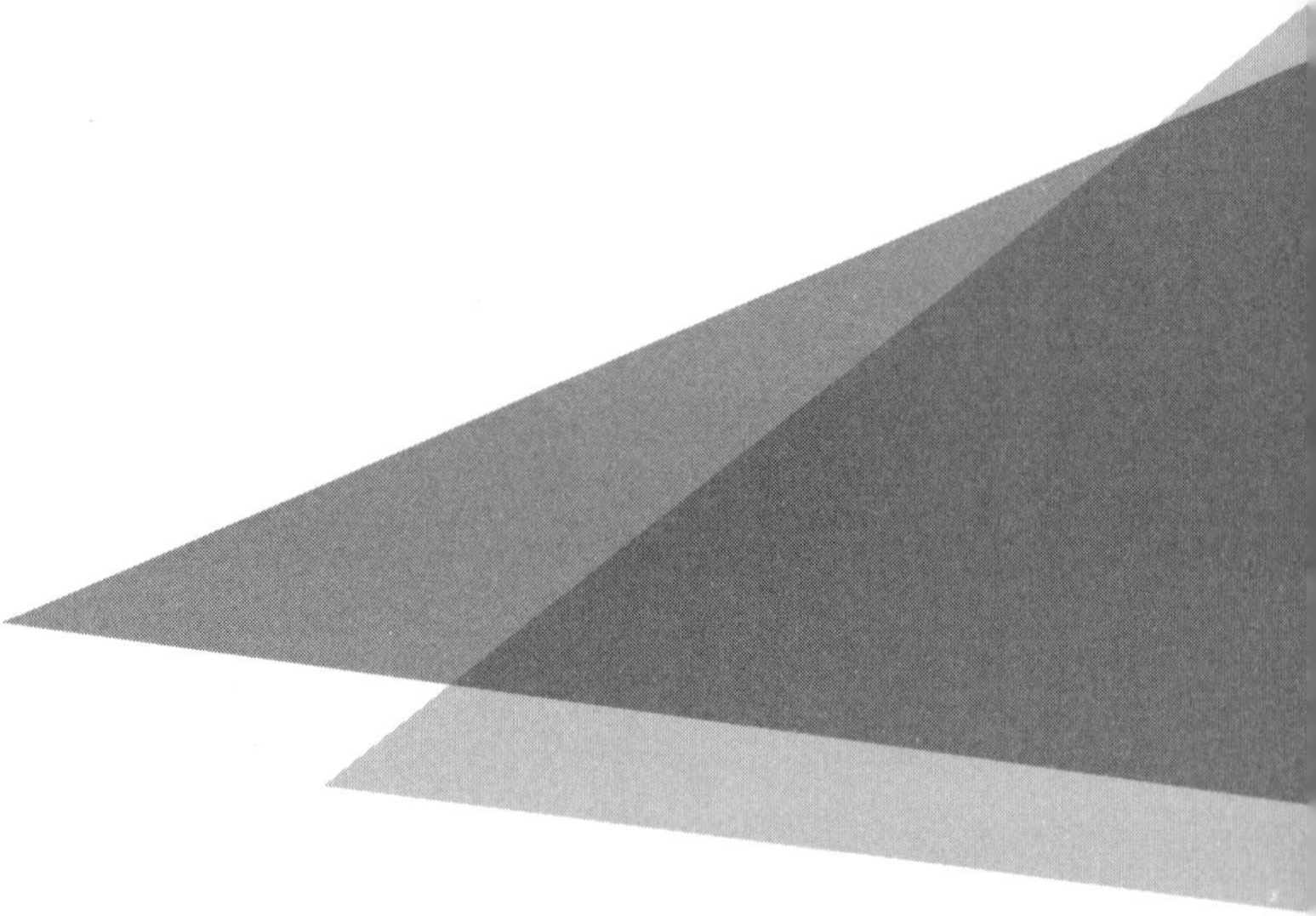

「よくかき混ぜて」と、店主は言った

すべての客室が一戸ずつのバンガローとして熱帯の林のなかにある、しかし簡素にまとまった、静かなホテルだった。タヒチが世界中の人たちにとっての観光地になる直前の、一九六八年頃だったと思う。ほぼおなじ年齢の写真家とふたりで、僕はそのタヒチへいった。別にこれと言って用事はなかった。どこかへ写真を撮りにいきませんか、と雑誌の編集部に提案され、ほとんどなにも考えずに、タヒチならいきます、と僕は答えた。だからタヒチへいくことになった。写真を撮るのは僕ではなく、それは同行する写真家の仕事だった。

食事をするための建物まで熱帯林のなかを毎日歩いた。三日目の朝食のためにそこにあらわれた写真家は、小さなカメラ・バッグをかかげてみせ、

「今日は町のなかをぶらぶら歩きましょう。荷物は少なくしました」

と、笑顔で言った。

雨になりそうな曇った朝だったが、時間がたつにつれて晴れてきた。のんびりした朝食のあと、フロント・デスクその他のある建物へいき、タクシーを呼んでもらった。しばらく待った。やがて到着したタクシーで町までいった。町のどのあたりか、とドライヴァーに訊かれた。町がどこにあるのかすら、僕たちは知らなかった。その町がどのような町なのかについても、まったく知らなかった。反射的な答えの台詞は、僕のほうがやや早かった。

「いちばん近いスーパーマーケットの前で」

と僕が言った。

平屋建ての、かなりの大きさの建物の前でタクシーは停まった。スーパーマーケットの前だった。僕と写真家はそのスーパーマーケットのなかを歩きまわった。マーケットの外に出て、窓に貼ってあるポスターを写真に撮ったりした。ヒナノというビールのラベルに描かれた女性を、写真家は熱心に接写した。

午前十時過ぎまで歩きまわった。いろんな建物が漠然とあちこちにある町だ、という印象はふたりともおなじだった。道幅が狭くなり、その道の両側に木造の建物がならび、突き当たりが行き止まりに見えるような場所に、写真家は興味を持った。

そんなふうにして町のなかを歩き、おやつの時間となった。コーヒーを飲みたい、と写真家は言った。僕もコーヒーには賛成だった。町はずれ、と言ってもいいような場所に僕たちはいた。もっとはずれる方向へと歩いていくと、道ばた、という言いかたのふさわしい場所に、小さな食堂があった。

木造平屋建ての小屋のような建物で、道に面した壁のまんなかにドアがあり、そのドアは開け放たれていた。ドアの両側に、大きさの異なる窓が、ひとつずつあった。窓の手前のスペースが、どちらの側も、木造のデッキとなっていた。どちらのデッキにも、丸いテーブルとその椅子が、いくつか置いてあった。テーブルの上にはメニューらしきものがあり、風を受けるとそのページが、めくられては閉じていた。デッキに上がって椅子にすわった僕たちが日本語で話をしていたら、ポリネシア系の豊かな体をした若い女性があらわれ、僕たちを不思議そうに見た。朝食には遅く、昼食にはまだ早い時間の、明らかに異国からの男客ふたりだった。

「コーヒー、ふたつ」

と、写真家が英語で言った。

「砂糖とクリームは」

と、彼女が訊き返した。

写真家は、

「ノー」

とだけ言い、僕は、

「ノー、サンキュー」

と答えた。愛想のない彼女は、ほんの一瞬、僕にだけ、きわめて可憐に微笑した。

しばらく待つと彼女が正面のドアからデッキへと出てきた。かなり汚れた、ぜんたいが絶妙にでこぼこした大きなやかんを彼女は片手に下げ、もういっぽうの腕では、当時の外国にはあったけれど日本にはいまもない、単なる徳用サイズを越えた大きさのインスタント・コーヒーのガラス瓶をかかえ、ふたつのカップに指を入れて手に持ち、どちらのカップにもアルミニウムのスプーンが入れてあった。僕たちのテーブルにそれらを無言で置いた彼女は、無言のままドアへ戻り、建物のなかに姿を消した。

コーヒーふたつとは、僕と写真家それぞれが大きなガラス瓶からインスタント・コーヒーの粉末をスプーンですくい取ってカップに入れ、やかんのお湯を注いでスプーンでかきまわし、これも確かにコーヒーだねと言いながら飲むインスタント・コーヒーなのだった。

大きなガラス瓶のなかには、しかし、インスタント・コーヒーの粉末は残り少なかった。写真家はスプーンの柄の端を指先でつまみ、腕を肘まで瓶に差し入れ、インスタント・コーヒーをスプーンにすくい取った。僕は瓶を水平にして揺すり、底にわずかに残った粉を手前に寄せて、スプーンでカップにかき落とした。僕と写真家がそれぞれのカップにやかんから湯を注ぐと、コーヒーふたつのでき上がりだった。

日本でインスタント・コーヒーがブームのようになったのは一九六一年のことだった。この年にインスタント・コーヒーの輸入が自由化されたからだ。自由化されたとは、それまでは自由ではなかったわけで、規制をして国内の飲料業者を保護し、そこになんらかの利権が発生していたのか。時間の経過につれて、時流というものには逆らえなくなり、規制は取り払われて自由化されたのか。

一九六八年のパペーテの食堂で飲んだインスタント・コーヒーは、僕にとってはそれまでの人生で初めて飲んだ、記念すべきインスタント・コーヒーとなった。大きなガラス瓶に入ったインスタント・コーヒーは、パペーテのスーパーマーケットで大量に販売されていた。

このガラス瓶の大きさになぞらえることの出来る物が、いまの日本では身辺にない。日本酒の一升瓶が底から垂直に立ち上がり、口に向けてすぼまり始める部分あたりまでの大きさ、とでも言えばいいだろうか。これにさらに数センチの高さを加えると、パペーテのインスタント・コーヒーとおなじような大きさになるだろう。

徳用サイズを越えた大きさのガラス瓶に入ったインスタント・コーヒーは、おなじ時代のハワイでも、いたるところで見た。やがては日本にも登場するのかと期待していたのだが、インスタント・コーヒーの瓶は、小さくなりはすれ、大きくなることはついになかったようだ。

あの大きなガラス瓶は現地でもとっくに姿を消したかもしれない。つい最近まであったような気もする。もう何年も見かけませんよ、と言われたなら、そうだったか、とも思う。どうすればいいのか。自分で確かめるほかない。現地で。

ハワイに到着したらすぐにスーパーマーケットへいく自分をいま僕は想像している。インスタント・コーヒーの、スーパー・エコノミー・サイズとも言うべきあの大きさのガラス瓶入りがまだマーケットの棚にあれば、ぜひそれをふたつ買いたい。日本では聞いたこともないような特売ブランドで、大きなガラス瓶入りのインスタント・コーヒーを、ふたつ。深さが二十五センチはあるガラス瓶をふたつかかえて、想像のなかの自分はエクスプレス・レーンにならんでいる。


JR高田馬場駅から早稲田通りの西側を早稲田大学の方向へごく平凡に歩いて五、六分のところに、名曲喫茶「らんぶる」という喫茶店があった。二〇一三年にその建物は解体されて跡形もなくなり、跡地は駐車場になって現在にいたっている。二〇〇〇年にはまだアルバイトの店員を雇って営業していた。二〇〇四年には営業しなくなった。ある日のこと一日だけ営業する、ということが何度もあった、という逸話が残っている。しかしそれもやがてなくなり、あの建物だけがあの場所に残った。あの場所とは、記念に書いておくと、新宿区高田馬場1―5―17だ。

二〇〇四年には建物はひたすら廃墟の雰囲気を濃厚にし、二〇一三年に解体されるまで、近所の人たち、あるいはあの道を毎日のように歩いた人たちにとっては、ただひたすら廃墟だった。一九四五年に開業した木造二階建ての店だ。道に面した外壁は積み上げられた煉瓦だったが、木造の建物の外壁に、あの煉瓦の壁をどのような方法で固定していたのか。

道に面してならんでいた二階の窓の上には平坦な外壁があり、名曲喫茶「らんぶる」というネオン管がその壁に直接に取りつけてあった。喫茶のふた文字は二〇〇三年に落下した、という説がある。平仮名で「らんぶる」とあったネオン管は、「る」の字が一九九四年に傾いたという。まず傾き、そして落ちた。最初に落ちたのはこの「る」だった。

それに続いたのが「ん」で、二〇〇六年にその「ん」が落ちてなくなった結果、名曲喫茶「らんぶる」は名曲喫茶「ら　ぶ　」となった。名曲喫茶「らんぶる」ではなく、名曲喫茶「ら　ぶ　」として記憶している人は少なくないのではないか。二〇〇八年の十一月には名曲喫茶「ら　ぶ　」だったという証言がサイト上にある。

二〇一〇年には「ぶ」の濁点が落下した。「ぶ」の濁点と、「ふ」という文字本体右側にある斜めの線とはおなじネオン管でひとつにつながり、点灯したときにつながって見えてはいけない部分には、テープが巻かれていた。濁点が落ちれば、それとつながった右側の斜めの棒もともに落ちるほかなく、その結果として「ぶ」の字の残った部分は、判読の出来かねる妙なかたちとして残った。最後まで残ったのは、名曲、のふた文字だった。時を追って順番に脱落したネオン管は、あるときいきなり歩道に落ち、そこで砕け散ったのだろうと僕は推測する。

名曲喫茶といううたい文句の名曲とは、クラシカル音楽の名曲の数々のことだ。店にはクラシカル音楽のSPやLPがたくさんあり、店主の選択で、あるいは客からのリクエストに応えて、再生装置をとおして再生され、客は店の大きなスピーカーでそれを聴いた。名曲喫茶「らんぶる」は一九四五年の開業から、戦後の日本における名曲喫茶の草分けだったと言っていい。

なぜ喫茶店だったのか。そしてなぜそこで、クラシカル音楽の名曲が、客のために再生されたのか。コーヒーだけでは客を呼ぶ力として役不足だったか。クラシカル音楽はきわめて端的に西欧だ。戦前からお手本だった西欧は、戦後の日本ではなおいっそう、お手本の位置を高めたか。お手本とは、ひと言で言うと、明るい明日というものの総体だ。

一九五〇年に東京の喫茶店で一杯のコーヒーを飲むと、それは三十円だった。採寸して作ってもらう男物のスーツが八千円ほどだったという。それから十年後の一九六〇年には、コーヒーは一杯が六十円となり、注文スーツは三万円ほどになっていた。

明るい明日のその明るさの度合いは、この時代ですでに、あるいはこの時代にはとっくに、経済力によって決定されていた。しかし多くの人たちはそのことにまだ無自覚だった。どこかに勤めなければ、給料で生活を安定させたければ、たいていの人はどこかに勤め口を見つけることの出来た時代だ。もはや戦後ではないと日本政府が宣言した一九五六年には、高度経済成長はすでに始まっていた。高度経済成長とは完全雇用のことで、そう言えば誰もがどこかに勤めて給料をもらっていたという記憶は、一九五〇年代にはまだ少年だった僕にもある。

クラシカル音楽は明らかに教養だった。より明るい明日に向けて背のびをする自分の土台のひとつが、この時代では、教養だった。その教養のわかりやすい具体例のひとつが、クラシカル音楽の名曲の数々だった。一九六〇年に六十円だった一杯のコーヒーには、名曲喫茶でなら、名曲のいくつかがおまけについてきた。したがって、六十円は高い、というようなことはなかった。

名曲喫茶の内部は日常にはない凝った造りであり、クラシカル音楽にふさわしくその店内は重厚にしつらえてあり、照明はほの暗く、頭の部分には白い布でカヴァーのかけられたソファに深く身を沈めると、テーブルに置かれたコーヒーの向こうから聴こえて来るのは、クラシカル音楽の名曲だった。店内の客はそれぞれ音楽に聴き入っていた。足音静かにウェイトレスが歩み寄り、客にかがみ込み、囁《ささや》くような声で注文を訊いていたという。しかし、その時代の名曲喫茶に、僕は間に合っていない。僕はまだ子供だった。

大量にあるSPとLPのコレクション、そして真空管による再生装置と巨大なスピーカーは、誰もが自宅に持てる、というものではなかった。当時の一般的な住宅事情は、戦前からの陸続き、あるいは戦後の安普請であり、戦前の民家なら一階のいちばん奥の部屋で電蓄を穏便な音量で鳴らすことは可能だった。戦後の安普請の家ではそれは無理であり、一九六三年に大卒新入社員の給料が一万五千円でLPは一枚が二千五百円だったから、再生装置とスピーカーを含めるまでもなく、クラシカル音楽は夢の世界のものだった。しかし一九六〇年代のなかばには、住宅事情はほとんど改善されないまま、ステレオ再生装置は、平凡な個人のものとして市販されたのだから、高度経済成長の内部にあったねじれのようなものの内実のひとつの小さな側面が、そこに見える。

店内でレコードから再生されるクラシカルな音楽の名曲は、客からのリクエストに応えたものであった場合が多かったという。客から見やすい場所に、その再生順をチョークで書いた黒板が置いてあった、ともいう。そのなかに好みの曲を見つけた客は、一杯のコーヒーを相手にソファにすわり、目を閉じて再生音を受けとめつつ、好みの曲が再生される順番を待った。このような情景も僕は知らない。

再生される曲を受けとめ、その曲名を正しく言い当てるのは、教養だった。曲名だけではなく、指揮者やオーケストラの名前、録音された年月、どの会社からいつ発売されたレコードかなどを正確に言えるのは、教養上級者の証だった。

ほの暗い照明と重厚なしつらえの店内、おごそかに供される一杯のコーヒー、腰の沈むソファ、高価な再生装置から放たれるクラシカルな名曲。それを腕組みして目を閉じて受けとめる、ひとりだけの時間。大卒の初任給が一万五千円だった時代に、こうしたことすべてが六十円でしばし手に入ったのだから、名曲喫茶で過ごす時間の代金は、けっして高いものではなかった。

『名曲喫茶のクラシック』というCDが二〇〇三年に発売された。二〇〇四年には続編の一枚が加わった。SPからLPへと移りつつあった時代の名曲喫茶で、しばしば聴くことの出来たクラシカルな音楽の名曲が、正・続合わせて三十五曲、収録してある。少しのちの日本で、セミ・クラシック、ライト・クラシック、軽クラシック、さらにはホーム・ミュージックなどと呼ばれた、クラシカル音楽の愛すべき小品だ。三十五曲の題名を列挙したい衝動にかられる。正編の初めから六曲だけにとどめておこう。『楽興の時　第三番』『歌劇　マドンナの宝石　間奏曲』『ドナウ河のさざ波』『なつかしき愛の歌』『ハイケンスのセレナード』『夜の調べ』。

時代が変わるとまっ先に聴かれなくなったのが、こうした小品だった。この二枚のCDを繰り返し再生して背景音にするなら、原稿の執筆は思いのほかはかどるのではないか、と友人のひとりが笑いながら言った。

二十代の全域をとおして、主として神保町の喫茶店を日ながはしごしては、僕は毎日のようにいろんな雑誌の原稿を書いた。名曲喫茶には何度となく入った。だから僕が体験した名曲喫茶は、一九六〇年代に入ってからのものだ。

いまのJR御茶ノ水駅の上に並行している道に面していた名曲喫茶の、当時の感覚としてはいかにもそれらしい外観、そして中間の階の多い複雑な構成のフロアなど、忘れがたい。自宅を出て小田急線で新宿まで、そしてそこから中央線で御茶ノ水駅までのあいだ、まず最初の原稿をどう書けばよいか、考える時間は充分にあった。

御茶ノ水駅で降りてすぐにその名曲喫茶に入り、中二階あるいは中三階のひとり用の小さな席で、コクヨの二百字の原稿用紙に鉛筆で、すぐに僕は原稿を書き始めた。十枚近く書いてふと気がつくと、テーブルに届いたまま手をつけていなかったコーヒーが、すっかり冷めているのだった。一九六〇年代の東京の、名曲喫茶の冷えたコーヒーをたわむれにひと口だけ飲んでみると、店内に再生されて聴こえているのは、この店の場合、シンフォニックな曲であることが多かった。CDを再生してシンフォニックな曲が名曲的に連続するなら、そしてそれにあの冷えたコーヒーが添うなら、原稿はいまでも少しだけはかどるかもしれない。

『名曲喫茶のクラシック』というCDの続編のスリーヴ表紙には、なかのコーヒーから湯気の立っているコーヒー・カップを右手に持ち、左手にはその受け皿を持ってポーズをとり、それにふさわしい表情をしているベートーヴェンが、イラストレーションで描かれている。誰が見てもこれは、ルートヴィッヒ・ファン・ベートオーフェンだ。最近の日本の人が描き起こしたイラストレーションだ。彼は一七七〇年にボンに生まれたドイツの人で、一七七二年にヴィエナに移り、生涯をそこで過ごした。シンフォニーの構造や領域を革命的に拡大した音楽家だ。

このベートーヴェンの肖像画とルーツをおなじくするイラストレーションが、名曲喫茶「らんぶる」高田馬場店で客に配ったマッチの小箱のおもてに、印刷してある。左下に英文字で六文字のサインがしてあるが、四倍のルーペで拡大しても読めない。最初の文字はAで、その次はlではないか。

ふたつのよく似たイラストレーションの出所は、ベートーヴェンといえばこの絵ですよ、とインターネットの画面に出て来るはずの、あの絵のベートーヴェンだ。黒いジャケットに白いシャツの襟を大きく出して赤いスカーフを巻き、ペンを持って楽譜に音を書き込もうとしている、あのポーズとあの表情の、ベートーヴェンだ。

「らんぶる」のマッチ箱の絵と、『名曲喫茶のクラシック　続』のスリーヴ絵は、ともにこの絵から描き起こしている。「らんぶる」のは顔と胸だけだが、CDのはペンと楽譜をコーヒー・カップとその受け皿に変えてある。受け皿は簡素に過ぎるだろう。カップはいまの日本にいくらでもあるかたちだ。これがコーヒーを愛したベートーヴェンのカップだとは、とうてい思えない。

おなじ名前の喫茶店はあちこちにあります、と多くの人が言う。平仮名で「らんぶる」だ。新宿、渋谷、池袋にあったのは、チェーン店だったか。「らんぶる」という名前を無断で借用した、そこ一軒だけの店もあったことだろう。早稲田通りにかつてあった「らんぶる」は、早稲田松竹隣、とマッチの箱にあり、高田馬場店、とも表記されている。チェーン店の「らんぶる」のうちの高田馬場店ですよ、という意味なのか、他の店とはなんの関係もない高田馬場のこの店ですよ、という意味なのか。おなじイラストレーションをマッチ箱に使った「らんぶる」という店が、銀座西三丁目の、現在の日動ビルの裏あたりにあった、と言う人もいる。

フランス語の男性名詞であるambreは龍涎香という香料のことだ。「らんぶる」のマッチ箱にはl'ambreという表記が使われている。多くの「らんぶる」のなかには、英語のrambleがあったかもしれない。呑気にぶらぶら歩く、という意味だ。片仮名のランブルもあったことだろう。

漫画家のつげ義春は高田馬場に下宿していたことがある。「昭和三十一年の秋か、昭和三十二年の冬だったろうか」と、当人は『苦節十年記　旅籠の思い出』(筑摩書房/二〇〇九年)のなかに書いている。一九五六年あるいは一九五七年で、名曲喫茶がもっとも盛んだった時期だ。岡田晟という漫画家の手伝いをしていたつげは、生まれて初めて喫茶店に入る体験をした。池袋の西武百貨店の向かい側にあった、小山という店だった。およそ十年ほどあと、僕はこの小山に何度か入った。待ち合わせの場所としてわかりやすかったようだ。

つげの育った下町には喫茶店はまだなかったという。だから喫茶店がどのような場所であるかも知らなかったつげは、ウェイトレスに注文を訊かれて、黙ってうつ向いたままだったという。高田馬場に下宿したつげを、この岡田が「らんぶる」へ案内した。『苦節十年記　旅籠の思い出』から、

「らんぶる」について彼が書いた部分を引用したい。

「隅に席をとると、間もなくサラサーテのチゴイネルワイゼンが流れた。私はクラシック音楽を聴くのは生まれて初めてのことだったが、それまで聴いていたペレス・プラドのマンボや軽音楽とは違うものを感じて陶然とした。先生の話もうわの空で名曲に聴き入った。私の様子を見て、曲が終わると先生は、この曲はクラシック音楽の入門曲としてよく知られているのだヨ、と教えてくれた。そういう曲に最初に出遭ったことで、私は急にクラシック音楽に魅了されるようになり、ちょくちょく『らんぶる』に出入りするようになった。名曲喫茶は咳払いもできず静聴しなくてはならないが、深刻そうに聴き入っている客を見ると、いかにも芸術的にみえて、そういう雰囲気に自分を置くことがまた心地好かった」

つげ義春には『生きていた幽霊』という短編漫画集がある。一九五六年に若木書房から出版されたもので、探偵漫画シリーズの十一作目だった。A5判のハードカヴァーで百五十円だ。貸本店が買い取って、店の棚にならべるもので、書店には流通しなかった。

この短編集のなかに『指』という作品がある。扉のページに題名として書かれているのは『指』で、最後の一ページの下に書かれている題名、そして目次にある題名は、『指をたべた男』となっている。外国の短編推理小説の、ほとんどそのままと言っていい翻案だ。

一ページぜんたいを使った扉、そして最後の一ページは、おなじ場所を描いたものだ。おしまいのページは四色で、いま僕はそのページを見ている。このページを初めて見たとき、ここに描かれている場所はかつて自分が体験したことのある場所だ、と僕は思った。

すでにある言葉を当てはめるなら路地ないしは横丁だろう。一九五六年のものとしては、いまで言うかなり洒落た場所であり、最先端の東京のなかにふとある片隅という意味合いで、つげはここを描いたのではなかったか。中景には鉄道の高架があり電車が走っている。その周囲に、そして背後に、高層と言っていい高さのビルディングが、無秩序にいくつも建っている。

有楽町にあったあそこだ、とやがてはっきりした。現在は電気ビルという建物が建っているが、その建物が出来る前のその場所は、スバル街という名称だった。ごく簡単に言うと、バーや喫茶店のならんだ、飲み屋街だ。日比谷側から有楽町駅の西側をかすめて、その向こうにあった日劇や朝日新聞社などの方向を、スバル街の路面を手前に取り込んだ広角レンズの視点で、つげは描いている。漫画的に、しかもかなり乱暴に、描いたものだ。現実に存在したスバル街をそのとおりに描いたのではなく、いくつかのイメージが合成されてひとつになっている。一九五六年にすでに、ここにはこれだけの建物群があったとは。

一九五六年の漫画に描かれたスバル街の、右側いちばん手前の店は、横丁に面した二階の壁面にCoffeeと大きく書かれた喫茶店だ。その下に英文字が添えてある。「らんぶる」高田馬場店のマッチに描かれたベートーヴェンの下に、LP RECORD CONCERTという英文字があり、この英文字がそのまま、スバル街の喫茶店のCoffeeの下に書いてある。店名もおなじl'ambreだ。

一九六二年十一月に公開された松竹の映画、『あいつばかりが何故もてる』に主演したのは渥美清だ。この作品が、彼の主演した映画の第一作となった。この映画へのきっかけとなったのは、渥美が歌って一九六二年三月に録音した、おなじ題名の歌だ。シングル盤になって市販されたこの歌

騒音《そうおん》にあけくれするG町《まち》界隈《かいわい》のかたすみにおきたささやかな事件《じけん》である
Coffee
L.P. RECRD CONCERT
大阪商船
信用金庫
映画は東宝
指をたべた男
THE END

から、おなじ題名で一本の娯楽映画が企画され、実現した。シングル盤とは直径七インチのレコード盤のことで、おもてがA面、裏がB面と呼ばれた。愛称としてドーナツ盤という言葉もあった。

主演の渥美が演じたのは、日比谷のスバル街にあるバーのバーテンダーだが、昼間は雑踏のなかで名人芸として掏摸《すり》を働いている、という設定の男性だ。渥美がバーテンダーを務めるバーの名前は、店内の壁に貼ってあるボードによれば、TEA AND BAR CROWNだ。昼は喫茶店、夜はバー、という意味だろう。当時のスバル街に実在したBROWNという喫茶店からBをCに変えて、映画のなかでの架空の店名にしたのではなかったか。

スバル街でロケーション撮影がおこなわれている。画面で観るかぎりでは、バーや喫茶店が軒を接してならぶ狭い路地のような場所だ。CROWNの場所として設定されているのは、BROWNの場所ではないか。CROWNのカウンター脇の壁に品書きが貼ってある。横書きでいくつかならんでいる品目のいちばん上に、ストレート、という片仮名がある。この文脈でのストレートを僕は長いあいだ忘れていた。カウンターのストゥールにすわってストレートというものを注文すると、小さなグラスに国産のウィスキーが、横にしてグラスに添えた指の一本ないしは二本に相当する分量で注がれ、それがコースターの上に置かれた。それがストレートだった。CROWNの品書きではストレートには二種類あり、そのうちのひとつはサントリーの白だ。そしてどちらも値段は三十円だという。

別の位置の壁にはコーヒーの品書きが貼ってある。一九六二年の日本映画に登場した日比谷ないしは有楽町スバル街の、昼間は喫茶店の店には、コーヒーはすでに四種類あった。モカ、メキシコ、ブラジル、そしてマイルドの四種類だ。

スバル街だけではなく、銀座を中心にその周辺のさまざまな場所でロケーション撮影がおこなわれている。日劇や朝日新聞の建物は僕にでもすぐにわかる。西銀座デパートは壁面に取りつけた立体文字が明らかにそう読める。いまの歌舞伎座になる以前の歌舞伎座が画面にあらわれる。現在もおなじ位置にある文明堂が、開化堂という名の洋菓子の店として、ロケーション撮影に使われている。文明開化だから開化堂なのだ。店に入ってすぐ左の頭上に、喫茶室、という文字が読める。この喫茶室が、おそらくセットとして、画面に出てくる。この店の長女でいまは女子大生でもある志賀マリ子という女性を倍賞千恵子が演じている。

清川虹子が会長を演じる広川金融が３０４号室にあるという建物には見覚えがある。この映画のためにビルディングの名前はタイガービルになっている。道をはさんでその隣の建物の壁にはSHOW BOATというネオン管がつけてある。その隣には太湖飯店の看板がある。女性求む、と横書きで大書した看板をかかげた建物もある。女性求む、という端的なひと言の意味が、いまではおそらく通じないだろう。

ロケーション撮影された現場は、どれもみな当時はそこにそのようにあった場所なのだが、その多くはそれがいったいどこなのか、僕にはまったくわからない。主人公の志賀マリ子は女子大生だから大学へかよっている。大学での講義を受けて学友たちと帰っていく彼女たちの背後にある、特徴的なかたちをした建物にも見覚えがある。どこにあった、なんという建物だったか。

当時の国鉄・新橋駅を東側へ出たすぐのところに、広場のようなスペースがあった。ここの全景が、俳優たちによる演技の前の、場所の説明のカットとして画面にあらわれる。場所そのものはいまもあるけれど、当時のそこに存在した物すべてがいまはどこにもないのだから、これは貴重な記録だ。木造で屋根のある小さな円形のステージがある。その前には、ステージを向いて、木造のベンチがいくつか配置してある。当時すでに使われてはいなかったような雰囲気だ。使われてはいないけれど、盛んに使用された頃からの成りゆきの延長として、とりあえずまだそこにある、という風情だ。

数寄屋橋の交差点から銀座四丁目の交差点を遠望したカットが最後にあらわれる。渥美による『あいつばかりが何故もてる』という歌の冒頭がこの画面に重なる。数寄屋橋の交差点とその奥の銀座四丁目の交差点を、正面からまっすぐに望遠レンズでとらえている。視点はかなり高い位置だ。どこから撮ったのか。

『あいつばかりが何故もてる』のＤＶＤパッケージには、「銀座ウラにくりひろげられるユカイな爆笑喜劇」という、公開当時の宣伝文句が印刷してある。おそらくきわめて気楽に書いたはずの、「銀座ウラ」とはどこのことなのか。スバル街とその周辺は、日比谷でもあり有楽町でもあったが、そのどちらでもないというとらえかたをするなら、そこは「銀座ウラ」だったのではないか。数寄屋橋公園や西銀座デパートまでが銀座であり、そこから向こうは銀座の裏だった。

スバル街でロケーション撮影された場面のひとつに、ママという店とその右隣のＢＲＯＷＮを、道の反対側の二階ほどの高さから見下ろしたショットがある。ママのドア上の垂直な外壁には、店名とともに、洋菓子、そして喫茶、という立体文字がはっきりと読める。コーヒーや紅茶とともに、ケーキを供する店だったようだ。

『加藤嶺夫写真全集　昭和の東京　3　千代田区』という写真集のなかに、一九七〇年の有楽町スバル街をとらえた写真が、一点だけある。電気ビルが建つことによってスバル街ぜんたいがなくなる五年前の様子を、この貴重な写真のなかに見ることが出来る。

一九七〇年に加藤嶺夫さんが撮影したスバル街の写真にも、ママが画面の中央にある。『あいつばかりが何故もてる』のロケーション撮影がおこなわれてから八年後のスバル街だ。ママのドア上の外壁には、洋菓子、そして喫茶の立体文字が、健在だ。そしてドアの外には道に立てておく看板があり、それにはMODERN JAZZ ママ TEA ROOMと文字がある。コーヒーはそのままに、洋菓子にかわってモダン・ジャズのＬＰが、店内では再生されていたのだろう。ジャズ喫茶、と呼んでいい店の一軒だったのか、と想像するところから、僕の想像はさらに続いていく。

ママに入るとジョニー・グリフィンの『ザ・ケリー・ダンサーズ』のＬＰが再生され、その音がスピーカーから放たれている。一九六一年から六二年にかけてニューヨークで録音された作品。二曲目のバリー・ハリスのピアノ・ソロになったばかりのところだ。席につき、そのソロが続いている間に、コーヒーを注文する。

三曲目のテンポが変わるところでコーヒーがテーブルに届く。飲むコーヒーはピアノのソロでしみじみと効いてくる。次の曲、四曲目は、『ロンドンデリー・エア』だ。この曲で、特にピアノのソロで、なにかを得る人と、まったくなにも得ない人との、ふたとおりに分かれるのではないか。

若木書房の探偵漫画シリーズの二十九冊目は、つげ義春の『四つの犯罪』という短編集だ。一九五七年に刊行されたこの短編集のなかに、『のぞき見奇談』という作品があり、一年前にスバル街

ママ
COFFEE ブラウン
BROWN
ブラウ
COFFEE
ブラウン

スバル街
CAFE
COCKTAIL
SPAGHETTI
Coca-Cola
フロリダ
Coca-Cola
はりうっど
サントリー
フロリダ
Coca-Cola
Coffee
ミスズ
and TEA

にある店として描いたのとおなじ喫茶店が、舞台として出てくる。場所もおなじだ。道に面したその喫茶店の窓の、斜めに交差した飾り格子もおなじだ。
この喫茶店の外には、外壁に沿って植え込みがあり、そのなかに看板が立っている。その看板には、本日の名曲、と書かれていて、曲名がいくつか、横書きで列挙してある。日を違えて二度、それぞれひとコマを使って、つげは本日の名曲を書き込んでいる。じつに面白い。二日分をまとめて引用しておこう。

ベートウベン　ピアノソナータ「熱情」
チャイコフスキー　ピアノコンチェルト「第一番」
メンデルスゾーン　バイオリン協奏曲　ホ短調
バッハ　トッカータ　フーガ　ニ短調
スメタナ　交響詩「モルダウ」
チャイコフスキー　交響曲　第五番
ラフマニノフ　ピアノ協奏曲　第二番ハ短調
シューベルト　未完成交響曲
リスト　ハンガリー狂詩曲集
グリーグ　ペールギュント組曲
ドップラ　ハンガリヤ田園幻想曲
ポンキエルリ　ジョコンダより　時の踊り

グリーグ　ピアノコンチェルト　イ短調

この看板のいちばん上に書いてある店名は、名曲とコーヒー「らんぶる」だ。

若木書房からは傑作漫画全集というシリーズも刊行されていた。B6判百二十八ページの百三十円で、301から始まったこのシリーズの422はつげ義春の『恐怖の灯台』だった。この作品が一九五八年に貸本店向けに刊行されたときの装丁そのままに、二〇〇八年に小学館クリエイティブから復刻されたとき、「つげ義春インタヴュー」が、業界用語で言う「投げ込み」で添付された。横に長い紙を四つに折って作った八ページに、インタヴューが掲載された。つげの作品の何冊かが復刻され、インタヴューは連載のかたちで、作品ごとに続いた。『恐怖の灯台』の投げ込みでは「錦糸町に下宿した頃」という題名がつけられた。喫茶店についてつげ義春が語っている部分を、そこから引用しておこう。

「錦糸町から御徒町まで都電で出かけて行くんですけど、お金がないときは歩いて行っていましたね。喫茶店に通うのは音楽だけではなく、ストーリーを考える場所として利用していたのです。部屋で孤独でいるのはつらいですから。当時のマンガ家は誰もが喫茶店を利用していましたよ。近所の商店のおやじさんとか、お兄さんとかですね。三年ぐらい前にブルボンに勤めていた女性から、今でもお店でバイトしてるよって連絡があって、びっくりしたけれど、もう七〇過ぎのお婆さんですよ」

「らんぶる」高田馬場店の左側に坂道があった。いまでもあるだろう。この坂道に面した側面は、かつては二階の壁がおもてとおなじく煉瓦で、上部がアーチになった細長い窓が四つならんでいた。一階の壁は三つに仕切られた窓だったようだ。フロアから天井近くまで届いた大きな窓だ。廃屋になる以前から、建物のこの側面の壁は、一階も二階もすべて、プラスティックの波状板で覆われていた。

一階正面の窓と歩道とのあいだには紫陽花が植えてあり、手入れをしないと枝は自由にのび、歩道をいくひとたちの邪魔になったのではなかったか。店のドアのすぐ前には、二階の煉瓦壁を支える丸い柱が立っていた。この柱のあるところが坂道のいちばん下であり、柱と坂道の階段とのあいだのスペースにも、緑色の葉の重なり合う塊のような植物があり、この植物のなかへなかば打ち捨てた風情で、看板ぼんぼりがいつも傾いていた。

夜になるとその内部に明かりが灯るから、ぼんぼりと呼ばれたようだ。粘着テープで縦横無尽に補修されたこのぼんぼりの、二〇〇七年の写真がサイトにある。ぼんぼりの側面にある文字が読める。「憩の店　名曲とコーヒー　らんぶる　団体・商談・ご同伴に」。

窓ガラスには内側からチラシが貼ってある。無選別のチラシが無造作に、あるいは乱雑に、貼ってある。この窓だけでも、よくそれを見るなら、この喫茶店には入らずにおこう、と多くの人は思ったはずだ。この店の最盛期についての文章や写真は、少なくともサイトの上では皆無に近く、さきほど引用したつげ義春の文章は貴重だ。

店の手前の席だけが客用で、奥のほうでは店主が寝泊まりしていたという、終わりに近い時期についての記述や写真は、サイト上にいくつもある。ここでそれらを引用するのは避けるとして、コーヒーのとんでもなさについては、ひとつだけ再話しておこう。

暑い夏の日にその人は客になったという。店内はなんとなく冷房されていた。その人はアイス・コーヒーを注文した。しばらくして店主はそのアイス・コーヒーをテーブルまで持って来た。コーヒーはカップに入っていて、店主はそのカップをトレイに載せたりはせず、把手を直接に持っていた。

カップのなかのコーヒーは、コーヒーがただ冷えただけのものであり、製氷皿で作ってなかば溶けた氷がふたつ三つ、所在なげにコーヒーに浮かんでいたという。呆然としているその客に、店主は大きな声で次のように言ったという。

「うちのアイス・コーヒーはまずちゃんとコーヒーを淹れ、それをよく冷やしたところへ氷を入れてるから、これ以上の本物はないんだよ」

おなじく夏の暑い日に入って来た客に対して、

「こっちの席で扇風機の風に当たりなさい。今日は暑いからアイス・コーヒーでいいね」

と、店主が注文をきめた、という話も伝わっている。

僕が学生だった四年間、「らんぶる」に入ったことは一度もなかった。「らんぶる」という喫茶店の存在を知らなかったのではないか、といま思う。早稲田通りのあちら側は、歩かなかった。古書店や喫茶店その他の店が、ほとんどなかったからだ。早稲田松竹にすら一度も入っていない。「らんぶる」を通り過ぎて少し行ったところに、映画館がもう一軒あったというが、それも知らない。

「らんぶる」に入ったのは一度だけ、しかも卒業してから少なくとも三十年はあとだ。あれはいつ頃だったか。正確な記憶はない。写真家の佐藤秀明さんといっしょだった。写真を撮りにいきましょう、と僕が彼を誘ったことは覚えている。やや寒い季節だった記憶もある。

新宿のどこかで落ち合い、山手線で高田馬場までいき、そこから早稲田通りを歩き、早稲田大学へいってみようとした。その往き道、最初の横断歩道で、早稲田通りをその南側へ渡ったのだろう。渡るからには、まず「らんぶる」に入ってみよう、という目的があったのではなかったか。残ってはいない記憶のなかを、つじつまを合わせてたどっていくと、こんなふうになる。

「らんぶる」に入った僕たちは、道に面した三つの窓のすぐ前の席にすわるよう、店主に言われた。いまは使ってないから奥へはいくな、と言われたことは、喫茶店ではあまりないことなので、いまも覚えている。二〇〇一年の店主の写真がサイトにある。僕たちに応対した店主は、この写真より少なくとも五年は若かった。ということは、僕たちが「らんぶる」へいったのは、一九九六年あるいはその一年前、ということになる。世界はまだ二十世紀のなかにあった。

早稲田大学とその周辺で撮ろうとしていた写真は、なにかの雑誌の連載に使うつもりではなかったか。写真は佐藤さんと僕とで数点ずつ、そして文章は僕という記事の連載を、雑誌に持っていた記憶がある。

店内の様子を見渡す僕に、

「普段はもう営業していないんだよ」

と店主は言った。

普段、とはなにか。これが普段ではないか、と思いながら僕が眺めたのは、いろんな物が置いてある台の上の傾いたピンク電話と、その台の下にある傘立てのなかの、客が忘れたままぎっしりと差してある傘だった。ほの暗い店内の奥のほうはよく見えなかった。道に面した窓からの明かりのなかに、僕たちのテーブルがあった。

しばらくして店主がコーヒーを持って来た。受け皿には載せず、カップを両手にひとつずつ、彼は持っていた。店主はそのふたつを僕たちのテーブルに置いた。どちらのカップにもスプーンが差してあった。

「よくかき混ぜて」

と店主は言った。

それぞれにコーヒーをスプーンでかき混ぜて、僕たちはコーヒーを飲んだ。コーヒーはインスタントだった。よくかき混ぜて、という店主の言葉の意味は、これはインスタントです、ということだった。ひと口飲めばインスタントだとわかったが、こういうこともあるのだと僕はそれを全面的に受けとめ、それ以上はなにも思わなかった。

ドアを入ってすぐ上の壁には、額縁に入れた大きな写真が飾ってあった。何人かの男性たちが写真機に向かってならんだ、なにかの記念写真だった。なにの記念だったか店主は語ってくれたのだが、残念ながら僕は覚えていない。真面目にならんでいる男性たちの最前列のまんなかに笑顔でいたのは、女優の竹下景子さんだった。彼女はこの「らんぶる」でウェイトレスのアルバイトをしていた時期があった。店主は彼女についても語った。

僕たちは長居はしなかった。コーヒー代は一杯が五百八十円だった。千百六十円を僕が支払い、釣銭を受け取るまでに時間がかかったことを、いま思い出した。外に出た僕たちは、店の脇の坂の下に立った。まだ寒さの残る季節だった。陽はすでに西へまわっていた。

佐藤さんは坂道の上を見ていた。「らんぶる」の脇から見上げるこの坂の景色にはなにか惹かれるものがあった。ストレートな坂道ではなく、正確には階段だった。蹴上《けあ》げ、つまり次の段への段差は、十センチないだろう。八センチくらいか。踏み面は二歩分ほどの奥行きだ。風情はほとんどないけれど、風情のなさが妙な魅力になっている階段は、思いのほかあちこちにある。この階段は、そのような階段のひとつだった。

僕たちは階段を上がってみた。そこは「らんぶる」の裏であり、その階段の上となる位置に、木造二階建てのアパートがあった。ほとんど廃屋の雰囲気だったがまだひとりくらいは住んでいただろうか。すべての部屋に住人がいて、アパートとして存分に機能していたのは、僕が学生だった頃ではないか。そのときのその時代が、その頃は、アパートの隅々まで充満していたはずだ。

しかし、僕と佐藤さんが見たそのアパートからは、その時代はとっくに過ぎ去っていた。内部に満ちていたものは消え失せ、あとに残ったのは、木造二階建てアパートの、ほぼ完全な脱け殻としての建物だけだった。

階段を降りて僕たちは歩道に戻った。「らんぶる」の入口の左脇に、葉の重なり合う植物のなかに、このときぼんぼりはまだあったはずだが、僕は気づかなかった。写真を撮りにいったのに。気づいていればかならずや、そのぼんぼりを僕は写真に撮ったはずだ。

275 「よくかき混ぜて」と、店主は言った

コーヒー・バッグという言葉は英語だろうか

鶏のもも肉が香辛料と食塩だけでローストしてある。骨つきだ。そのひとつが、左右どちらかのももではないか。２３０グラムだという。ほぼ半分をナイフで皿に削ぎ落とし、ほどよい大きさに切って、フォークで食べる。なにもつけない。そのままだ。充分に美味だし、僕の好む出来ばえでもある。クリスマス用だと思うが、待ちきれない人たちのために、早くから販売されている。僕は待ちきれない人たちの、ひとりだ。

苺《いちご》が冷蔵庫のなかにあった。良いかたちと色だ。七つあった。そのすべてを洗い、へたを取り、白い器に入れてナイフで細かく切り、ブルー・アガヴェという植物の甘いシロップを少しだけかけてかきまわし、スプーンですくっては食べた。

このブルー・アガヴェはメキシコ産だという。メキシコにそこはかとなく思いをはせたいのだが、五十年ほど前のティファナしか知らない。メキシコからヨーロッパの苺へと、連想は飛躍した。大きなバケツに苺が山盛りに入っていて、小さなスコップで紙袋のなかにすくい取り、重さを計ってもらって代金を支払う、という体験をしたのはヨーロッパのどこでだったか。鶏もも肉をローストしたものに、細かく切ってアガヴェ・シロップをほんのりとかけた苺は、よく合っていた。大きな長方形のテーブルの向こうには窓があり、晴天の十二月二日のお昼過ぎの景色が、静かに見えていた。

高台から見下ろす景色だ。窓辺に立つと、いちばん低いところにある線路と、そこを走る電車が見える。テーブルのこちら側で椅子にすわっていると、低いところは見えず、その向こう側の、坂道をおなじような高台へと上がっていく景色が見える。上がっていく坂は下ってくる坂でもあるのだ。人がひとり、その坂を下りて来る。

食事が終わったらコーヒーだ。イタリーのイリーというメーカーの、ドリップ・コーヒーを飲んでみることにした。一杯ずつのコーヒー粉が薄い紙袋に入っている。コーヒー・バッグだ。紙袋の上端を切って開き、薄いボール紙製の把手をコーヒー・カップの両側の縁にかける。沸騰した湯をその袋のなかに注ぐ。これで一杯のコーヒーが出来る。

銀色の紙箱に五袋ずつ入っている。ひと袋のコーヒー粉は九グラムだ。ダーク・ローストとメディアム・ローストの二種類がある。僕が飲んだのはダーク・ローストのほうだった。いいではないか、と僕は感じた。スーパーマーケットの棚にコーヒーがたくさんならんでいる。そのなかにあった。これからときたま僕はこれも買うだろう。イリーというメーカーは一九三三年にイタリーのトリエステで創業したという。昭和八年だ。日本は戦争に向けての急傾斜を転げ落ちていく途中だった。

コーヒー・バッグという言葉は英語だろうか。紅茶のティー・バッグという言葉を初めて見たとき、変な言葉だ、と思ったのをいまも覚えている。日本茶でもティー・バッグだ。別の店で「コナ・スノー」と「カウ・ウィンド」の二種類のコーヒー・バッグを見つけた。どちらも飲んでみた。どちらも良い。十グラムのコーヒー粉が、イリーのコーヒー・バッグとまったくおなじ紙袋に入っている。

「フィルター・パック・グラインド」という英語が「コナ・スノー」の袋には印刷してある。「カウ・ウィンド」では、「イン・フィルター・プリパック・グラインド」だ。どちらも、コーヒー・バッグ、という意味で通じるのだろう。淹れるのが簡単、という意味の、イージー・ブルュー、という言いかたも広まっているようだ。

ハワイ島のマウナロア火山の西側にあるのがコナ地区だ。「水はけの良い弱酸性の火山性土壌と、昼は海から暖かい風、夜は山から冷たい風が吹くことによる寒暖差、雲と濃霧によって暑くなりすぎないこと、午後の適当な雨。これらコーヒーの木の育成に理想的な環境で、苦味、甘み、酸味のバランスに優れたコーヒー豆が出来ます」と、袋の裏面に解説してある。コーヒーの木には白い花が咲く。遠目には雪が降り積もったように見えなくもないから、コナ・コーヒーのいちめんに咲いた白い花を、コナ・スノーと呼んでいる。コナ・コーヒーは年間に七百トンしか収穫されないそうだ。カウ地区はマウナロアの東側だ。二〇〇六年からカウ・コーヒーはホワイトハウス御用達だそうだ。

ソリュブル・コーヒーへとその名を変えた

その広いスーパーマーケットの半分を超えると、そこから先は奥と呼んでいいスペースで、そこには棚がたくさんあった。ほどよい奥行きと幅の、高さもちょうどよい加減のおなじ棚がいくつも何列にもならんでいた。どの棚にも食料品がぎっしりと詰まっていた。その食料品のいっぽうの端がペットフードだとすると、もういっぽうの端には介護食があり、その中間にたくさんあるのは、いまのところまだ大丈夫な人たちの、今日も今日とてこのようにある、という種類の日常を維持するためのものであり、それをそのまま未来に投影するとサステイナブル・フューチャーになるとは、とうてい無理な話だなどと思いながら、天井から下がっている表示板に、コーヒー・紅茶、とあるところの棚の前に立ち、僕はインスタント・コーヒーを探した。

探すまでもなく、棚板を少なくともふたつは占領して、インスタント・コーヒーがならんでいた。ひとつずつ正確に数えたなら三十種類は越えていただろう。せいぜい五、六種類が棚の隅にあるのか、などと思った僕は間違っていた。インスタント・コーヒーは売れているのだ。人々はそれを買っているのだ。買う人がいなければ売れるわけはなく、売れない商品は淘汰される運命にある。淘汰されるどころか、インスタント・コーヒーは盛んなのだ。

自分でインスタント・コーヒーを買ったことがこれまでの人生のなかで一度もなかったことに気づいて、僕は自分でインスタント・コーヒーを買ってみることにした。つい先日の夕方近く、広いスーパーマーケットの奥でインスタント・コーヒーの棚の前に立ったのは、そのような理由からだ。どれを買えばいいのか。インスタント・コーヒーに関してまったくの初心者である僕は選ぶ基準をわかりやすいひとつにきめることにした。もっともわかりやすいのは、容器のサイズ、つまりなかに入っているインスタント・コーヒーの量だ。三十グラムのネスカフェ・ゴールドブレンドの四角い小さな容器を僕は手に取った。そして発見した。いつのまにかインスタント・コーヒーは、ソリュブル・コーヒーへと、その名を変えていた。ソリュブルとは、溶かすことの出来る、という意味だ。容器からスプーンですくい出し、カップに入れて湯を注いでかき混ぜれば、そこにソリュブル・コーヒーが出来上がる。

三十グラムの次は六十グラムだった。キャピタルのモカだ。ガラス瓶と蓋のかたちが、それほど悪くない。この文脈でのモカは商品名で、コーヒー豆の原産国はエチオピア、そしてキャピタルは販売者で原産国はスイスだ。グローバルなフリーズド・ドライではないか。

幅が十七ミリで長さが百二十ミリという細長い紙袋に二グラム入ったものが二十五本、ボール紙の箱入りになっているものも、僕は選んだ。高地有機栽培のアラビカ豆百パーセントのブレンド・コーヒーのフリーズド・ドライ。ブレンドとは、この場合は、パプアニューギニア、ペルー、メキシコの三つだ。袋の一端を破いてなかのものをカップに入れ、湯を注いでかき混ぜればそれでいいのは、他のすべてのインスタント・コーヒーとおなじだ。日本語ではカフェインレスと呼ばれる、ディカフェイネイテッドだ。マウント・ハーゲンというブランド名でドイツの製品だ。ひと袋に百五十ミリ・リットルの湯が最適だそうだ。

この三種類を僕はそのスーパーマーケットで購入した。店の自動ガラス・ドアを出ながら僕が思ったのは、棚にある全種類のインスタント・コーヒーを買って試しに飲んでみることに、どれだけの意義を認めることが出来るか、という問題についてだった。

すぐ近くの別の店で、エスプレッソのインスタント・コーヒーを、可愛らしいひと箱、買ってみた。イタリー製で豆はブラジルその他だという。ひと袋に一・六グラム入っていて、お湯の適量は七十ミリ・リットルだそうだ。これを買い、すでに三種類のインスタント・コーヒーの入っている袋に加えたところで、僕はひとつ思いついた。

五百ミリ・リットルほどのサーモスに熱い湯を入れ、袋に入ったインスタント・コーヒーを四か五つ、紙コップとともに鞄に入れ、新幹線にたとえば新横浜から乗ったとして、新富士あたりで最初の一杯を作って飲むのは、ほど良い酔狂として、試みる価値は充分にあるのではないか。一分刻み、という言いかたがけっして誇張ではないような、急がなくてはならない、したがって忙しい朝の時間に、かろうじて一杯だけ飲んでもらえるのがインスタント・コーヒーの常態だとするなら、そこから遠く離れて西へひた走る新幹線のなかで座席に身をゆだねてぼんやりしているような時間にこそ、インスタント・コーヒーの真価はあらわになるような気がする。

辰巳ヨシヒロ、広瀬正、三島由紀夫

辰巳ヨシヒロのコミックス作品がまとめられた単行本を二冊、カナダの出版社にインターネットで注文し、数日後には東京の僕に届いた。僕の知る限りでは、おなじ出版社からさらに三冊、刊行されている。これらも手に入れることにしよう。辰巳ヨシヒロのコミックスをカナダの出版社に注文して数日後には届く、という日が来ようとは思ってもみなかった。その出版社の名はDrawn And Quarterlyという。

吹き出しの中の台詞はすべて英語に翻訳されている。吹き出しの外の擬音、あるいはひとコマぜんたいにアップになっている新聞の見出しなど、すべて英語に翻訳されている。翻訳者としてユージ・オニキという名前がクレディットされている。たいそう優れた翻訳だ。日本の漫画雑誌に発表されたとき、コマはすべて右から左へと進行していた。カナダで出版するにあたっては、左開きになることに合わせて、コマは左から右へと進行しなくてはならず、右から左へと進行したコマは、すべて左から右への進行にならべ替えられた。この大変な作業を辰巳自身がおこなったと、The Pushman And Other Storiesに寄せた短い文章のなかで、アメリカのコミックス作家エイドリアン・トミーネが書いている。

おなじひとつのコマのなかに人物が何人かいて、彼らの台詞が右の人から左の人へと進行していくような場面では、そのコマぜんたいを逆版にする必要があった。逆版にすることを英語ではflop

すると言っている。Flopするとは、引っくり返す、という意味だ。逆版にされたコマは最小限であり、他のコマはすべて手作業でならべ替えられた。通例では、委細構わず、という方針のもとに、ページぜんたいが逆版にされるのだが。

コマが左から右へとならべ替えられたからだろう、辰巳ヨシヒロを英語で読んで、いっさいなんの違和感も覚えなかった。吹き出しの外に書かれた英語の擬音は、それが本来あるべき当然の姿に見えたし、トミーネがすべてレタリングしたという英語の台詞は、そのまま英語として受けとめることに、いっさい無理はなかった。

しかし、と僕は考える。英語によるものとして受けとめることになんの無理もなかった英語の台詞の向こうに、かつて日本の漫画雑誌で読んだいくつもの作品のなかにあった、日本語による台詞の記憶が、英語の台詞を読んでいく僕の頭のなかで、重なっていたかもしれない。もしそうだとするなら、これはかなり不思議な出来事だ。いま目の前にある英語の台詞を、いっさいなんの抵抗もなしに英語のままに受けとめて理解するにあたって、おなじ台詞を五十年ほど前に読んだときの、その記憶が僕の頭のなかで重なり合うとは。このように英語と日本語で同時に理解しているとき、英語のほうは日本語への理解のいきとどいた翻訳でもあることを思うと、不思議さはさらに深まる。辰巳ヨシヒロの作品集が英語に翻訳され、コマをならべ替えられ、左開きの本として出版されている不思議さをはるかに越えた不思議な出来事を、ひとりの読者である僕は体験している。

辰巳ヨシヒロのコミックス作品の存在を僕に教えてくれたのは龍円正憲という編集者だった。彼は僕とほぼおなじ年齢で、彼のほうが年下であったとしても、その差は一歳か二歳だ。一九六〇年代が後半に入ったとき、彼はすでに当時の僕の周辺にいた。それ以前の彼がどこでなにをしていたのか、僕はまるで知らない。ベースボール・マガジン社が刊行していた『潮流ジャーナル』という週刊誌の編集部にいたのではなかったか。この週刊誌がすぐに姿を消したあと、彼は河出書房の編集者になったのではなかったか。ある日のこと僕の周辺にいた彼、というものに関する記憶を過去に向けてたどっていくと、河出書房に突き当たる。

一九六六年から六八年にかけて、二年ほどの期間、僕は河出書房の嘱託だった。『マンハント』という月刊雑誌の編集長を務めていた中田雅久さんは、『マンハント』が終刊したあと、『ハードボイルド・ミステリー・マガジン』を月刊で刊行した。この雑誌が終刊したあと、それまで勤めていた出版社を辞めた中田さんは、新しい雑誌を作りたい、という方針を少なくとも当時の社主は持っていた河出書房の社員になった。新雑誌企画室のような部署が設けられ、中田さんは初めは彼ひとりだったその部署の、責任者となった。

当時の僕はフリーランスのライターだった。いちばん最初の仕事は、まだ中田さんが編集長だった『マンハント』に、アメリカの短編ミステリーを翻訳したことだった。まだ僕が大学生だった頃だ。河出書房の社員になった中田さんから、きみも来てくれ、と言われた僕は、社員にはならなくていい、という条件で嘱託となった。

報酬がともなったはずだが、その額を僕は思い出すことが出来ない。嘱託への毎月の報酬なら、経理課のようなところで当人が受け取るのかと思うが、駿河台下にあったあの社屋のどこに経理課

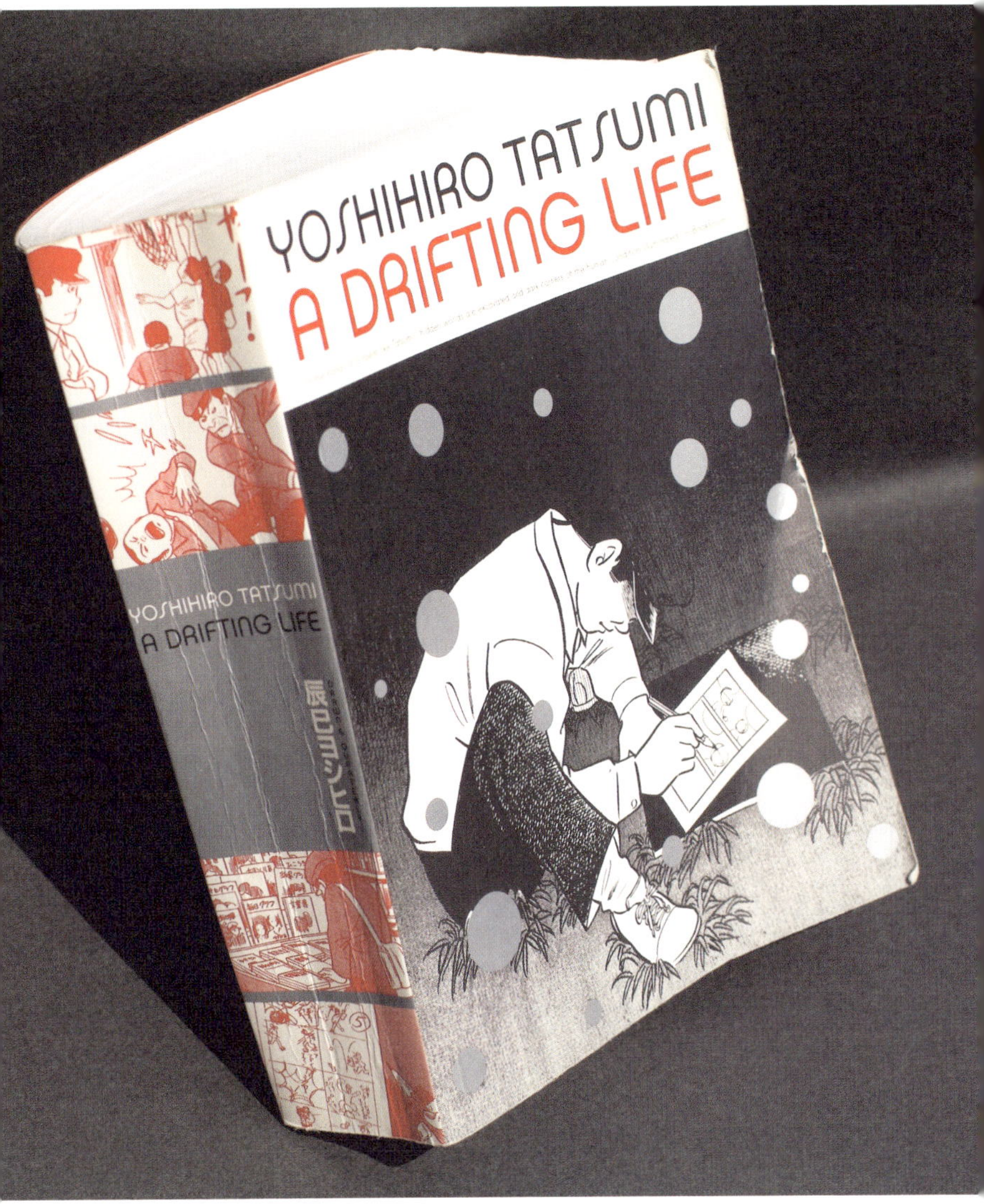

285　辰巳ヨシヒロ、広瀬正、三島由紀夫

があったのか、それも僕は知らない。中田さんが受け取っておき、僕があらわれたら手渡してくれていたのだろう。

中田さんのいた部屋は五階だか六階だかで、そこには僕の机と椅子もあった。週に二度はそこへいったかと思うが、新雑誌の仕事は最後までなかった。だから僕は、窓辺のその机で、いろんな雑誌の原稿を書いた。新雑誌の企画室はやがて別の建物に移った。社屋から裏通りをへだてた向かい側にあった、すぐに作れていつでも解体出来るという構造の建物の、一階だった。

そこは広い部屋だった、という記憶がある。中田さんと社長とをつなぐ仲介役のような男性がひとりいて、新雑誌の企画をどこからどのように進行させていくかは、彼の仕事だったようだ。編集部員が集められた。もっとも多くなったとき、その部屋にいる人たちは、二十名を越えていたと思う。広い部屋には誰もが机と椅子を持っていたが、仕事はなかった。新雑誌の企画は進展しなかった。たとえば資金面で、新雑誌の創刊を許さない事情が、次第に確かなものとなりつつあったのではなかったか、と僕は推測を書く。

編集者の龍円正憲と初めて会ったのはこの部屋だったと思う。仕事のため毎日のように神保町にいた僕は、ときたまこの新雑誌の部屋に寄っていた。そこに、ある日、龍円はいたのだ。午後の妙な時間に部屋にいくと、きまって龍円がかたわらにあらわれ、「コーヒーでも飲みにいきませんか」と僕を誘った。夕方に部屋へいくと、「軽くやりませんか」と誘われた。やるとは、新宿での酒だった。そして軽くとは、時間にして午前一時を過ぎるまでであることが、しばしばだった。

「すぐにいくから先にいっててよ」と彼が指定する喫茶店へ僕がいき、すぐとは言いがたい時間が経過したあとにあらわれる彼は、漫画雑誌を持っていることが多かった。「僕はもう読んだから、あげるよ」と言ってテーブルに置き、ページを開き、「これは面白いから読んでみて」と、掲載されているコミックス作品を指さすのだった。辰巳ヨシヒロのコミックス作品を、こんなふうにして僕は彼から教えられた。

読んでみた。ほとんどの場合、ストーリーは感心しなかったが、絵は良かった。街の主として裏側のリアルな描写のなかに、よるべなさ、のようなものが完結していた。巧みに描かれたよるべのなさのなかに、読者が自分とおなじ気持ちを読み取れるようでいて、じつは読めない。そこがいいのではないか、などと僕は思った。辰巳の描くよるべのなさは、完結し過ぎていた、という言いかたをしてもいい。辰巳の作品が掲載されている漫画雑誌を、龍円は何度も僕にくれた。一九六七年から六八年のこととして記憶しているが、いま少しあと、一九七〇年から七一年くらいかもしれない。一九七一年頃の僕はまだ神保町へ来てライターの仕事をしていた。

一九六〇年代の終わり近くの時期、辰巳は貸本漫画の世界で苦労を続けていた。貸本漫画の世界が消滅することによってそこから解き放たれた辰巳は、漫画雑誌に描き始めることが出来るようになった。収入は十倍くらいになったが、貸本漫画の世界で引き受けた多額の借金のため、収入は銀行によって管理され、毎月の生活費として支給される額は貸本の頃とおなじだった、と辰巳自身が書いている。

当時すでに漫画雑誌は何種類も発行されていた。そのなかから、辰巳ヨシヒロの作品が掲載されているものを選び出すのは、僕にとってはたいそう難しいことに思えた。辰巳の作品が掲載されている雑誌を龍円が買うのは、街角の煙草店の赤電話の台の脇にある、針金で作ったラックに差し込んである雑誌のなかからであり、「これは面白いよ」と笑顔で手渡してくれた『漫画Q』そして『土曜漫画』という雑誌のことは、いまでも覚えている。

なかでも『漫画Q』は、当時の漫画雑誌の標準的な守備範囲から、明らかに大きくはずれたところに編集の方針があり、その方針を一定のままに守り抜こうと試みることから生まれて来る雑誌ぜんたいの雰囲気に、龍円は共感していたのだろう、そのようなことを喫茶店で熱心に語っていた。その熱心さのごく純粋な延長として、「この『漫画Q』で仕事してみませんか」と龍円は何度も言った。雑誌の仕事ですでに限度いっぱいに多忙だった僕は、明確ではない受け答えに終始していたが、龍円は『漫画Q』の編集部に電話をかけ、編集長との面談の約束を取りつけた。「ぜひとも『漫画Q』で仕事をしたいのです、ぜひ一度会っていただけませんかと頼んだら、やんわり断られそうな雰囲気だったのですが、編集部の近くの喫茶店で会ってもらえることになりました」と龍円はうれしそうだった。

約束の日、龍円と僕は神保町からタクシーに乗った。『漫画Q』の編集部は普段の僕たちがいかないところにあり、それは確か人形町だったと思う。人形町のどこなのか、龍円に訊ねても判然とはしないままに、僕たちは交差点でタクシーを降りた。「どこかこのあたりです」と龍円は言い、振り返ったり前方を見たりして、「あのあたりでしょう」と歩いていくと、その喫茶店はそこにあった。

編集長は時間どおりにあらわれた。三十代後半の穏やかな男性だった。なぜ『漫画Q』で仕事をしたいと思うのか、その理由を訊かれたが、僕たちはまともには答えられなかった。それは充分に予期していたことだったのだろう、編集長は自分の雑誌について語った。

扱う領域はご覧のとおりであり、その方針はすでに確立されているし、それをいま変える必要はどこにもなく、記事はほとんど社内で書いているから、外部の若い人たちに頼むことはなにもないし、これからもないだろう、という内容だった。どこへいってもすぐに仕事になる人たちとお見受けするから、うちではなくどこか別の雑誌へいくように、とも編集長は言った。毎号の記事をどのように作るのか龍円は訊いたのだが、ごく一般的な回答しか得られなかった。

店内のBGMとしてマイルス・デイヴィスのLPが再生されていた。一九五七年の『マイルス・アヘッド』だ。十年前のマイルスと『漫画Q』の編集長の言葉との取り合わせの奇妙さに、当時の僕は思いいたらなかったと思う。マイルスのLPのB面のどこかで、編集長との会話は終わった。『ブルースの意味』という曲の途中だったか。これからまだ仕事ですと編集長は言い、喫茶店を出ていった。あとには僕たちふたりが残った。こういうのも面接試験の一種なのかと、僕と龍円は言葉少なに語り合った。

須田町と渋谷とを結んでいた都電の路線が一九六八年の十月に廃止になり、その最終運行の電車を神保町で見送った夜、僕にとっての一九六〇年代は終わった。しかし一日を境にしてそれまでのすべてが終わるわけではなく、六九年、七〇年、そして七一年と、終わった時代の仕事は続いていった。それらの仕事のために、僕は毎日のように神保町にいた。

Crawdaddyのアメリカでの創刊がじつに一九六六年のことだ。タイプライターでCrawdaddyと文字を打っただけの表紙の創刊号を、僕はどのようにして手に入れたのだったか。自分を強く動かすものを、僕はその創刊号に感じた。Crawdaddyより数年前、ポール・クラスナーのRealistを僕は購読していた。一九六〇年代がそのなかばにさしかかる頃、わかりやすく簡単に言うなら、終わっていく時代と、立ちあらわれて来る次の時代との両方を僕は感じ取り、次の時代の方向へと傾いていったようだ。ヒッピー・ムーヴメントのなかのフリー・プレスはきわめて刺激的だった。LA Free Press、San Francisco Avatar、Berkeley Barbなど、忘れがたい。

購読料を小額の紙幣で手紙に同封し、ヒッピー・ペイパーの発行元に送る、という方法で僕はアメリカから新聞を入手していた。届いた手紙を開封した人のポケットへ、同封の紙幣が直行する場合が半分はあるとしても、残りの半分は新聞その他の印刷物の現物となって僕のところへ送られて来るはずだ、という考えかただった。なんらかの現物が届いたのは半数以上だった、と記憶している。

しかし東京からでは埒が明かなくなり、確か一九六八年から何度か、僕はサンフランシスコへいった。ヒッピーの最盛期がその向こう側へと越えていこうとしていた時期だ。ヒッピーを見物するための観光バスが定期的に運行されていた。

辰巳ヨシヒロの作品集がカナダで出版されるにあたっては、エイドリアン・トミーネの力がさまざまに働いたようだ。出版社に彼が提案し、説得し、実現に向けての作業に加わった。こうしてカナダで出版されるまでは、辰巳の許可なしで、したがって当人の知らないままに、スペインで刊行された本が一冊あるだけだった。

トミーネは神保町の喫茶店で辰巳ヨシヒロに会っている。二〇〇三年の夏、自作の翻訳出版をプロモートするために、トミーネは東京を訪れた。周囲の人たちが彼を辰巳に引き合わせた。二〇〇五年の夏にハードカヴァーがDrawn And Quarterlyから刊行されたThe Pushman And Other StoriesのIntroductionに、その喫茶店のことを、a cavernous, underground café in the Jinbocho districtとトミーネは書いている。

どこだろうか、と考えるまでもなく、トミーネの言いかたにあてはまるのは、当時の小学館の建物の地下一階にまだあったはずの、喫茶店だ。地下へ降りていき、入口を入ってなかを見渡せば、横にも縦にも確かに広い喫茶店だった。どの席でもおこなわれていたのは、東京のサラリーマンたちの商談と雑談であるというつまらなさを知らない人の目には、建物の地下で洞穴さながらにぱっくりと口を開けている、得体の知れない巨大な空間にも見えたことだろう。

The Pushman And Other Storiesは、辰巳の強い要望により、一九六九年に漫画雑誌に発表された作品で、構成された。以後、毎年一冊、一年ごとに順を追うかたちで作品集を作っていく、という計画がトミーネと辰巳のあいだで語られたという。

いま日本で新刊として手に入る辰巳ヨシヒロの作品集は、『辰巳ヨシヒロ傑作選』（KADOKAWA／二〇一四年）と、『増補版TATSUMI』（青林工藝舎／二〇一五年）の二冊だ。前者は一九六九年から一九七三年までの十一作品を収録し、後者は一九七〇年から一九七九年までの九作品を収録している。

これらの作品を見ていくと、それぞれの時代の喫茶店を描いたコマがかならずいくつかあるはずだ、と僕は思った。当時の東京のどこにでもあった喫茶店はもはやどこにもないが、辰巳ヨシヒロのコミックスのコマのなかには、当時の喫茶店が、描かれたその時代のままに、残っているのではないか。

『辰巳ヨシヒロ傑作選』の冒頭に収録してある『なまけもの』という作品では、その扉が喫茶店の座席の場面だ。若い男性の漫画家が、描くべき漫画のストーリーやその展開を作り出すべく、スケッチ・ブックに煙草とマッチ、そして筆記具とメモ帳を持って、喫茶店に入る。しかしアイディアは出てこない。したがって展開などあり得ないという状態で煙草をくわえ、座席の縁に両足のかかとを上げ、揃えた両膝をかかえるようにして、なかば放心している。持参したスケッチ・ブックは、座席の縁でなぜかなかば立っている。

この『なまけもの』は一九六九年の作品だ。その扉のページに描いてある喫茶店は、ほぼその時代のものだと思っていい。座席が大きい。だからこそ、主人公の彼は、こんなふうにすわることが出来る。ふたり用の席だろう。すわる部分はひとつにつながっているようだが、背もたれはひとりずつに分かれている。ヴィニール・レザーと呼ばれた素材で覆われた座席ぜんたいの造形を、野暮と言っていいのか、それともこれが、当時の標準だったか。座席は可能なかぎりソファのように、そしてソファであるならそれは、一般の家庭にはない豪華なものであるように、という考えかたのどこか途中で、現実と妥協したような出来ばえだ。五十年ほど前で時間が止まったままのような喫茶店がどこかにあるなら、そこの座席はいまもこんなだろう。

いまの喫茶店の椅子は座面が小さい。小さいなりにすわりかたも変化する。丸い小さなテーブルをはさんで、おなじく小さな椅子の向き合ったふたり用の席にひとりですわった二十代前半の女性が、ホットドッグを食べながらスマートフォンを熱心に見ていた、という光景はいまのものだった。二〇一六年の夏に、カフェのチェーン店で見た。腰を前にずらしてすわった彼女は、サンダルを脱いだショートパンツの素足を向かい側の椅子に載せ、悠然とホットドッグを食べていた。ひと口大きく嚙み取ると、はさんであるソーセージが反対側から突き出て来る。それをおもむろに指先で押し戻すしぐさは、お前もやってみろと言われてすぐに出来るものではない。伸ばした両脚のあいだに、丸い小さなテーブルを支える一本の円柱があった。いま喫茶店で椅子にすわるなら、一例としてこうなる。

漫画家の男性が放心している座席と向き合ったテーブルの上を、辰巳ヨシヒロは描写している。なによりもまず、そこには灰皿がある。僕の記憶では金属の板をプレス加工して作った簡素なものだ。本体は円形で、その上におなじく丸い蓋がかぶさり、その蓋の縁は数センチの幅で、火のついている煙草を置いておくための溝が、縁の外から中心に向けて三本、へこませてある。このへこみの上に煙草を置くのだ。二次喫煙の煙が容赦なく立ちのぼる。辰巳が描いたところによれば、この灰皿のなかの吸殻は、すでに十本以上ある。漫画のアイディアを求めながら主人公が喫った煙草だ。

灰皿の縁にマッチの箱が載っている。Coffee泉、と文字が読める。泉という名のその喫茶店で、すべての客に無償で提供されていた小箱のマッチだ。マッチをくれないか、と客が要求すれば、ウェイトレスは常にひと箱くれたが、ここではスケッチ・ブックを持った男のひとり客のために、灰皿とともに持って来たマッチではないか。

灰皿の向こうにある煙草はハイライトだ。四倍のルーペで拡大して見ると、ハイライトのパッケージを辰巳は正確に描いている。砂糖壺がある。これも当時の喫茶店でしばしば見た。どこにでもこれがあった。本体は透明なガラスで、丈の低い円形なのだが、周囲は十二面ほどの平面になっている。かなり貧相な金属製の蓋がついている。蓋は持ち手と連動するしかけになっていた。なかの砂糖に差し込んであるスプーンの側へ持ち手を倒すと、蓋のこちら側の半分が開く、というしかけだ。

ミルクを入れた小さな容器がある。コーヒー・カップを小さくしたようなかたちで、指先でつまむための持ち手が作ってある。当時は工場で作ったミルクふうのものではなく、ミルクが入っていたと思う。コーヒー・カップが受け皿に載っている。半分以上残っているコーヒーにはスプーンが差し込まれたままだ。砂糖を入れてかき混ぜたのだろう。

水のグラスがある。メモ帳の上に鉛筆が一本ある。灰皿の下に伝票が斜めにある。大きな伝票だ。座席のすぐうしろにあるものを、なんと呼べばいいのか。片仮名書きでパーティションか。座席のうしろになにかがないと落ち着かないから、という配慮だろう。座席の背とほぼおなじ高さの、木製の細長い箱のような造りの仕切りだ。

そしてこの仕切りの上には、何本もの細い円柱が一列に立っている。箱だけでは仕切りにならないから、いま少し仕切りとしての機能を高めたいと考えた結果が、細長い仕切り箱の上から垂直に一列に立っている何本かの円柱だ。この円柱の列は天井まで届いていたのだろうか。それとも、ほど良い高さのところで、細長い板に釘づけされていたのか。

辰巳ヨシヒロが描いたこの扉絵のなかでもっとも大事なのは、仕切り箱に接してフロアに置いてある観葉植物の鉢と、そのなかで何枚もの葉をのばしている植物だ。当時の喫茶店にはどこでも、観葉植物の鉢がいくつも、店内に配置してあった。テーブルの材質とその表面の、妙に平滑で浅い光沢の描写にも、気づかなくてはいけない。当時の日本の技術で大量に生産され消費されていたはずの、新建材の一種であることは確かだ。

『なまけもの』の扉の次の見開き二ページのなかには、喫茶店のコマが三つある。そのうちふたつは主人公がひとりコーヒーを前にして座席にすわり、描くべき漫画のアイディアが浮かぶのを待っている場面だ。扉に描いてある喫茶店とは、かならずしも同一ではないのだろう。ここでは座席の左脇に仕切りの細長い箱があり、その上には植物の鉢がふたつ置いてある。

漫画家の彼は大阪の人なのだろう。路面電車が上屋町と書かれた停留所に停まり、待っていた人たちが乗ろうとしている前を、主人公が背をかがめぎみに歩いていく。ジャンパーの下には、この当時よくあった、襟の部分だけ垂直に編まれたタートル・ネックのセーターを着ている。右腕にはスケッチ・ブックをかかえている。彼は喫茶店に入る。ガラスのドアを押し開いて入ったところに若いウェイトレスがいて、丸い金属製のトレイを両手で膝の前に持ち、「らっさいませ」と彼に言っている。

辰巳ヨシヒロの描く人物たちは充分にカトゥーン的だが、背景はリアリスティックに描くときがあり、これがいつも素晴らしい。『なまけもの』では、路面電車の上屋町停留所、主人公がその二階に住んでいる「ボロアパート」の全景、その部屋のなかの様子、すぐ近くにある大衆食堂の正面ぜんたい、そして公衆便所の内部など、描写の出来ばえは、鑑賞に値する、と言っていい。

おなじ傑作選のなかに『鳥葬』という作品があり、ここにも喫茶店の場面を見ることが出来る。

主人公の野川さんという男性は、つきあっている女性から、喫茶店の席で、「ねえ、野川さん、しっかりしてよ、あなた近ごろとってもへんよ」と詰め寄られる。ふたりはテーブルをはさんで向き合っている。この席の脇にも細長い箱のような仕切りがあり、その上には観葉植物の鉢が置いてある。コーヒーをアップに描いたコマがある。『なまけもの』の漫画家がいた喫茶店と、テーブルの材質、伝票、灰皿、水のグラスなど、おなじだ。コーヒー・カップのかたちが少しだけ異なる。ミルクの小さな容器が、ここでは受け皿の縁に置いてある。

野川さんがひとりで住んでいる「荒れほうだいのアパート」の正面入口が、三度描かれている。入ると正面にある階段、野川さんの部屋、アパートの二階をとらえた外観など、じつに良い。『鳥葬』の扉のページでは、野川さんは一階正面の階段にすわって放心している。

『増補版TATSUMI』という作品集にも喫茶店の描かれたコマをいくつか見つけた。『はいってます』という作品では、主人公の漫画家が、漫画雑誌の編集者と喫茶店で話をしている。席の脇に仕切りの箱があり、その上には観葉植物の鉢が置いてある。テーブルをはさんで向き合っている座席はどちらもふたり用だが、ひとつにつながっていて、背もたれの肩から上の部分には白い布のカヴァーがかけてある。主人公がその喫茶店を出ていくコマがある。ドアの外の路面に置いた看板には、純喫茶アランヘス、と店名がある。

『東京うばすて山』の主人公は、純喫茶サッちゃんという喫茶店で、彼女と待ち合わせる。店の入口を描いたコマがある。ガラス・ドアの脇には路面に置いた看板があり、その看板の上に、サンプルの棚がガラスに囲まれて店の壁から突き出ている。純喫茶サッちゃんの左隣はベニスというバーだ。

入口を描いたコマの次は、金属製の灰皿に吸殻が十本以上ある様子だ。彼女を待っているあいだに彼が喫った。喫わずにはいられないようなことを、彼は考えていたからだ。待ち合わせにあらわれた彼女は、「まあ、こんなにたばこをすって……だめよ、からだにわるいし、だいいち不経済よ」と彼に言う。ふたりは結婚することになっているようだ。

純喫茶サッちゃんはもう一度出てくる。彼女と待ち合わせた彼が店の前を歩いていく。彼は約束の時間にかなり遅れているようだ。彼女がひとり座席で待っている様子を、彼は正面のドアごしに見る。彼女が腕時計を見るコマがある。彼は喫茶店に入らない。

辰巳ヨシヒロには『劇画漂流』という作品がある。僕が持っているのは上下二巻でどちらも分厚いから読み応えがある。一九四五年八月十五日正午の玉音放送から手塚治虫の死までまたがる、辰巳ヨシヒロの個人史なのだが、「これは庶民の視点による大衆史なのだ」と『ニューヨーク・タイムズ』の書評（二〇〇九年）が言ったとおり、読み応えの理由はそこにある。一九九五年から連載が始まり、二〇〇六年に終了するまで描き続けられてまとまった作品だ。

この『劇画漂流』の下巻に喫茶店の場面を見つけた。大阪から上京した辰巳ヨシヒロ、さいとう・たかを、そして松本正彦が、国分寺のアパートに住んだ一九五七年のエピソードとして、多少の脚色がほどこしてあると僕は思うが、たいそう愉快だ。寿荘というそのアパートの二階の部屋は、午後になると西日が部屋いっぱいに射し込み、まだ四月だというのに暑さは灼熱だ。松本正彦夫妻とその子供ひとりの三人は、出来るだけ陽の当たらない壁にへばりついて移動して午後をやり過ごす、という状態だ。

その灼熱から松本は喫茶店へと逃れる。喫茶店は冷房が効いている。「あー、ここは天国や、ほんまに涼しい」ぐったりと席にすわった松本がそう言う。喫茶店の名はバセロンといい、入口の様子を描いたコマがある。半袖のユニフォームを着た若いウェイトレスがいる。Pushmanに収録されているKillerというストーリーの最初のコマは喫茶店だ。これは必見だ、と言っておこう。

『劇画漂流』の下巻の最後では、「手塚先生を偲ぶ集い」に出席した辰巳ヒロシ（ヨシヒロ）が、会場をあとにしてひとり夜の街をさまよい、喫茶店に入る。半袖のエプロン、そして頭に白い小さな飾り布を載せたウェイトレスが、辰巳のテーブルにコーヒーを置く。そのコーヒーを辰巳は飲む。カチッ、という音とともにカップが受け皿に置かれるコマで、『劇画漂流』は終わっている。カップのなかではコーヒーの表面が揺れている。辰巳ヨシヒロには文章で綴った自伝として『劇画暮らし』（本の雑誌社／二〇一〇年）という作品もある。

この『劇画漂流』が『まんだらけマンガ目録』での連載で始まった一九九五年より十六年前に、松本正彦は『ビッグコミック増刊』で一九七九年から不定期の連載を始めた。『劇画バカたち!!』という題名でのちに一冊にまとまった、僕が持っている単行本は二〇〇九年のものだ。大阪で貸本漫画を描いていた日々から東京へ出て来た頃まで、つまり一九五五年から一九五七年にかけての日常が、『劇画漂流』に描かれているものとかなりのところまで重なり合う。東京へいっしょに出て来た仲間として、辰巳ヨシヒロとさいとう・たかをが、主人公の松本に加わっている。

貸本店に向けた漫画の単行本を描いていた彼ら若い漫画家たちの日常を支えていたのは、二階に間借りした六畳の部屋であり、すぐ近くのあさひ食堂であり、ホルモン焼きの店だった。東京へ出ていくにあたっては、「いよいよ大阪ともおさらばやなあ」とか「うん、心斎橋も見おさめや」といった会話を交わした。

東京に着いた彼らは中央線で国分寺に向かった。当時の国分寺は北多摩郡国分寺町と呼ばれていて、東京とはとても思えない素朴な田舎ぶりのなかにあった。国分寺百貨店という名の、木造平屋建てのマーケットのような建物があり、日常の食料品その他、ここにある店で生活は支えることが出来た。

三人が国分寺百貨店で肉や野菜を買い、アパートの部屋で電熱器を使ってすきやきを作って食べる様子が、『劇画バカたち!!』のなかにある。肉が焼けてくるときの匂いに対して、「ああ、ええ匂いやなあ」という台詞がある。このアパートの部屋は二階の四畳半（出典によって部屋の広さはさまざまに異なっている）で、日当たりが良いからという理由でひと月分が四千円の部屋代だった。当時は都心まで中央線で四十分から五十分かかった。

「東京と思うて出て来たら、えらい田舎やで」と彼らのひとりは言う。三人は国分寺を国分寺村と呼んだ。村という呼称は確かにふさわしかった。シスコという名のバーを出ると、道の向こう側はいちめんの畑で、夜はまっ暗だったから。

バーがあるなら喫茶店もあった。若い女性のウェイトレスが客の彼らを「らっしゃーせ」と迎えてくれた。「これやな、しびれるわ」「コーヒーや、ブルマンやで」などと席についた彼らは言う。当時すでに、ブルーマウンテンはブルマンと略されていた。客の注文をウェイトレスが調理場に伝えるとき、ブルマンと略して言うのを、客も真似して自分たちの言葉にしたのではなかったか。そのコーヒーをアップで描いたコマがある。

三人はケーキも食べる。三角形のスポンジ・ケーキのようなもののまんなかと上面にクリームの層があり、上面のクリームのなかに、おそらく苺だろう、横倒しになってなかばクリームに埋まっている。作者の松本正彦は、このケーキを食べる場面を構成するいくつかのコマのなかで、三人の仲間たちの関係のありかたの、ひとつの側面を描いてみせる。

『隣室の男』という著作集のなかで、インタヴューに応えて松本正彦が国分寺について語っている。彼らが住んだアパートは国分寺本町というところにあり、駅から歩いて一、二分という近さだったようだ。学生のたくさんいる町だったという。主として一橋大学の学生たちだ。映画館が二軒あり、喫茶店は、田園、バセロン、リリーなどで、田園は美人のウェイトレスがたくさんいることで評判だった。コーヒーは五十円だ。

いつも学生たちで賑わっていた金ちゃん食堂という店の定食も五十円だった。塩鮭の切り身の焼いたもの、かき揚げ、冷奴、焼き魚、天麩羅、揚げ物などからどれかを選べば、それがご飯のおかずだ。松本たちは部屋の電熱器で目玉焼きやトーストを作ることもあれば、小沢食堂から弁当の出前を取ることもあった。こうした飲食店の支払いは、つけによる月末払いだった。珍万という中華料理の店があった。

寿荘は駅の南側だったようだ。南口を出ると右にはミマツというレストランがあり、左には柳旅館があった。ほんの少しだけ歩くと書店があり、さらに少しだけいくと国分寺百貨店があった。魚屋、八百屋、乾物屋などがあり、トモ寿司という店にはよくいったという。寿荘はこの百貨店の裏にあった。部屋は七畳の板敷きで、作り付けのダブルベッドがひとつあり、三人の若い漫画家たちは三人でここに寝たという。

国分寺百貨店の隣には大きな文房具の店があり、ここで三人は葉書や切手をしばしば買った。公衆電話すらその数はまだ少なかった頃だから、都内の出版社との連絡は葉書だった。大阪と連絡するときには、この店の公衆電話を使って電報を打った。自分から相手に対して電報でメッセージを送ることを、電報を打つ、と言った。打つ、という語感をさらに強調して、電報をぶつ、と言う人もいた。

この国分寺に都市ガスはまだ供給されていなかった。東京の都市ガスの供給網は、西は荻窪までだった。松本正彦が国分寺から荻窪へ引っ越した理由は都市ガスの有無だったと、『隣室の男』に掲載されたインタヴューのなかで松本が語っている。彼が奥さんとなる女性と知り合ったのは国分寺の飲み屋でだった。

田園の看板、金ちゃん食堂の暖簾《のれん》を中心に正面入口の様子、そして寿荘を正面のやや高い視点からとらえた景色などが、辰巳ヨシヒロの『劇画漂流』のなかに描かれている。その寿荘の二階の部屋へ三人が初めて入ったときの様子も、コマのなかに見ることが出来る。さらには、国分寺駅のおそらく南口が、見事に描かれている。

僕が最初に喫茶店に入ったのは、一九五七年、十七歳の頃、下北沢のマサコだったと思う。当時の下北沢にはすでに喫茶店がたくさんあった。高校生の僕の行動半径の中心が下北沢だった。一九五七年の日本がどのようだったか、歴史年表を開いても、引用したくなることはひとつもない。せっかくだから、片仮名書きの流行語を三つ、あげておこう。グラマー。ストレス。デラックス。この三つだ。戦後の東京で喫茶店が増え始めたのは一九五三年前後だろう。僕の年齢的な成長と重ねてみると、僕は東京での喫茶店の時代に、五年遅れほどで合流したようだ。ごく初めの頃の喫茶店は、日常とは一線を画された、明らかに洒落た場所だったのではなかったか。

僕が初めてマサコに入った頃には、喫茶店は洒落た場所、というイメージは三十パーセントくらい残っていたと思う。日常から少しだけ離れた時間や関係のある場所というイメージがさらに三十パーセント、そして残りの四十は日常の延長だった。僕の場合、喫茶店は最初から日常の場所だった。大学生になると、山手線のあの駅の周辺に、そして学校の周囲に、喫茶店はじつに多かった。面影橋から須田町行きの都電に乗って神保町で降りるというルートを発見すると、いつでもふと入ることの出来る喫茶店の数はさらに増えた。フリーランスのライターを始めてからは、編集者との打ち合わせの時間を含めて、喫茶店はさまざまな雑誌への原稿を書くための仕事場ともなった。

喫茶店に入るのは、だから、仕事場に入るのとおなじだった。喫茶店の席に一時間はすわって原稿を書くとして、その一時間分の席料が一杯のコーヒーだった。コーヒーを飲みたくて喫茶店に入るのではなかった。当時のコーヒーは、どんな事情があろうと、飲みたくなるようなものではなかった。しかし店に入ってテーブルにつけば、そのテーブル料として飲み物を注文する必要があり、僕が注文したのはいつもコーヒーだった。

いつ、どこの喫茶店でも、「コーヒーをください」と、まさにきまり文句のように、僕はおなじ言葉を使っていた。「コーヒー」のひと言だけでもいいのだが、「をください」の部分は、僕なりのpleaseのつもりだった。「コーヒーをください」というきまり文句は、長い期間にわたって通用した。そしてあるときから、「ホットですか」とか「ホットでよろしいですか」などと訊き返されることが多くなっていった。日本のコーヒーは、単なるコーヒーからホット・コーヒーへと、進化したからだ。

ホット・コーヒーは、ほとんどの場合、ホット、と略された。ホットのすぐあと、アメリカンという傍流が、ごく短い期間、主流の勢いだった。「コーヒーをください」という注文に対して、「ホットですか」と訊き返されるようになって十年ほどが経過してから、「ブレンドでよろしいですか」と訊き返されるようになった。ホットがそこに重なり、「ブレンドでよろしいですか。ホットですね」という訊き返しも多くなった。言葉数が多くなっていく歴史がここにある。いま喫茶店に入ると、用意されているコーヒー豆の種類を七とおりほどウェイトレスがほとんどひと口につなげて言い、「……のなかからお選びいただくことになってますが、なにがよろしいでしょうか」と訊かれることも、珍しくはなくなった。

飲み物のメニューのいちばん上に、コーヒー、とだけ記してある喫茶店は、とっくに五十パーセントを切り、四十パーセントをさらに下まわるようになった、と個人的には感じている。「コーヒーをください」というきまり文句は、もはや通用しない。この認識のもとに、「いちばん普通のコーヒーをください」と言っていた時期もあるのだが、これも通用しない。どのコーヒーもごく普通のものになってしまったから。「いちばん普通のコーヒーをください」という注文に対して、確認の念押しがされるときには、「ブレンドのホットでよろしいですか」という言いかたが、もっとも多いようだ。チェーンのカフェでは、「本日のコーヒーをホットのSで」と言うなら、言葉数はもっとも少なくなる。

ホット、アメリカン、ブレンドなど、片仮名書きの日本語は、どれもコーヒーという意味だ。メニューにあげてある何種類かのコーヒー豆から、どれかを選ばなくてはいけない喫茶店が東京にあらわれてから、四十年は経過しているだろう。

「コーヒーをください」という僕のきまり文句に対して、「いつもおなじだね」と評したのは広瀬正さんだ。広瀬さんとはなぜか神保町で偶然に会うことが多かった。一九六〇年代のことだ。「いつもおなじだね」と言った広瀬さんも、じつはいつもほとんどおなじだった。

神保町の思いがけないところで偶然に会い、「コーヒーでも」と僕が言うと、広瀬さんは「うーん」と言い、店の名を僕が言うと、「うん、そうしよう、あそこならビールが飲める」と広瀬さんは言うのだった。初めの「うーん」は、いま自分が飲みたいのはコーヒーではない、という意味であり、次の「うん」は、いま自分が飲みたいのはビールだ、という意味だった。

その店に入って席につくと、水の満ちたグラスを持って来たウェイトレスを見上げ、「ビールをもらおうか」と、広瀬さんは言った。いつもおなじだった。そしてそのビールを広瀬さんはじつにうまそうに飲み、かならずお代わりをした。

広瀬正さんと知り合ったのは一九六〇年代の前半だった。漫画家の水野良太郎さんが紹介してくれた。水野さんと広瀬さんは何年か前にパロディ・ギャングという創作集団を作っていた。広瀬さんのＳＦ仲間を中心にしたグループだった頃が、パロディ・ギャングの前期だ。

「きみも入らないか」と水野さんに勧められて僕がメンバーになった頃から、パロディ・ギャングはその後期に入った。僕と同時に小鷹信光さんが加わり、少し遅れて漫画家の柴藤甲子男《しとうきねお》さんもメンバーになった。冗談話を集めたような新書や漫画雑誌の色ページを、パロディ・ギャングの名でたくさん作った。後期のおしまい近くでは柴藤甲子男さんとふたりで活動し、最後は柴藤さんひとりになった。週刊読売という週刊誌の、活版の最後の一ページを柴藤さんがひとりで何年か続けたのが、パロディ・ギャングの最後の活動だ。

　当時の広瀬さんは四十代だった。僕とのあいだに年齢の差が十五歳あった。戦後のある時期は、スカイトーンズというジャズのビッグ・バンドを率いて、そのリーダーを務めた。さらにその前、戦争中は、旧帝国海軍の軍楽隊の一員だった、と聞いた記憶がある。

　戦後の日本で活躍したジャズのビッグ・バンドの録音を集めた何枚組かのＣＤの解説ブックレットのなかに、アズマニアンというバンドのテナー・サックス奏者として、広瀬さんの名をかつて僕は見つけたのだが、そのＣＤがいま見つからない。かならずあるはずだから、僕の探しかたがいけない。間違った記憶を頼りに見当をつけて探すと、そもそも最初から間違っているのだから、いくら探しても見つかりっこない。その頃の広瀬さんは自分の名前を広瀬タダシと表記していたようだ。その広瀬タダシはアズマニアンのテナー・サックス奏者だった。

龍円正憲の編集者としての功績は、広瀬さんのＳＦ小説を四冊、河出書房で単行本にしたことだ。

最初の一冊は『マイナス・ゼロ』で、これは何年か前に『宇宙塵』というSFの同人誌に連載され、ひとまずは完成していた。龍円はそれを読んでいて、ぜひ本にさせてください、と広瀬さんとの初対面のときに言っていた。

すでに原稿がある、と言っていい状態だったこの作品を、新雑誌企画室に席を置いたまま、編集作業はすべて自分がおこなうから河出書房から刊行してくれないか、と龍円は提案して承諾されたのだ、と僕は理解している。

社屋の五階あるいは六階に中田さんと僕の机があった頃だ。なぜならその机で、広瀬さんを加えた三人で、『マイナス・ゼロ』の校正刷りを見たのを覚えているからだ。アメリカの戦前のヒット・ソングであるAmong My Souvenirsの歌詞が英語で引用されていた。A photograph or twoとあるべき部分が、a photograph of twoとなっていたのを、僕が直したのをいまでも記憶している。広瀬さんはこの部分を、「ふたりが映っている写真」と理解していた。「そうか、one photograph or two photographsという意味なんだ」と、orの意味を彼はただちに理解した。

『マイナス・ゼロ』が本になってすぐに、記念会が開かれた。日比谷の大きな喫茶店の片隅を広瀬さんが一時間ほど借りて、そこが会場となった。広瀬さんのかつてのSF仲間が十人ほど集まっただろうか。龍円を別にすると、僕とは面識のない人たちばかりだった。

広瀬さんはテナー・サックスを持っていた。銀座のヤマハで借りた、と言っていた。リズム・ボックスが用意してあった。リズム・ボックスのボタンを踏みながら、広瀬さんはAmong My Souvenirsの一曲だけを吹いた。テナー・サックスは僕が返却しにいくことにして、ケースに収めたその楽器を僕は自宅へ持って帰った。それから三日ほど、僕はテナー・サックスから音を出すことに熱中した。

多少はいけるだろうと判断した僕は、銀座のヤマハへそのテナー・サックスを返しにいき、後日、自分のためのテナー・サックスを新品で買った。教えてあげるよ、と広瀬さんは言い、そのとおりに実行してくれた。参考までに、と彼がくれたリズム・アンド・ブルースのＥＰ盤何枚かを、いまでも僕は持っている。ポール・ウィリアムズのThe Hucklebuckやアール・ボスティックのMelancholy Serenade、サニー・トンプスンのMellow Bluesなど、当時の僕のあの段階で参考になるわけがないのだが、じつは広瀬さんは驚くほど楽天的な人なのだということを、あとになって僕は知った。

『宇宙塵』の連載に加筆や修正を加えて、『マイナス・ゼロ』は本になった。『ツィス』が続き、三冊目は『エロス』、四冊目が『鏡の国のアリス』だった。これは特装版が作られた。僕に記憶はまったくないのだが、このような日々のどこかで、新雑誌企画室は新雑誌を作ることなく解散した。河出書房はその後に倒産した。

どこへいってもすぐに仕事になる人たち、と『漫画Q』の編集長は龍円と僕を評したけれど、ぼくは『平凡パンチ』といくつかの漫画雑誌、そしてその周辺の新書でしか使いものにならない、という状態だったのだが、それでも日々は多忙をきわめた。

『平凡パンチ』はそのページ構成がグラビアと活版とに分かれていて、活版の中心は特集記事だった。巻頭に七ページの記事があり、次が五ページ、そして四ページの記事がふたつ続いた。この四本の記事を一号分、ある年のお盆休みに、僕ひとりで書いた。編集者は誰もが盆休みを取ったからだ。

データマンと呼ばれていた人たちが、記事の基礎的な材料となるものを取材し、原稿用紙に箇条書きのようにまとめていた。毎週の記事ごとにそれを僕は受け取り、最終的な原稿へとまとめていた。この役を果たす人がアンカーと呼ばれていた。僕は『平凡パンチ』のアンカーだった。受け取ったデータ原稿だけではとうてい足りない場合には、自分で追加の取材をした。最初の取材から最終の原稿までのぜんたいを、自分ひとりで引き受けることも多かった。多忙だったのは、ひょっとして、このせいだったか、といまふと思う。このような仕事も含めて、アンカーを三年は続けただろうか。

そこで得た教訓ないしは結論のようなものは、取材して原稿を記事にまとめる作業に、自分の気質はまったく向いていない、という発見だった。これは自分にとっては不得意なことである、したがって自分がやるべきことではなく、そうであるならいま自分はここにいるべきではないと、取材の現場で、そして原稿をまとめながら、何度となく思った。

どの記事も無署名だったが、『平凡パンチ』に掲載されるのだからその視点は『平凡パンチ』のものであり、その視点からの主張がもしあるとするなら、それも『平凡パンチ』のものだった。その主張を補完する作用を、記事の要所ごとにそこで発揮していたのは、コメントと呼ばれた部分だった。

その記事で論じられている事柄の核心に関して、名のある人の発言として鉤括弧に入れ、発言のあとには名前を丸い括弧に入れて明記しておく、というスタイルでコメントは書かれた。コメントの取材は基本的にはデータマンがおこない、データ原稿に書いてあった。しかし自分でコメントを取らなければならない状況もしばしばあった。

僕が自分で電話をかけてコメントをもらった人として、もっとも記憶に残っているのは、三島由紀夫さんだ。記事を締めくくるときのコメントとして最適なのは三島さんだから、きみもそうしてくれと活版のデスクに言われた僕は、担当の編集者から三島さんの電話番号を、そして「お昼に熱いお茶漬けを食べ、午後一時から執筆を始める」という、三島さんのルーティーンの一端を、同時に教えてもらった。

コメントの必要はたちまち生じた。だから僕はある平日の午後、二時三十分に、教えてもらった三島さんの電話番号に、電話をかけた。呼出しのベルの三回目の途中で電話は取られ、「はい、三島です」と、三島さんが言った。あの声と口調だった。『平凡パンチ』のコメント取材であることを自分の名とともに告げ、趣旨を説明するとただちに、言いなおしたり口ごもったりすることなどいっさいなしに、明晰さの具現のような喋りかたで、自分の考えをのべてくれた。

論理の筋道に沿った展開には説得力があり、観念論のように思えてじつはきわめて具体的な内容だった。一方的に述べる、という喋りかただと感じることもあったが、僕との言葉のやりとりには丁寧に応じてくれた。終わって礼をのべると、「それでは失礼します」という明確な言いかたのひと言で、電話は終わった。三島さんにはコメントを何度ももらった。電話を取って「はい、三島です」と言うところから始まって、展開は最後までいつもおなじだった。

『平凡パンチ』の仕事をしなくなって一年ほどあと、三島さんの執筆の様子をとらえた写真を僕は雑誌で見た。半袖のポロ・シャツを着た三島さんは、執筆用のデスクに向かって椅子にすわっていた。両袖の、事務用の金属製のデスクだった。会社だと部長が使うデスクだ。デスクの横幅ぜんたいが完全に写真のフレームのなかにあり、その左右の様子も多少はうかがうことの出来る写真だった。

椅子にすわった三島さんから見て、デスクの向こうの縁に沿って横幅いっぱいに、ほどよい量の紙類が、ほどよく乱れて重なり合っていた。そのデスクの、右側のいちばん奥の角に、黒い電話機が置いてあった。あの時代の黒い電話機だ。僕がコメント取材で電話をかけたとき、三島さんはこの電話機の受話器を手に取って耳に当てたのだ、と僕は思った。

砂糖を入れるとおいしくなるよ、と彼は言う

松本正彦に『たばこ屋の娘』というコミックス短編集がある。僕が持っているのは二〇〇九年に青林工藝舎から刊行されたものだ。一九七二年、七三年、七四年に漫画雑誌に発表された十一編で構成されている。当時の業界用語では、ペーソスもの、と呼ばれた作品だ。ペーソスという言葉がいまはすでに通じないのではないか。庶民生活の日常にかならずあるはずだと想定された、小さな片隅での物語だ。

主役はその片隅に生きる庶民の、若い独身の男女だ。『コーヒーの味』というストーリーに登場する若い独身の女性は、チーちゃん、という。仕事は何なのか不明だ。どこかの田舎から東京に出て来ている。ごく軽度な水商売ではないか。男性は、つんちゃん、という。建築現場での、もっとも経験の必要のない仕事を、アルバイトでこなしている。チーちゃんがその現場を訪ねて来る場面がある。「ひでーとこで働いてんのね。こんなアルバイト、よしちゃえよ」と彼女は言う。チーも、つんも、おそらく語呂だけできめた名前だろう。

平日の午後、新宿にかつてあったコマ劇場の前で、ふたりは偶然に会う。ふたりはすでにおたがいに顔見知りであり、それをいま少しだけ越えた親しさの関係にある。なにをするでもない彼は外国のポルノ映画のポスターを見ている。その彼の背中をうしろから叩くのが、チーちゃんだ。

「こんなん見たらコーフンしちゃうのよ。コーフンしたらどーすんの?」

と、チーちゃんは屈託がない。彼女の屈託のなさは、彼がアルバイトで働いている建築現場を訪ねて来た場面で、すでに描かれている。「よー、ねえちゃん、いいケツしてんな！」と現場の男性に言われた彼女は、「本物見たら目ェまわすぞー」と言い返す。本物とは、私の裸の尻、という意味だろう。

「相手がいないと苦しいでしょ。ねー、一回ハメさしてやろーか」

とチーちゃんは彼に言う。『コーヒーの味』という一編のフィクションの、もっともフィクションらしさの高まる部分は、チーちゃんの性格がこのように提示されるときだろう。

純情な彼は顔をまっ赤にする。まっすぐは歩けないほどに動揺する。コマ劇場横の、いくつもの映画館に囲まれた場所から、その北側の道を渡り、現在の歌舞伎町二丁目へと入っていく。散歩のつもりで歩いていたら、そうなった。ご休憩のホテルやご同伴の旅館がたくさんあり、その看板と建物が、道をいく人たちを次々に迎える。

「こんなところに連れて来て」

とチーちゃんは言い、

「ちがうんだよ、ぐうぜんだよ、ほんとに」

と、つんちゃんは言う。

ふたりが地元へ帰ったことを意味するコマとして、踏切を描いたコマがひとつある。警報機が鳴っている。電車が通過するのを、ふたりは踏切の向こうで待っている。踏切の描写はじつに良い。他のストーリーにも踏切は何度もあらわれる。地元ですよ、という意味だ。ふたりが顔見知り以上の親しさになったのは、この地元においてだろう。電車は西武新宿線で、踏切の最寄り駅は中井だ

チャーン
チャーン
チャーン

と僕は判断する。

地元の木造アパートの前までふたりは歩いてくる。二階への階段を中心に、そのアパートの全景が描いてある。踏切とおなじく、この描写も良い。

「ねー、寄ってく?」

と、チーちゃんが彼に言う。彼は彼女の住むこのアパートを初めて見る。彼女の部屋は二階にある。部屋で彼女は湯を沸かし、コーヒーを淹れる。インスタント・コーヒーだ。彼は黙ってそれを飲んでいる。

「やーね、おいしいときはおいしいっていうものよ」

「ん……」

「ん……だなんて、まずいみたいじゃん」

「砂糖を入れるとおいしくなるよ」

と彼は答える。

「それをもっと早くいわなきゃ!!」

「オレ、このままで飲めるよ」

「待ってなさいよ、入れたげるから」

と言ったチーちゃんは台所へいき、砂糖のガラス瓶を持って来る。

「ねー、何杯入れるの?」

「二杯」

瓶の蓋をはずしてチーちゃんはスプーンを入れるが、瓶のなかは空っぽだ。砂糖はない。部屋を出たチーちゃんは、

「ねー、おばさん、砂糖かして」

と、隣の部屋の中年女性に言う。

たまたま切らしているけれど、いまほんの少しだけ使いたい調味料その他を、アパートの隣の部屋に住む人から借りる行為は、現在では異様なことのように思えるかもしれない。昭和二十年代そして三十年代いっぱいくらいまでは、ごく日常的におこなわれていた。地域によっては、という注釈をつけておこうか。

映画『東京物語』の主人公である紀子さんは、戦前からの建物であるアパートにひとりで暮らしている。隣の部屋の女性に、確か醬油を借りる場面があった。紀子さんの日常は、醬油がないことにふと気づくような日常なのだ。醬油を借りた紀子さんは、いつも悪いわね、おばさん、と言う。いつも、というひと言のなかに、いまの紀子さんがある。

隣のおばさんに砂糖を借りたチーちゃんは、ふたりのインスタント・コーヒーに砂糖を入れる。

「さー、これでとびきりうまいぞ」

と彼女は言う。

「お店じゃ百五十円はとるわよ」

とも言う。

後日の夜、まだそれほど遅くはない時間、つんちゃんはチーちゃんを自宅へ案内する。

「ここだよ、オレんち」

と、木造平屋建ての小さな家の玄関前で、彼は彼女に言う。彼が彼女を誘ったのではなく、いってみたい、と彼女が言ったのだ、と僕は解釈している。おみやげを兼ねて、彼女は焼き芋を買う。焼き芋を彼女は値切る。ひでえよ、奥さん、と焼き芋屋は言う。この場面の高い視点からの描写を僕はことのほか好む。この他にふたつ、高い視点からの描写がある。ひとつは彼の家の玄関前、そしてもうひとつは、歌舞伎町二丁目でホテルや旅館のつらなる道を歩くふたりの場面だ。

彼の自宅には父親がいる。歳の離れた弟ではないか、としか思えない幼い男の子が、年子の雰囲気でふたりいる。母親の姿は見えない。仕事でいないのか、あるいは、要するにいないのか。

彼女は湯を沸かす。コーヒーを淹れる。とは言え、ここでもインスタント・コーヒーだ。インスタント・コーヒーをちゃぶ台に置いて、彼女は気づく。砂糖を入れるのだった、と。彼女は台所へ立ち、砂糖を探す。

「ねー、つんちゃん、お砂糖どこォー」

と彼女は訊く。

『コーヒーの味』という短編は以上のようだ。彼女の部屋でインスタント・コーヒー。そして彼の家でもインスタント・コーヒー。どちらの場合にも砂糖がない。「砂糖を入れるとおいしくなる」と彼は言う。

スーパーマーケットで買った何種類かのインスタント・コーヒーのなかから、原産国はスイスだというキャピタルのフリーズドド・ドライ・コーヒーを僕は選んだ。砂糖は三種類を購入してみた。砂糖きびを搾ったジュースを遠心分離機にかけて蜜と糖に分け、糖だけを取り出した砂糖が生砂糖だという。それにハワイアン・シュガー、そしてメイプル・シュガー。この三種類のなかから、僕はメイプル・シュガーを使ってみた。

スノーピークのダブルウォールの金属カップ二二〇ミリ・リットルに熱い湯を注ぎ、フリーズド・ドライの粉末とメイプル・シュガーをともに、スプーンにごく穏やかに山盛りで入れて、よくかき混ぜた。一九六一年の日本でインスタント・コーヒーの輸入が自由化されてから五十五年以上が経過してやっと、僕は初めて買ったインスタント・コーヒーに初めて砂糖を入れ、初めて飲んでみた。『コーヒーの味』の彼が言っていたとおり、それはおいしかった。コーヒーではないけれど、なにか芳ばしい香りのする、コーヒーとよく似た色の、ほど良く甘くて熱い、不思議な飲み物だった。

ときには森さんの席にすわることもあった

ひとりで朝食を食べた。今日は平日だ、という程度の認識はあった。原稿の締め切りについて考えた。今日かならずください、と言われている原稿を、まだ書いていなかった。こういう音楽にあなたの文章が欲しいのです、とレコード会社の女性のディレクターが電話で言った。彼女とはその電話で話をしただけだ。原稿は断ったのだが、あなたの文章がいただける、というところからすべては進行してますから、と彼女は言った。だからこの原稿は断れない、と彼女はつけ加えた。

その音楽のカセット・テープは届いていた。まだ聴いてなかった。だから僕はひとりの朝食のあいだ、その音楽を聴いた。尺八による日本民謡の名曲集、といった選曲だった。朝食を食べ終わってから、さらに二度、僕はその音楽を聴いた。

電話をします、と言っていたその時間に、彼女から電話がかかってきた。原稿は取りにいきます、と彼女は言った。午後にはくださいと言うから、午後三時三十分は午後のうちかと僕が訊いたら、ぎりぎりです、という答えだった。午後三時三十分に、邪宗門という喫茶店で待ち合わせることにした。

当時の僕は、自宅からごく平凡に歩いてその喫茶店まで、六分くらいの場所に住んでいた。梅丘通りで宮前橋の交差点に出るすぐ手前の道を右に入り、寺前橋を渡り、上り坂の途中の右側にあった集合住宅の三階の部屋だ。タクシーでいきます、という彼女に僕は道順を説明した。

渋谷から淡島通りを来て淡島で右折して梅丘通りに入る。直進して代沢の交差点を越えると、そのすぐ先に鎌倉橋南という信号で交差する道があるから、信号を越えたところでタクシーを降り、交差している道の西側を南へ入っていき、最初の脇道を右へ入るとその道に面している、というような説明だった。

「なんというお店でしたっけ？」

「邪宗門。僕のような邪悪な人が宗教を求めて入る門」

「邪悪なら私は負けてないのよ」

「代田一丁目です」

「ひょっとして、白秋の」

「邪宗門秘曲、という題名の」

「そこへいきます」

「では、三時三十分に」

それから僕は仕事をし、一時三十分に自宅を出た。五月の晴れた日だった。原稿用紙と鉛筆を僕は持った。この頃の僕はすでに小説を書いていたが、ライターの仕事も続けていた。当時の僕がひどく多忙だったのは、小説とライターの仕事が重なっていたからではなかったか。

歩いて六分は所要時間であり、歩きかたの経路には何種類もあった。その日の僕はもっとも単純に歩いた。集合住宅を出て坂を下り、用水路を暗渠《あんきょ》にして緑道と称している道を鎌倉通りまで歩き、鎌倉橋南の信号で梅丘通りを渡り、最初の脇道を右へ曲がった。

店に入ってすぐ左の、窓を背にした席に落ち着いた僕は、コーヒーを注文するとすぐに、原稿を書き始めた。どんなことをどのように書くかは、自宅から歩いてくるあいだに考えておいた。そのとおりに書けばそれでよかった。一杯のコーヒーがその作業につき添った。二千字で、という指定だった。一時間三十分ほどで僕はその原稿を書いた。

コーヒーの二杯目を注文してぼんやりしていると、時間どおりに美人の彼女があらわれた。テーブルの向かい側の椅子にすわり、テーブルの上の原稿を指さし、

「それがいただける原稿なのね」

と言った。

「さしあげます」

というのが僕の返事だった。店主が水の満ちたグラスを持ってきた。彼女は僕のコーヒーを指さし、

「おなじものを」

と言い、原稿を読み始めた。読みとおして笑顔になった。満足の笑顔だ、と僕は思った。

「こういう文章が欲しかったのです」

と彼女は言い、読んだ原稿をバッグに入れ、コーヒーを飲み、店内を見渡した。

「面白いお店なのね」

と言ったあと、テーブルの上にあった僕の鉛筆を彼女は見た。

「一本の鉛筆ね」

と彼女は言った。

その時の僕は気づきようもなかったが、『一本の鉛筆』とは一九七四年の美空ひばりさんの歌で、広い意味でとらえると反戦歌だ。

「かなり短くなってますね。ちょうど半分くらいかな」

と僕は言った。

「これでなにをお書きになるの？」

と彼女に訊かれて、

「いまお渡ししたような原稿を書きます」

と僕は答えた。

彼女は微笑しただけだった。そして、いいテンポでコーヒーを飲んだ。

「これが今日の最初のコーヒーなのよ。朝、飲みそこなったの。そしてそれっきり、午後のこの時間まで、コーヒーなし」

二杯目を僕は提案した。彼女は首を振った。

「コーヒーよりもタクシー。そしていただいたこの文章の校正は、私にまかせてください」

僕たちは店を出た。鎌倉橋南の信号で梅丘通りを渡った。タクシーはすぐに来た。短いスカートで美しく、彼女はうしろの座席に入った。ドアが閉じ、彼女は窓ガラス越しに手を振り、タクシーは発進した。来たとおりの経路を逆にたどって、僕は帰っていった。緑道の途中にベンチがあった。しばらくひとりで僕はそこにすわってみた。これが三十七歳の、ある日の出来事なのだ、と僕は思った。

邪宗門へは何度もいった。自宅からちょうどいい距離にあった。店に入るなら、そこはまごうかたなき喫茶店でもあった。歩いてそこまでいく経路には、すでに書いたとおり、何種類もあった。しかしいくら複雑に歩いても、それは代田一丁目のなかの出来事だった。

六月の曇った日の午後には、平凡に歩けば六分ほどなのに、三十分近くかかった。代田に住み始めたのは十三歳の夏からだから、そのときすでに二十四年も、僕は代田の住人として過ごしていた。子供の頃にしばしば見た景色をひとつずつ確認しながら歩くと、三十分近くかかった。

その日のことはいまでもよく覚えている。いつものように店では美空ひばりの歌が再生されていた。聴いてすぐに好きになれる、いい歌が再生された。初めて聴く歌だった。題名を知らなかった僕は店主に訊いた。『花笠道中』だと、彼は教えてくれた。持っていたノートブックに僕はその題名を鉛筆で書いた。

このときの僕がすわっていたのは、レコード会社のディレクターと会って原稿を渡したときと、おなじ席だった。一時間はいただろうか。僕は席を立ち、支払いをして店を出た。ドアのすぐ脇に、ひとりの中年の女性が、建物の壁を背にして立っていた。

店から出てきた僕を彼女は見た。その視線には、じつにわかりやすい意味が、込めてあった。だからその意味は、彼女の視線を受けとめたのとおなじ瞬間に、僕に伝わった。あなたがすわっていた席が空くのを私はここで待っていました、という意味だ。

この女性が作家の森茉莉さんだということを、そのすぐあとで僕は知った。森さんは邪宗門のすぐ近くに住んでいた。梅丘通りを淡島に向けて歩いて、淡島のすぐ手前だ。その彼女がコーヒーを飲むなら邪宗門であり、僕がいた席がじつは彼女にとっての定席であることを越えて自宅のような場所であり、そこで食事をし原稿を書き、一日を過ごしたという。その席がふさがっていると、森さんは邪宗門のドアの外に立ち、席が空くまで待つのだということも、僕は知った。

レコード会社の美人ディレクターに原稿を渡してひと月ほどあと、彼女から電話がかかってきた。LPが出来たので見本を手渡したい、という電話だった。先日の喫茶店でいいかと訊くから、いっこうに構わないと僕は答え、その日の午後三時三十分にそこで彼女と待ち合わせることにした。

彼女とコーヒーを飲みながら、夏の終わりには引っ越しをすることについて、僕は彼女に語った。途中で『花笠道中』の歌が、店のどこかにあるスピーカーから聞こえていた。やがて僕たちは店を出た。鎌倉橋南の信号まで出ていき、道を渡り、タクシーを待った。

「ひばりさんの歌ばかりかかるお店なのね」

と彼女は言った。

「『花笠道中』を聴くことが出来ました」

「あの歌をご存じなの？」

「僕が高校生だった頃の歌です。ごく最近、あの店で知りました」

と僕が言ったとたん、彼女はその歌を歌い始めた。歌うとは、彼女の場合、体のぜんたいがまったくの別人になることだった。自分で考案した振り付けなのか、それとも歌えば自動的にそうなるのか、などと考えながら僕は歌う彼女を見ていた。思いのほか伝法な歌唱だった。

これこれ、石の地蔵さん
西へ行くのは、こっちかえ

と、彼女は正確に西の方向を指さした。

だまって居ては、わからない

と歌ったあと、淡島の方向に向きなおり、

ぽっかり浮かんだ、白い雲

と、東の空を指さした。西へまわった午後の太陽から光を受けて白く輝く雲は、東の空に浮かんでいる、ということだ。

渋谷行きの路線バスが僕たちの前を通過していき、続いてタクシーが来た。彼女は手を上げ、タクシーは停まってドアが開いた。彼女は座席に入り、ドアが閉じ、走り去るタクシーのなかから僕を見て彼女は手を振った。

彼女の歌う『花笠道中』が途中で終わったことを、僕は残念に思った。終わりまで続くはずのものが、途切れてそれっきり、という感覚が残った。

何やらさみしい、旅の空

という部分が、白い雲、の次だったのだから、そこだけでも聴きたかった、と僕は思った。「空」の「ら」の音を、そのままのばしながら二段階で低くなっていく部分だ。

邪宗門にはそれから何度もいった。森さんの席にすわることもあった。森さんがあらわれたなら、ただちにその席を立って森さんに譲ればいい、と僕は思っていた。森さんの席が空いていればそこにすわることにしておけば、事情を知らない人がその席で長居をし、森さんがドアの外で長く待たなくてはいけない事態は避けられる。

しかし、森さんがあらわれることは、なかった。そして真夏のたいそう暑い日の午後遅く、僕は自宅から下北沢へ歩いた。南口の商店街に南の端から入っていき、すぐに道が左右に分かれるその手前で、僕はひとりの中年の女性とすれ違った。すれ違うときに彼女は僕を見た。彼女のその視線を、僕は受けとめた。

僕のことを、あの人、として認識した視線だ、と僕は感じた。僕を、あの人、と認識したあの女性は誰なのか、と考えながら僕は南口の商店街を駅に向けて歩いた。おなじような視線をあの女性から受けとめたことが、以前にもう一度だけある、ということをやがて僕は思い出した。それは、いつの、どこでだったか。なぜ彼女はそのとき、ついさきほどとほぼおなじ視線で、そのときの僕を見たのだったか。

下北沢駅南口の階段を途中まで上がったとき、僕は思い出した。あの女性は森茉莉さんだ。六月の雨模様の午後、ひとりで僕は邪宗門へいった。いつもの自分の席にいた僕が店を出るまで、森さんは店のドアの外に立って待っていた。さきほどすれ違ったとき、あのときのあの人だ、と彼女が認識したからこその、あの視線だった、と僕は理解した。

『花笠道中』の七インチ盤は、下北沢南口の商店街にあったレコード店で、このあと、引っ越し寸前に購入した。このシングル盤が発売された一九五八年の日本はロカビリーの年だった。だから『花笠道中』のカップリングは、『ロカビリー剣法』という歌だった。この七インチ盤がいまは手もとにないから、ヒット集のCDを一枚買った。一九四九年から一九六三年までのヒット曲が収録してあり『花笠道中』はそのなかのひとつだ。キム・ヨンジャの『美空ひばりを歌う』という三枚シリーズのCDにも、『花笠道中』が、そして『一本の鉛筆』が、収録してある。

万年筆インク紙

二〇一六年十二月十六日、午後三時、小田急線の町田駅からまっすぐ東へ歩いて五分のところにある喫茶店、カフェ・グレで、僕はインタヴューを受けた。『万年筆インク紙』という著作をめぐる、雑誌『アエラ』のための著者インタヴューだ。このカフェ・グレに初めて入ってコーヒーを飲んだ日から、三十年以上が経過している。コーヒーをいったい何杯、ここで飲んだか。もはや数えきれない。ということは、この三十年にわたる自分の場所のひとつはここですか、と訊かれたなら、そのとおりです、と答えるほかない。おなじ小田急線の経堂へもしばしば出向く。最寄りの喫茶店を問題にするなら、コーヒーが上出来で居心地の良い店が、自宅から歩いて数分以内のところに三軒はある。ますますいまはここですね、と言われるだろう。

『万年筆インク紙』という本について著者の僕がインタヴューを受けるとは、インタヴューアーの質問に答えながら、同時に頭のなかではその本の内容に関して、しきりに反省することだった。小説のための、下書きの下書きのような簡単なメモを万年筆で書きたい、と僕は思った。軸のかなり上のほうを持って、自由な大きな字で、自分だけのために、物語それぞれの論理の道筋としてのメモを可能なかぎり筆圧をかけずに、ストレスも最小限で書くには万年筆が最適だろうと僕は判断したからだ。

早い時期に日本製品だけを選択の対象にしたのは正解だった。僕のかなり特殊な書きかたを全面的に許容するだけではなく、書き心地にストレスのほとんどない万年筆が、正確には一種類だけ、日本製で見つかった。しかし、それを見つけるまでに、さまざまな万年筆を百本は買っただろう。あとになっておこなう反省から教訓が引き出せるとするなら、そのひとつは、もっとも標準的なものから試してみろ、ということだ。

万年筆の場合、ほぼ正比例で、性能は価格に反映されている。自分のための文字をストレス最小限で大量に書く道具として、僕の場合は、二〇一六年現在、その価格は二万円だった。おなじシリーズのなかの三万円でもいいが、五万円になるとそれは工芸品の領域に入る。ことさらに装飾的な美術工芸品であろうとする万年筆は、受注生産で三十万円あるいはそれ以上、というものがへっちゃらで存在しているが、万年筆としての基本性能は三万円から二万円までのものと、おなじだ。僕が知るかぎりでは、いまいちばん安い万年筆は二百五十円だ。

三万円あるいは二万円の標準的なものから二百五十円のものまで、どの万年筆も一般的にはたいそう書きやすい。ごく一般的な書きかたが自分の書きかたとして身についている人には、どの万年筆でもいい、選ぶ必要はない、という理屈は成立する。しかし僕の書きかたは相当に特殊であり、その特殊性を全面的に呑み込んでなおかつ、ストレス最小限の書き良さをあたえてくれる万年筆は、日本のあるひとつのメーカーの、二万円のものだった。三万円、二万円、一万円と、おなじシリーズのなかに三段階に値段の異なるものがあり、一万円のものは使いものにならなかった。

僕の書きかたの特殊性を丸ごと呑み込み、なおかつストレス最小限の書き心地を僕にあたえる万年筆の値段は、二万円だったということだ。ペン先の大きさと形状、そのほどよい硬さ、ペンポイントの出来ばえ、インクの流量の制御性能、ぜんたいのかたちとバランスなどが、僕の要求に応えるものとして、その一本の万年筆のなかにすべてあった。

そのメーカーのカタログにはさまざまな万年筆がカラーで紹介されていた。すでに書いたとおり、どの万年筆も、一般的にはたいそう書きやすい。したがって、これもいい、あれもいい、もっといろいろあるはずだ、という初心者の罠に、僕はきわめてすんなりと落ちたようだ。

インクは種類が多い。どれも素晴らしい。ブルー系だけでも、百種類くらいなら、難なくたちどころに揃う。ただし、百種類のインクが自分のところにある状態は、実用的ではない。せいぜい三種類にしたいと思う。三種類ときめるにあたって、根拠はなにもない。そのくらいならデスクの上がすっきりしていい、という程度の根拠だ。

じつはいまの僕は七本のおなじ万年筆に、七種類のインクをそれぞれ入れて、使い分けてみよう、と試みている途中だ。なぜなら、紙こそが、最大の問題だ、ということがわかったからだ。インクと紙との相性は千差万別であり、したがって、いまになってもまだ、僕は紙をひとつにきめることが出来ていない。

ひとつにきめなくてはいけない、という問題ではないところが、やっかいだ。しかし、七種類のインクに七種類の紙がある状態は、もっとやっかいだ。ストレスではないか。紙も三種類くらいがいいか、と思う。三種類をさらに絞ってひとつにすると、それは新たなストレスの発生源になるような気がする、というようなことをインタヴューアーに語りながら、僕はカフェ・グレのマイルドブレンドのコーヒーを飲んだ。写真を撮影するため、店内で僕は何度か位置を変えた。カウンターに席を取ったときには、コーヒーの二杯目が手もとに置かれた。

午後のコーヒーから生まれた短編小説について反省する

『酔いざめの三軒茶屋』という短編小説は、短編集『ミッキーは谷中で六時三十分』に収録されている。この僕がいつもの平凡な日常の現実で体験していく状況のなかに、『酔いざめの三軒茶屋』を発想するきっかけを得た僕は、せっかくだから、現実に進行していくその状況と重ねつつ、短編小説ひとつを頭のなかで作っていく作業をおこなった。体験する現実の状況が、今日はここでいったん終わりだな、と僕が判断したときには、『酔いざめの三軒茶屋』という短編小説がひとつ、頭のなかにほぼ出来ていた。

　題名が先にあった。東京の場所の名前を題名のなかに取り入れることをしきりに思っていた時期だ。たとえば、梅が丘（うめがおか）へのS字、というようなフレーズを、夕食の席で友人たちに提示しては、彼らの検討ぶりを僕は楽しんでいた。世田谷区の三軒茶屋という固有名詞はぜひ使いたい、と僕は思っていた。京都の蚕ノ社（かいこのやしろ）も悪くないけれど、まず三軒茶屋だと僕は思った。その三軒茶屋にどのような言葉がつくといいか、折にふれて考えていた僕は、ある日あるとき、酔いざめの、というフレーズを手に入れた。『酔いざめの三軒茶屋』だ。いいではないか。短編小説の題名がひとつ、こうして手に入った。

　酔いざめの、というフレーズは、すでに長いあいだにわたって、多くの人たちによって使われてきた言葉だ。その歴史はゆうに百年はさかのぼるのではないか。三軒茶屋という場所の名前も、その由来を過去に向けてたどると、かなりの昔まで難なく到達する。酔いざめの、という言葉と、三軒茶屋という言葉は、どちらもさんざんに使いまわされてきたものだが、そのふたつが『酔いざめの三軒茶屋』として結びつくと、それは短編小説の題名くらいにはなれる。それに、酔いざめという状態は三軒茶屋にふさわしい、と僕は意識のどこか深いところで思ったに違いない、ということもつけ加えておこう。

その日の午後、僕は三人の人たちと、喫茶店で会うことになっていた。下北沢の花泥棒という喫茶店だ。下北沢駅の北口を出て、下北沢駅前食品市場、というマーケットがかつてあった前をとおり、いまも変わらずにある道幅の狭い商店街をいくと、道は十文字に交差する。ここを左へ曲がり、ごく穏やかな上り坂をまっすぐにいくと、十文字に交差するところがもうひとつある。ここを直進してすぐ左側にある建物の二階が、花泥棒だ。

十文字の小さな交差点を渡りながら僕の頭に閃いたのは、これから作っていくはずの『酔いざめの三軒茶屋』の冒頭の現場は、ここがいい、ここしかない、という判断だった。この十文字を、ある日の午後、主人公の女性がひとりで歩いていくと、もうひとりいる主人公の女性と、偶然に会うのはどうか。その様子を描くところから物語を始めよう、と僕は思った。

小さな十文字の交差点で偶然に会うとは言っても、よくあるかたちでは、面白くもなんともない。ふたりのあいだには十歳ほどの年齢差があり、年上のほうが年下のほうを、親しさの表現として、交差点のなかでうしろからいきなり抱きとめるのはどうか、と僕は思った。思うと同時にそれは確定でもあった。抱きとめられたほうが三十歳くらいだとすると、年上の女性は四十歳となる。それでいいのか、と僕は自分に訊ね、たいそう結構だと答えながら、花泥棒の階段を上がった。

待ち合わせの三人はすでに来ていた。女性の編集者と男性の編集者がひとりずつ、そして世界的な芸術家の奥さんがひとり。コーヒーを注文したばかりだという。僕もコーヒーを注文した。いつものヴォルール・ブレンドだ。

コーヒーが届くまでに、僕は『酔いざめの三軒茶屋』の女性主人公たちふたりの名前を考えた。年上のほうは矢吹ミルカ、そして彼女より十歳年下の女性は、北野麻紀子だ。ミルカはなにをしている人なのか。翻訳家はどうか。だとすると、北野麻紀子は、まったく異なる領域で仕事をしている人だといい。料理人はどうか。地元のイタリー料理の店のシェフだ。麻紀子は本を読む人であり、矢吹ミルカの翻訳の熱心な読者だ、という設定の延長として、ふたりが初めて会ったときのことを、僕は考えた。書店にいてミルカに気づいた麻紀子が話しかける。麻紀子はミルカの翻訳した本を買ったばかりであり、それにミルカのサインをもらう。自分がシェフとして働いているレストランのことを麻紀子はミルカに語り、ミルカはその店の常連客となる。それ以来の親しいつきあいだ。

小さな交差点で偶然に会ったふたりは、すぐ近くの花泥棒に入る。現実の僕とおなじだ。その僕のコーヒーがテーブルに届いた。コーヒーを飲みながら、そして他の三人を見ながら、僕はいま頭のなかで作り始めたばかりの短編小説について、考えていった。

ミルカと麻紀子が花泥棒に入ると、ふたりの男性がテーブルをはさんで向き合っている。ひとりは久保寺慎という作家で、もうひとりは彼を担当している編集者の、津村雄二だ。津村は矢吹ミルカの担当者でもある。したがって津村とミルカのふたりは、喫茶店で偶然に会えたことに驚き、喜ぶ。久保寺慎は、ミルカを見れば、翻訳家の矢吹ミルカだ、とわかる程度には彼女のことを知っている。ふたりの女性たちは、ふたりの男性たちと、おなじテーブルを囲んで午後のコーヒーだ。北野麻紀子をミルカはふたりの男性たちに紹介する。

現実の僕たちの話は、なぜか小説のことになった。小説のなかに登場する人物たちの名前を考えるのは大変でしょう、とひとりが言った。そのとおりだ。その都度、ひとりずつ、名前をつけなくてはいけない。登場する女性がおなじ名前になっている場合が何とおりかある。日本の女性の名前でもっとも普遍的なのは鈴木恵子だと言った人がいて、女性はすべて鈴木恵子にしようか、と思ったことすらある。

そのような話の続きとして、思いついたばかりのキンボシ・ドンという名前について、僕は語った。三人は笑った。面白い名ですけど使いようがないでしょう、と誰かが言った。使う機会があるとしても、なにかの変名や芸名のような名前ですよね、と言った人もいた。僕も笑ってうなずきながら、ヴォルール・ブレンドを飲んだ。

モロボシ・ダンのヴァリエーションですよね、という指摘を期待しないでもなかったのだが、平日の午後の町の二階の喫茶店での日常的な会話に、そこまで期待してはいけないだろう、という思いもあった。しかし、ここで偶然にも、ウルトラマンの方向へと、僕の気持ちは向かうこととなった。そしてそのことは、頭のなかで作っている『酔いざめの三軒茶屋』にとって、じつはたいそう好ましいことだった。

久保寺慎はミルカとおなじ四十歳にしよう、と僕は思った。『東京の坊や』と『東京のお母さん』

の二冊が評判となり、いまは三冊目を担当の津村と相談しているところだ。東京の路地裏というアイディアに、いまのところふたりの熱意は向かっていた。北野麻紀子は『東京の坊や』と『東京のお母さん』を、ともに読んでいた。『東京の坊や』のジャケットの袖に、久保寺慎の写真が掲載されていた。その写真の彼は、元高角三にそっくりだと、麻紀子は言う。元高角三はゲンコウカクゾウと読む。『ドラえもん』にときどき登場する人物で、いつも原稿を書いている。彼も作家なのだ。

黒縁の四角い眼鏡をかけ、固そうな髪が左右に分かれつつ無造作に立ち上がっている久保寺の様子は、麻紀子が言うとおり、ゲンコウカクゾウによく似ている。実家の近くの住宅地を久保寺が歩いていたとき、母親に手を引かれた幼い女の子が久保寺を見て、ゲンコウカクゾウさんにそっくり、と叫んだという逸話がある。ミルカもゲンコウカクゾウを知っている。

自分がゲンコウカクゾウに似ていることを、久保寺はよく承知している。ゲンコウカクゾウが描かれている『ドラえもん』のコマを拡大プリントしたものが、読者から編集部に届いたりもしている。伊佐坂先生に似てなくてよかった、とミルカは言う。伊佐坂は伊佐坂難物といい、『サザエさん』に登場する作家だ。出版社に勤めて編集者として仕事をしているノリスケが担当している作家で、恋愛小説を書いている。波平さんにそっくりな人だ。

『東京のお母さん』のなかに、自分が大事にしてきた漫画の本をすべて母親に捨てられる話が出てくる。これは久保寺が実際に体験したことだ、と僕は『酔いざめの三軒茶屋』で書いている。花泥棒でまだ頭のなかで考えていた段階ですでに、僕は漫画の方向へと向かっていたようだ。

久保寺のその母親は常に着物を着てお香をたき、久保寺がたまに実家を訪ねると、そのお香の匂いが服にしみ込み、あとで大変だ、というようなことを彼は語り、母の手料理は純和風とも言うべきもので、食べていると次第にしょんぼりとした気持ちになる、とまで彼は言う。そのように小説のなかで語る久保寺を、この僕があとで書いたのだ。

久保寺さんはなにが好きなのですかと麻紀子に訊かれた久保寺は、カレーライスだと答える。編集者の津村がカレーライスを補強する。ウルトラマンはなにが好きなのかと子供に訊かれた津村は、きっとカレーライスだよ、と答えたという。

絶対にカレーライスしかない、とミルカが力説する。なぜなら彼女がまだ小学生だった頃、カレーライスとウルトラマンとは、彼女にとってはトラウマだと評価していいほどに、深く強力に結びついたのだから。そのことについて彼女が語る。

小学生の頃にウルトラマンに目覚めた彼女は、撮影所に知人のいる父親に連れられて、今日は夜遅くまでウルトラマンの撮影があるというその撮影所まで、父親とふたりで見学にいった。撮影所のなかの広い野原には、ところどころ、おたがいになんの脈絡もない様子で、オープン・セットが建っていた。江戸の町の一角、鉄道の高架下の飲み屋街、大名屋敷の白い塀などがあるさらに奥に、張りぼての岩がいくつも転がる荒野があった。その岩のひとつに腰かけて、ウルトラの人の着ぐるみスーツの上半身を脱いだランニング・シャツの男性がひとり、無心にカレーライスを食べていたのを、幼いミルカは見た。そしてその瞬間から、カレーライスはウルトラマンと深く結びついた、と僕は書いている。

上半身だけ脱いでランニング・シャツだけになることの出来たスーツ、つまり着ぐるみが、一九六八年にあったかどうか。ウルトラの人たちのスーツはワンピースであり、それを着る俳優たちにとっては、命の危険を常にともなう過酷な労働だった。やや薄い生地で出来たごく平凡な白い上下の体操服のようなものを着た背の高いハンサムな男優、とでも書いておけば、その男性はウルトラマンその人だった可能性は、充分にある。

昼休みの撮影所の片隅で、張りぼての岩に腰かけてカレーライスを食べていたのは、なぜか白っぽい長袖シャツにえんじ色のタイをしめ、オレンジ色のスラックスをはいた男の人だった、ということにしておいてもよかった。

八歳のミルカがよく見ると、その男性の足もとに横たわるのは、熱線銃スパイダーショットではないか。そうであれば、無心にカレーライスを食べるその男性は、科学特捜隊のアラシ隊員だったということにもなる。こういうことを書くときには、細部までよく考えてからにしなくてはいけない、といま頃になって僕は反省している。

すでに書いたとおり、キンボシ・ドンから僕はなぜかウルトラマンの方向に向かった。その僕の頭のなかにいる四人のうち、まず久保寺でカレーライスが出て、津村がそれを脇から補強し、ミルカが自分の幼い頃の体験を語ることによって、決定的なものにした。さらに、『ドラえもん』と『サザエさん』がすでに出ている。

現実の僕がいると同時に、『酔いざめの三軒茶屋』という短編を考えている僕がいる。その僕は、考えている段階からすでに、書き手としてその短編のなかにいる。僕が持っている時間は、ここまでで早くも三重になっている、と言っていい。後日、下書きのさらに下書きのようなメモに、すべてをまとめていく僕がいるし、書いていくときの自分もいる。時間は五重だが、これだけ重なると、僕はいつだってひとつだけです、と言いたくなる。書き終えて活字になるまで、わずかな空白がある。そして活字になれば、読む人それぞれの時間となる。

カレーライスの方向へ物語を進展させよう、と僕は思った。物語は進展してこその物語だ。花泥棒から次の場所へ移るだけでも、それは進展だ。カレーライスを全員で食べにいけばいい。小田急線の祖師ケ谷大蔵駅の改札を出て、右へまわり込むと、高架に沿って広場のように作られたスペースがあり、そのスペースに向かって建つ建物の二階にインド・カレーの店があり、その店を見守るかのように、ウルトラマンの大きな三次元像が、広場の縁に立っている。うってつけ、とはこのようなことを言うのだろう。現実の僕は、そのインド・カレーの店で、すでに何度も食べていた。

カレーライスの店へ移動すれば、それだけで状況は確実に進展するし、ミルカをさらに描くことにもなるはずだ、と僕は考えた。カレーライスが食べたくなったなあ、と久保寺は呑気に言っている。後日、ひとりで『酔いざめの三軒茶屋』を書いた僕が、そのように書いたからだ。この久保寺だけがそのインド・カレーの店を知っている、という設定だ。各駅停車の下りで下北沢から六つ目です、と彼は説明している。

現実の四人はその店へいくことにした。カレーライスを食べに行こう、ウルトラマンに挨拶しよう、という僕の提案に他の三人が喜んで賛成したからだ。花泥棒を出て駅まで歩き、下りのエスカレーターを乗り継いで地下へ降り、各駅停車の電車に乗った。

小説のなかの四人も、現実の僕たちとまったくおなじ行動を取っている。僕の頭のなかで少しずつ出来ていく短編小説のなかの四人と、現実の四人の動きとが、花泥棒からインド・カレーの店まで、完全におなじだった。

ミルカにとってウルトラマンは、トラウマに近いほど、彼女の内部に入り込んでいる。ウルトラマンの大きな三次元像の前で、その事実の一例が描かれている。そのウルトラマンの像の胸のまんなかには青い円形のランプがあり、一時間ごとにタイマーで点滅するしかけになっている。ミルカがちょうどウルトラマンの前に立ったとき、そのランプが点滅を始め、ミルカは叫び声を上げてその場にしゃがみ込む。矢吹さん、顔面蒼白ですよ、と久保寺が笑いながら言う。

ウルトラマン像の前での四人のやりとり、そしてインド・カレーの店に入ってからの彼らの会話は、たいそう楽しい。よく出来ている。漫画に関しては、『ドラえもん』『サザエさん』、そして、大きく咲いた花から生まれ落ちる手塚治虫の裸の美女、『ふしぎな国のプッチャー』『沙漠の魔王』、山川惣治の『少年王者』まで、架空の四人の会話のなかに登場する。『少年王者』がＮＨＫの連続ラジオ・ドラマになったときの、主題歌の歌詞の一部分が引用されたりもする。こうした漫画の世界を、ウルトラマンがそれとなく包み込んでいる、という構造だろうか。現実の僕はこのインド・カレーの店を知っている。いろんな人たちと、何度かここで夕食を食べた。求めに応じて書いた色紙が飾ってある。それを見た久保寺が、「下手な字だなあ」と言っている。そのとおりだ。

「四人は椅子にすわった。時間をかけてメニューを点検し、それぞれにカレーを注文した」と僕は書いている。カシューナッツとレーズンが大好物の久保寺はチキン・パンジャビを注文する。麻紀子はタンドリー・チキンがひとつ入っているチキン・バター・スペシャルだ。津村はダールマカニ、

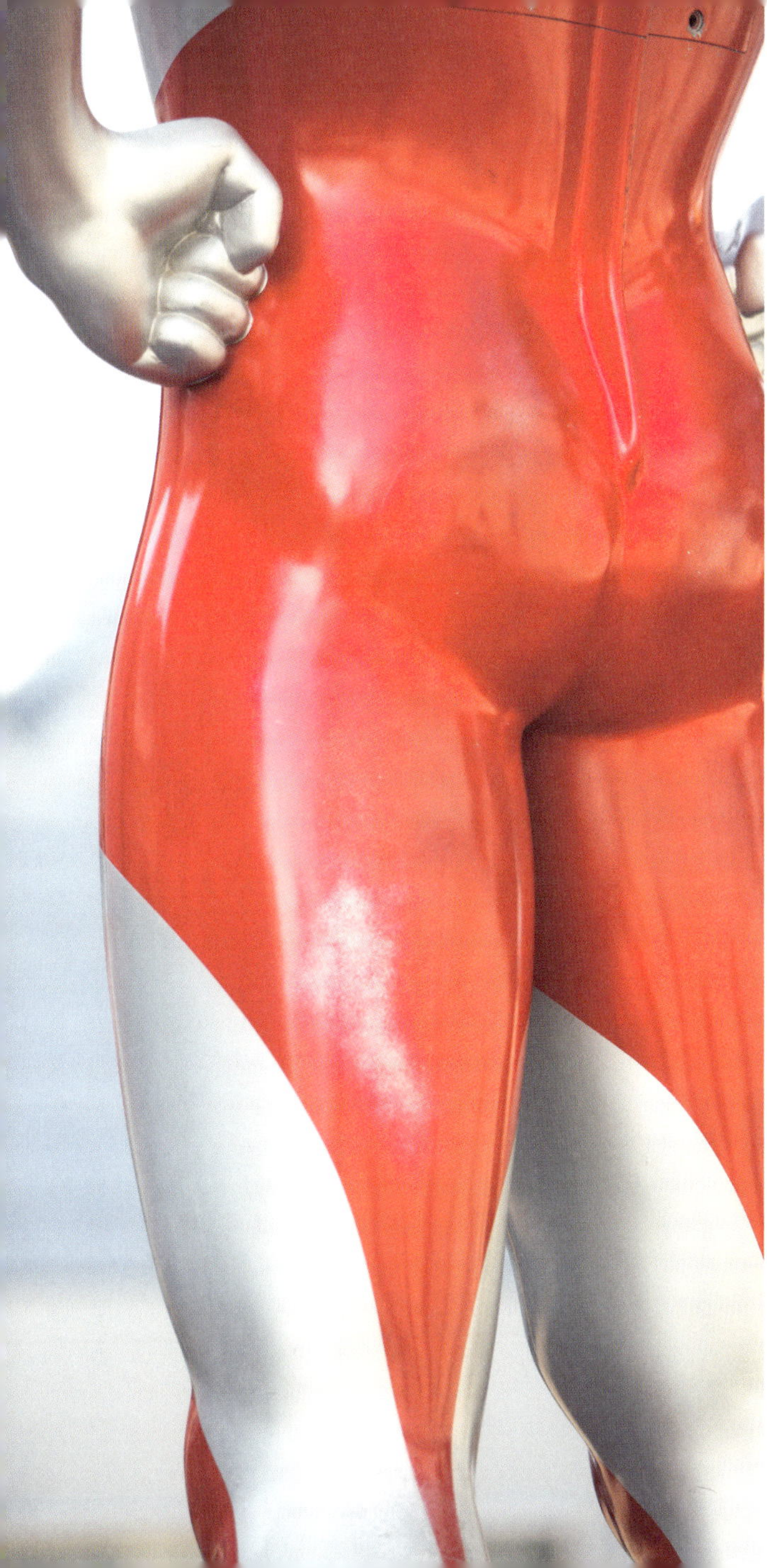

そしてミルカはポーク・カレーにきめた。全員がナンを希望した。久保寺がパニールパコラも食べたいと言い、それに合うのはフライド・チキンだと誰かに言われ、それも併せて注文する。インドの赤ワインで乾杯だ。すっかり乗り気の津村が「シュワッチ」と言う。

ウルトラの母の体型がこよなく自分の好みである、という説を久保寺が披露する。このあたりの会話も面白いが、引用しているときりがない。一時間と少しの夕食は楽しく進行していき、やがて終わる。四等分で代金を支払い、外に出てウルトラマンに挨拶する。

久保寺と津村はふたりであたりを探検するという。「誘ってる赤い提灯があれば、一杯あるいは二杯」と言う久保寺に、「何杯でも」とミルカが応じる。久保寺は宮坂三丁目に自宅があり、津村は一丁目だ。そしてミルカは梅が丘に住んでいる。四人はふたつの方向に別れる。これはたいそう正しい。現実の僕たちは四人で駅に入り、僕だけが下りのプラットフォームにエスカレーターで上がった。成城学園前で急行に乗り換え、町田までいった。そのあいだ、ミルカと麻紀子について考えた。

ミルカは梅ケ丘駅で電車を降りる。麻紀子はひとつ手前の豪徳寺で降りることにしよう、と僕は決めた。豪徳寺で降りて山下駅で世田谷線に乗り換える。そして終点の三軒茶屋までいく。『酔いざめの三軒茶屋』という題名は、脇役にまわっていた麻紀子に引き受けさせることに、僕はきめた。町田駅で僕は急行を降り、南口という出入口のすぐ前にある喫茶店に入り、フレンチ・ローストによる小さなカップのコーヒーを注文した。そのコーヒーをひとりで飲みながら、『酔いざめの三軒茶屋』のストーリーを、最初から最後まで、頭のなかでまとめた。

三軒茶屋で世田谷線の電車を降りた麻紀子がどうするのか、僕は『酔いざめの三軒茶屋』を読んでみた。世田谷線の電車を降りた麻紀子は裏通りへまわる。商店と民家が混在している、ずっと以前からある裏通りだ。ここで彼女は喫茶店に入る。

驚いたことに、この喫茶店は、代々木にあるトムという店名の喫茶店ではないか。この店を僕は何年も前から知っている。北野麻紀子がひとりでコーヒーを飲む三軒茶屋の裏通りの喫茶店に、僕はトムを使ったのだ。この店がトムだということは、読めばすぐにわかる。麻紀子が飲むのはエチオピアの豆によるコーヒーだという。

コーヒーのあと、少しだけ歩いて、麻紀子はバーに入る。バルブレアを飲む。飲むとどのようなことになるのか、書いてある。おなじカウンターにすわった三十代のサラリーマンの話が、聞こうとは思わなくても、聞こえてくる。バーテンダーとなにげない会話を交わす。その会話で『酔いざめの三軒茶屋』は終わっている。

反省しなくてはいけない部分について書いておこう。『酔いざめの三軒茶屋』という題名を引き受ける人は麻紀子しかいない。彼女はおそらく三軒茶屋に住んでいるのだろう。一杯だけのスコッチのあと、部屋のある集合住宅まで歩いて帰るといい。シャワーを浴びる。あとは寝るだけの麻紀子は、五階のヴェランダのガラス戸ごしに、三軒茶屋の夜景を見る。その夜景はスコッチの酔いざめだ。

酔いざめであることを、いま少し念押ししておいたほうがいい、といまの僕は思う。たとえば、ヴェランダのガラス戸ごしに夜景を見ている彼女の記憶のなかに、『ウルトラQ』の劇伴音楽の美しい断片が再生される、というような。

あとがき

『コーヒーにドーナツ盤、黒いニットのタイ。』という本が出来てから、担当した編集者の篠原恒木さんに友人たちを加えて、打ち上げと称して何度も集まっては夕食を楽しんだ。そのような打ち上げも数回目となる頃には、前著にかかわる幾多の反省から抜け出し、次はなににするかという方向へと、僕たちの話は向かっていった。

　打ち上げの待ち合わせに自分が指定した喫茶店にあらわれた篠原さんは、

「コーヒーですよ」

　と言った。次の本はコーヒーにしよう、という意味であることは、僕にもすぐにわかった。僕は黙ってコーヒーを飲んだ。

「いまそうして飲んでるじゃないですか。ですからコーヒーなのです」

　という彼の言葉を受けとめながら、僕は思った。コーヒーをめぐって僕にも書くことの出来る領域は、ほとんどないのではないか。

「書いてないんですよ。少ないですね」

　と篠原さんは言った。

「調べてみたのです。短いエッセイがふたつに、やや長い散文がひとつ。それだけです。なぜですか」

書く必要がなかったから、と答えるほかない。しかしそのとおりに言ってもそれは返事にはならないだろうから、

「小説のなかにはしばしばコーヒーが出て来るよ」

と言ってみた。

「読んでるとコーヒーが飲みたくなる、という意見はしばしば聞きます」

と篠原さんは言った。

「小説のなかのコーヒーは」

と、僕は言った。

「たとえばひと組の男女が会うとすれば、その場所が喫茶店になることはあるだろう。そして喫茶店で会えば、男女どちらともコーヒーを注文する」

「なぜですか」

と篠原さんは訊いた。

そのとき僕に閃いたのは、コーヒーそのものについてではなく、それ以外のコーヒーについてなら、僕にも書けることはあるのではないか、ということだった。

「ひと組の男女が喫茶店でコーヒーを前にして、なにをするのか。もっとも端的には、彼らふた

りは話をする。ふたりの話は交互につながり、展開していく。展開していくとは、ある程度のところまで、ふたりの話が到達しなくてはいけない、という意味だ。ふたりいるとは、そのふたりのあいだになんらかの関係があるということであり、その関係の論理に沿って、関係そのものが進展していく。そしてその場にコーヒーがある」

篠原さんは無言で僕の理屈をうけとめていた。僕の理屈はさらに少しだけ深まった。

「コーヒーはカップに入っていて、受け皿からカップを持ち上げては唇へと運び、コーヒーを飲む。このおなじ動作を何度か繰り返す。しかもふたりがそれぞれに。それぞれ、ということが、コーヒーによって際立つ。それぞれが際立つとは、ふたりの話が展開していく、ということに他ならない」

「男にせよ女にせよ、ひとりの人がしみじみコーヒーを飲む場面は、そう言われれば、ないですね」

「しみじみは展開ではないから」

と、真面目な顔をして僕は言った。

「その代わりに、コーヒー豆は物語だよ。さまざまな可能性、というかたちでは、物語の原点だと言ってもいい。だから僕は、二百グラムの深煎りの豆を入れた袋から、短編小説という物語を作ったことが、少なくとも三度はある。ちょうどいい大きさなんだよ。バッグのなかに持っていたりすると、バッグを開けたとき、不意にコーヒーの香りに撃たれたりもする。コーヒー豆の香りは強いからね」

「話題はたくさんあるじゃないですか」

「なんの話題だい」

「次の本の主題です。コーヒーの本にしましょう」

「話はきっと多岐にわたるよ」

「その多岐ぶりの一端を披露してください」

「次の本で」

「そうです」

いまここにある『珈琲が呼ぶ』という本は、こんなふうにして始まった。その始まりのなかにあった良さは、書き終えたいまでも続いている。コーヒーがある限り、それはそのままに持続されるだろう。

二〇一七年　十二月

片岡義男

写真・図版協力

P.29 ……©高橋 榮・『あまから手帖』

P.47 ……Robert Whitaker／GettyImages

P.51 ……Kyodo News／GettyImages

P.54 ……Robert Whitaker／GettyImages

P.103……Philip Gould／GettyImages

P.115……Photofest／Aflo

P.133……Gilles Petard／GettyImages

P.143……上・Michael Ochs Archives／GettyImages
下・アルタミラピクチャーズ 映画『タカダワタル的ゼロ』より

P.147……Richard Melloul Productions／GettyImages

P.171……Sunset Boulevard／GettyImages

P.173……Carl Mydans／GettyImages

P.176……Everett Collection／Aflo

P.178……Bettmann／GettyImages

P.185……Archive Photos／GettyImages

P.201……Everett Collection／Aflo

P.211……©2008 KINOWELT INTERNATIONAL GmbH
「バグダッド・カフェ」Blu-Ray/DVD 発売元：IMAGICA TV（2017.11現在）

P.233……Album／Aflo

P.245……©TOHO.,LTD.

P.261……©つげ義春／『生きていた幽霊』収録「指」より（小学館クリエイティブ）

P.266……加藤嶺夫写真全集『昭和の東京３ 千代田区』（デコ）

P.313……©Tomohiko Matsumoto／『たばこ屋の娘』収録「コーヒーの味」より（青林工藝舎）

本文内挿画　花森安治（協力：土井藍生、暮しの手帖社）
装丁・本文扉　永利彩乃
撮影　岡田こずえ
片岡義男（P.285）

片岡義男（かたおか・よしお）

1939年東京都生まれ。作家、写真家、翻訳家。1974年に『白い波の荒野へ』で作家としてデビュー。著書に『スローなブギにしてくれ』『ロンサム・カウボーイ』『日本語の外へ』『洋食屋から歩いて５分』『歌謡曲が聴こえる』など多数。近著に『コーヒーにドーナツ盤、黒いニットのタイ。』『と、彼女は言った』『万年筆インク紙』など。

珈琲《コーヒー》が呼《よ》ぶ

2018年1月20日　初版1刷発行
2019年2月15日　　　7刷発行

著　者　片岡義男《かたおかよしお》
発行者　田邉浩司
発行所　株式会社 光文社
〒112-8011　東京都文京区音羽1-16-6
電話　編集部……………03-5395-8172
書籍販売部……03-5395-8116
業務部……………03-5395-8125
メール　non@kobunsha.com
組　版　新藤慶昌堂
印刷所　新藤慶昌堂
製本所　国宝社

ISBN978-4-334-97976-8　　　JASRAC 出1714380-701